BELLA MALICIA

REBECCA JAMES

BELLA MALICIA

Traducción de Manuel Manzano

Círculo de Lectores

PRIMERA PARTE

No fui al funeral de Alice.

En aquel momento yo estaba embarazada, loca y violentamente lastimada. Pero Alice no era el motivo de mi dolor. No, en aquella época yo odiaba a Alice y me alegré de que estuviera muerta. Alice fue quien me arruinó la vida, arrebatándome lo mejor que había tenido nunca y rompiéndolo en mil pedazos. No lloraba por Alice sino por su culpa.

Pero ahora, cuatro años después y en un momento feliz de mi existencia, por fin asentada en una vida cómoda y rutinaria con mi hija Sarah (mi pequeña Sarah, tan dulce y tan seria), en ocasiones, después de todo, me gustaría haber ido al funeral de Alice.

Lo que ocurre es que a veces veo a Alice: en el supermercado, en la puerta de la guardería de Sarah, en el bar donde Sarah y yo vamos a comer algún menú barato de vez en cuando. Con el rabillo del ojo veo destellos del cabello rubio platino de Alice, de su cuerpo de modelo, de su ropa llamativa, y entonces me paro a mirarla y mi corazón late desbocado. Tardo un instante en recordar que está muerta, que es imposible que sea ella, pero hago un esfuerzo por acercarme y asegurarme de que su fantasma no ha vuelto para darme caza. De cerca, esas mujeres a veces se le parecen, aunque nunca, nunca, son tan guapas como Alice. Muy a menudo, por el contrario, tras una inspección de cerca, no se parecen a ella en nada.

Me doy la vuelta y sigo adelante con lo que estaba haciendo antes, pero una ola de calor me ha invadido la cara y los labios, y en los dedos me hormiguea de forma desagradable la adrenalina. La situación, invariablemente, me estropea el día.

Tendría que haber ido al funeral. No habría tenido que llorar o fingir desesperación. Podría haberme reído con amargura y escupido en su tumba. ¿A quién le hubiera importado? Si hubiera visto descender el ataúd en la fosa, si hubiera visto la tierra cubriendo el féretro, tendría la certeza de que está realmente muerta y enterrada.

En lo más hondo de mi interior me gustaría saber que Alice se ha ido para siempre.

I

–¿Quieres venir?

Alice Parrie me mira desde arriba y sonríe. Es la hora del almuerzo y yo estoy sentada bajo un árbol, sola, absorta en un libro.

–¿Perdón? –Me protejo los ojos del sol y alzo la mirada–. ¿Adónde?

Alice me da un trozo de papel.

Lo cojo y lo leo. Es una fotocopia en colores brillantes de una invitación para la fiesta de cumpleaños de Alice. Cumple dieciocho. «¡Corre la voz! ¡Tráete a tus amigos! –leo–. ¡Champán gratis! ¡Comida gratis!» Sólo alguien tan popular y tan segura de sí misma como Alice puede escribir una invitación así; cualquiera más normal se sentiría como si estuviera rogando a la gente que fuera a su fiesta. «¿Por qué me invita a mí?», me pregunto. Conozco a Alice, todo el mundo conoce a Alice, pero nunca había hablado con ella hasta ahora. Es una de esas chicas: guapa, popular, imposible de olvidar.

Sostengo la invitación en mi mano y asiento.

–Lo intentaré. Pinta divertido –miento.

Alice me mira durante unos segundos. Suspira y se deja caer a mi lado, tan cerca que su rodilla presiona la mía con fuerza.

–No vendrás –dice ella sonriendo abiertamente.

–Lo más probable es que no.

–Pero yo quiero que vengas, Katherine –insiste ella–. Realmente significaría mucho para mí.

Me sorprende que Alice sepa mi nombre, pero es aún más

sorprendente –de hecho, bastante increíble– que quiera que yo vaya a su fiesta. En el instituto Drummond High soy casi una desconocida, y no tengo amigos íntimos. Voy y vengo discretamente, sola, y me dedico sólo a estudiar. Evito llamar la atención. Lo hago bastante bien, pero mis notas no son excepcionales. No hago deporte, no formo parte de ningún club. Y aunque sé que no puedo seguir así para siempre –viviendo mi existencia entera como una sombra– por ahora me va bien. Me escondo, lo sé, soy una cobarde, pero en estos momentos necesito ser invisible, ser el tipo de persona que no despierta la curiosidad. Así nadie tiene que saber quién soy realmente, o qué es lo que me pasó.

Cierro el libro y empiezo a guardar mis cosas del almuerzo.

–Espera. –Alice me pone la mano en la rodilla. La miro con tanta frialdad como puedo y ella la retira–. En serio. Me gustaría mucho que vinieras, de verdad. Y creo que lo que le dijiste a Dan la semana pasada fue realmente fantástico. A mí me encantaría poder decir cosas así, pero no sé hacerlo. No soy lo bastante rápida. Sabes, yo nunca habría visto así los sentimientos de esa mujer. No hasta que se lo dijiste a Dan. Quiero decir que estuviste genial, lo que le dijiste estuvo muy bien, y le demostraste lo idiota que es.

Enseguida sé a qué se refiere Alice: a la única vez que he bajado la guardia, olvidándome de mí misma por un momento. Porque ya no suelo enfrentarme a las personas. Hago un verdadero esfuerzo a diario por evitarlo. Pero la manera en que Dan Johnson y sus amigos se habían comportado dos semanas atrás me molestó tanto que no pude aguantarme.

Vino una oradora para hablarnos sobre la planificación de nuestras carreras y de la admisión en la universidad. Es cierto que el discurso era aburrido, habíamos oído aquello millones de veces antes y la mujer estaba nerviosa y balbuceaba y vacilaba y hablaba de un modo confuso, dándole vueltas a lo que decía, y la cosa empeoró aún más cuando la multitud empezó a hacer ruido y a inquietarse. Dan Johnson y su espeluznante grupo de amigotes se aprovecharon de ella. Fueron tan crueles y premeditadamente perversos que la mujer se fue humillada, hecha un mar de lágrimas. Cuando acabó todo, yo estaba detrás de Dan en el pasillo y le di un golpecito en el hombro.

Dan se volvió con aires de superioridad, esperando recibir algún tipo de aprobación por su conducta.

–¿Se te ha ocurrido pensar –empecé en un tono de voz sorprendentemente duro, cargado de ira– en todo el daño que le has hecho a esa mujer? Ésta es su vida, Daniel, su carrera, su reputación profesional. Has estado patético, tu escenita para llamar la atención ha sido toda una humillación para ella. Lo siento por ti, Daniel, en tu interior debes de ser muy triste y pequeño si sientes la necesidad de maltratar así a alguien, alguien a quien ni siquiera conoces.

–Estuviste increíble –continuó Alice–. Y te lo digo de verdad, me dejaste absolutamente sorprendida. Quiero decir, creo que todos nos sorprendimos. Nadie le habla así a Dan. –Negó con la cabeza–. Nadie.

Bueno, yo sí lo hice. Pero creo que también me hablo así a mí misma. Al menos, mi yo real lo hace.

–Fue admirable. Valiente.

Y ésa es la palabra que lo provoca: «Valiente». Necesito ser valiente. Necesito que la cobardía que hay en mí sea borrada, vencida y destruida, porque no puedo soportarla más.

Me levanto y me echo el bolso al hombro.

–De acuerdo –digo sorprendiéndome a mí misma–. Está bien, vendré.

2

Alice insiste en que nos preparemos juntas para la fiesta. Me recoge el mismo día con su coche, un viejo Volkswagen destartalado, poco después de comer, y me lleva a su casa. Mientras pasa de un carril a otro a una velocidad muy por encima de lo que le permite su carné de conducir recién sacado, me dice que vive sola en un piso de una habitación en el centro. Eso me sorprende, o más bien me asombra. Creía que alguien como Alice viviría en una cómoda casa en las afueras, con sus padres. Me imaginaba que sería una chica mimada, protegida, a la que se lo permitirían todo (en realidad, como a mí hace tiempo), y el hecho de que viva sola hace que de repente sea más interesante, más complicada de lo que creía. Está claro que Alice y yo tenemos más en común de lo que me imaginaba.

Quiero hacerle un montón de preguntas: ¿Dónde están sus padres? ¿Cómo se paga el piso? ¿Alguna vez tiene miedo? ¿Está sola? Pero me callo. Tengo mis propios secretos, y he aprendido que si hago preguntas me arriesgo a que también me las hagan a mí. Es más seguro no sentir curiosidad por las historias de los demás, es más seguro no preguntar.

Su piso está en una plaza, en un edificio de ladrillo normal y corriente. La escalera está muy mal iluminada y da un poco de miedo, pero cuando llegamos al apartamento, sin aliento después de subir corriendo los cuatro tramos de escalera, abre la puerta y entramos en una sala cálida, llena de color.

Las paredes están pintadas de naranja intenso y decoradas con algunos grandes y brillantes cuadros abstractos. Hay dos sofás enormes y con pinta de ser muy cómodos cubiertos con telas de color rojo burdeos y llenos de cojines con estampados étnicos. Velas apagadas llenan todas las superficies horizontales.

–*Voilà!* Mi humilde morada. –Alice me arrastra dentro y mira mi rostro expectante mientras contemplo la habitación–. ¿Qué te parece? Lo he hecho todo yo, ya sabes. Tenías que haber visto este sitio cuando me trasladé, era tan aburrido y tan soso... Es increíble lo que puedes conseguir en una habitación con un poco de color. Lo único que necesitas es algo de creatividad y algunos cuadros alegres.

–Es muy guay –digo.

Y no puedo evitar sentir un poco de envidia. El piso de Alice es mucho más divertido, mucho más juvenil que el moderno apartamento minimalista donde vivo yo.

–¿De verdad? ¿Te gusta de verdad?

–Sí. –Me río–. Me gusta mucho.

–¡Qué bien! Quiero que te guste tanto como a mí, porque tengo pensado estar aquí mucho tiempo contigo. Pasaremos el rato aquí, en esta habitación, hablando y hablando y hablando, y compartiremos nuestros secretitos por la noche.

He oído decir que hay personas encantadoras que tienen la capacidad de hacerte sentir como la única persona que existe en el mundo, y ahora sé exactamente qué quiere decir eso. No estoy muy segura de qué hace, o cómo lo consigue: otra persona parecería demasiado ansiosa, o incluso servil, pero cuando Alice me presta atención de esa manera, me siento como si fuera de oro, a gusto y con la seguridad de que me entiende totalmente.

Por un breve instante, un momento muy inquietante, me imagino contándole mi secreto. Me lo imagino con claridad. Alice y yo en esta habitación; las dos un poco borrachas, divertidas y felices y con esa poca conciencia de una misma que se siente cuando has hecho una nueva amiga, una amiga especial; le pongo la mano en la rodilla para que se esté quieta y callada, así sabe que voy a decirle algo importante, y entonces se lo explico. Se lo cuento rápidamente, sin pausas, sin mirarla a los ojos. Y cuando acabo, ella es comprensiva y cariñosa, lo entiende y lo perdona todo, como yo esperaba. Me abraza. Todo está bien y yo me siento más aliviada porque por fin lo he soltado. Soy libre.

Pero sólo es un sueño. Una fantasía loca. No le digo nada.

Voy vestida como siempre, vaqueros, botas y una camisa, y me he traído algo de maquillaje para ponerme antes de ir a la fiesta, pero Alice insiste en que nos pongamos vestidos. Tiene un armario lleno, de todos los colores y estilos, largos y cortos. Debe de haber más de cien, y algunos aún tienen la etiqueta. Me pregunto de dónde saca el dinero, cómo puede permitirse tanta ropa, y se lo pregunto otra vez.

–Siempre me ha gustado tener ropa –sonríe.

–¿De verdad? –bromeo–. Nunca lo hubiera dicho.

Alice rebusca dentro del armario y empieza a sacar vestidos. Los deja encima de la cama.

–Venga, elige uno. Éstos ni siquiera me los he puesto todavía. –Aparta uno de color azul–. ¿Te gusta?

El vestido es muy bonito, pero yo ya he visto el que me gustaría ponerme. Es rojo y con un estampado tipo Paisley, hasta las rodillas, abierto de arriba abajo y sujeto por un cinturón de tela, hecho con algún tipo de material elástico. Se parece a los que llevaba mi madre en los años setenta, y me quedaría muy bien con las botas que llevo.

Alice me mira. Se ríe y coge el vestido rojo.

–¿Éste?

Le digo que sí.

–Es precioso, ¿verdad? –Se lo pone contra el pecho y se mira al espejo–. Y también caro. Es un *Pakbelle and Kanon*. Tienes buen gusto.

–Es bonito. ¿Por qué no te lo pones? Todavía lleva la etiqueta, nunca te lo has puesto. Seguro que lo reservabas para un momento especial.

–No. Me voy a poner otra cosa. Algo único. –Alice mantiene el vestido frente a mí–. Pruébatelo.

El vestido me queda perfecto y, como sospechaba, también con las botas. El rojo resalta mi piel oscura y mi pelo, y le sonrío a Alice, feliz, en el reflejo del espejo. Estoy emocionada, contenta de haber aceptado venir.

Alice va a la cocina y saca una botella de la nevera. Es champán. Rosado.

–Ñam... –dice, y besa la botella–. Mi verdadero amor. Y desde ayer ya soy legal, ya puedo beber.

Abre la botella, el corcho golpea contra el techo y, sin preguntarme si quiero, llena dos copas. Se lleva la suya al baño, va a ducharse y a vestirse, y cuando se marcha levanto mi copa y le doy un sorbo. No he bebido alcohol desde la noche en que mi familia quedó destrozada. Ni una gota. No he salido con amigos desde entonces, así que me llevo la copa a la boca otra vez y disfruto de la sensación de las burbujas en mis labios, en mi lengua. Dejo que otro traguito resbale por mi garganta e imagino que me hace efecto enseguida, el alcohol corre por mis venas, los labios me hormiguean, la cabeza se me ilumina. El champán es dulce y entra bien, como un refresco, y tengo que obligarme a no bebérmelo demasiado deprisa.

Saboreo cada trago, disfruto al comprobar que a medida que bebo mi cuerpo se relaja cada vez más. Cuando la copa está vacía me siento más feliz, más ligera, más despreocupada –una chica normal de diecisiete años– y me dejo caer en el sofá de colores de Alice y me río sin motivo. Y todavía estoy allí sentada, sonriente, disfrutando de la agradable pesadez de mi cuerpo, cuando Alice vuelve a la habitación.

–Uau. Alice. Estás... –Me encojo de hombros, incapaz de encontrar una palabra adecuada–. ¡Estás genial!

Ella levanta los brazos y da una vuelta sobre las puntas de los pies.

–Muchas gracias, señorita Katherine –dice.

Alice es muy guapa; sorprendentemente guapa. Es alta, tiene unos pechos grandes y las piernas largas y bien torneadas, y su cara es la viva imagen de la perfección: tiene los ojos de un azul muy vivo y la piel dorada y luminosa.

Yo no soy fea del todo, pero al lado de Alice paso completamente desapercibida.

Mientras esperamos a que llegue el taxi, Alice se lleva las copas vacías a la cocina y las rellena de nuevo. Cuando me levanto para coger la mía, la cabeza me da vueltas, pero sólo un poco. No es una sensación desagradable; de hecho, me siento tranquila y suelta y relajada. Y ese sentimiento, ese mareo feliz, esa sensación de que el mundo es un lugar bueno y amigable, de repente me resulta muy familiar, y me doy cuenta de lo mucho que me asusta eso. Es el problema del alcohol, juega con tu mente, te convence de que bajes la guardia, de que te confíes porque el mundo cuida de ti, pero sé que esa sensación de seguridad sólo es una ilusión peligrosa. El alcohol te anima a correr riesgos que no asumirías normalmente, el alcohol te hace tomar decisiones estúpidas. Y más que nadie, yo sé lo catastróficas que pueden ser las consecuencias de una sola mala decisión. Vivo con ellas cada día.

Acepto la copa pero no bebo de verdad, sólo finjo darle un sorbo, lo suficiente como para que el líquido me moje los labios, y cuando llega el taxi tiro el resto por el fregadero.

Alice ha alquilado la sala de baile que hay encima del hotel Lion. Es enorme y espléndida, con grandes ventanales y magníficas vistas de la ciudad. Hay globos blancos, manteles blancos, un grupo de música. Hay camareros que limpian las copas de champán, y platos repletos de canapés caros. Y como es una fiesta privada nadie le pide el carné de identidad cuando Alice coge dos copas de champán para nosotras.

–Esto es fantástico. –Miro a Alice con curiosidad–. ¿Lo han montado tus padres para ti?

–No –niega Alice con desdén–. Ellos ni siquiera saben organizar una barbacoa, y mucho menos algo así.

–¿Viven en Sidney? –pregunto.

–¿Quién? –Frunce el ceño.

–Tus padres.

–No, no, gracias a Dios. Viven en el norte.

Me pregunto cómo puede permitirse el lujo de vivir en Sidney, cómo se paga el alquiler. Había dado por hecho que la mantenían sus padres, pero ahora eso me parece poco probable.

–Bueno –digo–, es un bonito detalle que montes una fiesta como ésta para tus amigos. No creo que yo pudiera ser tan generosa nunca. Prefiero gastarme el dinero en mis cosas. Una vuelta al mundo o algo así.

–¿Generosa? ¿Te parece? –dice Alice, y se encoje de hombros–. No creas. Lo que pasa es que me encantan las fiestas. Sobre todo cuando son para mí. No hay nada mejor. Y, de todos modos, no me interesa salir al extranjero.

–¿No?

–Fuera no conozco a nadie y nadie me conoce. Así que, ¿dónde está la gracia?

–Oh. –Me río. Y me pregunto si está bromeando–. Pues yo creo que se pueden hacer cosas muy interesantes en el extranjero. Nadar en el Mediterráneo, ver la Torre Eiffel, la Gran Muralla de China, la Estatua de la Libertad... y sin conocer a nadie. Imagina lo liberador que debe de ser. –Me doy cuenta de que Alice me mira con escepticismo–. ¿De verdad no te interesa?

–No. Me gusta estar aquí. Me gustan mis amigos. Adoro mi vida. ¿Por qué querría marcharme?

–Porque...

Estoy a punto de hablarle de mi gran curiosidad por el resto del mundo, de la fascinación que me producen los idiomas y las diferentes maneras de vivir, la historia de la raza humana, pero nos interrumpe la llegada de los primeros invitados.

–¡Alice, Alice! –gritan, y de repente ya está rodeada de gente, a algunos los reconozco de la escuela, pero también hay personas mayores que no he visto nunca.

Algunas visten de manera muy formal, con vestidos largos y traje y corbata, otros con un estilo más *casual*, con vaqueros y camisetas, pero todas tienen algo en común: quieren un trocito de Alice, un momento de su tiempo; quieren ser el centro de su atención, hacerla reír. Todos, sin excepción, quieren gustar a Alice.

Y Alice se deja, y hace que sus invitados se sientan bienvenidos y cómodos, pero por alguna razón me elige precisamente a mí para pasar conmigo casi toda la noche. Me lleva del brazo, me arrastra de grupo en grupo y me integra en todas las conversaciones. Bailamos juntas y cotilleamos sobre cómo va vestida la gente, quién intenta ligar con quién, quién está colado por quién. Me lo paso maravillosamente. Me divierto más que en años. Y mientras estoy allí no pienso en mi hermana ni una sola vez, ni tampoco en mis pobres padres. Bailo y me río y coqueteo. Olvido, por un rato, la noche en que me di cuenta de la terrible verdad sobre mí misma. Olvido todo acerca de aquella noche en la que supe, con vergüenza, que en el fondo de mi alma era cobarde y sucia.

3

Después de la fiesta de Alice, en la escuela la gente era mucho más amable conmigo. Estudiantes a los que ni siquiera conocía me sonreían y me saludaban con la cabeza por los pasillos, y algunas personas hasta me decían «¡Eh, Katherine!», sorprendiéndome porque sabían mi nombre. Y Alice pasaba a buscarme a la hora de comer, y nos sentábamos una al lado de la otra, y me hacía reír con historias sobre otros estudiantes, y cotilleábamos acerca de cosas que había oído de personas a las que yo casi ni conocía. Era divertido y me sentía feliz con ella, contenta porque ya no estaba sola.

No me pregunto por qué querrá pasar su tiempo conmigo. Después de todo, antes yo también era popular y solía gustarle a la gente. Alice dice que quiere ser mi amiga, parece que le gusta mi compañía y escucha, con atención, todo lo que le digo. Así que estoy agradecida y halagada y satisfecha. Y, por primera vez desde que murió Rachel, siento algo parecido a la felicidad.

El jueves siguiente a la fiesta llamo a Alice y la invito a venir a casa el sábado por la noche. Vivo con mi tía Vivien, la hermana de mi padre. Me gusta vivir con ella, es amable y fácil de tratar y me siento agradecida de no estar en Melbourne, de poder acabar la escuela secundaria en un lugar donde nadie ha oído hablar de Rachel o de las hermanas Boydell. Paso bastante tiempo sola porque Vivien viaja mucho por trabajo y cuando tiene algún fin de semana libre sale con sus amigos. Siempre me anima a que invite a gente al apartamento, y piensa que es extraño que nunca me relacione con la gente, pero me he acostumbrado a estar sola y me gusta poder elegir qué como, qué veo o qué música escucho.

–Yo haré la cena –digo.

–Excelente –aceptó Alice–. Espero que seas una buena cocinera.

–Lo soy. Es uno de mis muchos talentos secretos.

–¿Secretos? –Alice se queda en silencio durante un minuto–. Yo tengo muchos, ¿y tú?

Me río, como si la idea fuera absurda.

Me paso el sábado en el mercado, comprando comida. Antes de que muriera Rachel yo solía cocinar mucho, cuando aún éramos una familia, así que sé lo que hago y lo que necesito. Compro todos los ingredientes –muslos de pollo, cardamomo, yogur, comino, coriandro, arroz basmati– para cocinar uno de mis *curries* favoritos. Así puedo prepararlo todo con tranquilidad, antes de que venga Alice, y cuando llegue ya estará todo hirviendo a fuego lento, que es la forma de que quede delicioso, y mientras tanto podremos charlar.

Estoy tan acostumbrada a controlarlo todo, a mantener mi vida en privado, a ser reacia a dejar que nadie se me acerque, que me sorprendo al darme cuenta de lo mucho que deseo estar con Alice. No sé cuándo o cómo la amistad íntima se ha convertido en algo tan atractivo, pero de repente la idea de divertirme y de conocer a alguien nuevo me resulta irresistible. Y aunque tengo miedo de revelar demasiadas cosas sobre mí, y de que la amistad pueda ser un riesgo, no soy capaz de resistirme a este sentimiento tan emocionante.

Vuelvo a casa, preparo el curry, luego me ducho y me visto. Aún falta una hora para que llegue Alice, así que llamo a mis padres. Mamá, papá y yo abandonamos Melbourne hace un año más o menos. Allí nos conocía demasiada gente, todos sabían lo que le había pasado a Rachel. Era imposible enfrentarse a las miradas de compasión, a la curiosidad y a los cuchicheos que oíamos por todas partes. Yo me trasladé a casa de Vivien para poder acabar el instituto en Drummond, uno de los más grandes de New South Wales, un sitio tan inmenso que podía pasar inadvertida, ser anónima. Mis padres compraron una casa a un par de horas hacia el norte, en Newcastle, cerca de la playa. Querían que me fuera con ellos, por supuesto, porque creían que era demasiado joven para marcharme de casa. Pero yo ya había empezado a sentirme angustiada por su tristeza, su presencia era asfixiante, así que los convencí de que Drummond era la escuela perfecta, que mi felicidad dependía de ello, y al final lo aceptaron.

–Residencia de los Boydell –contesta al teléfono mi madre.

Me cambié el apellido cuando me trasladé, y ahora uso el de soltera de mi abuela, Patterson. Fue sorprendentemente fácil deshacerme de mi nombre anterior. Es muy sencillo, al menos sobre el papel, convertirse en una persona nueva. Echo de menos mi antiguo apellido. Pero se marchó con la que yo era antes, la chica feliz, descuidada y sociable. El nombre de Katherine se ha adaptado a la versión nueva, mucho más tranquila. Katie Boydell ya no existe. Rachel y Katie Boydell, las tristemente famosas hermanas Boydell, se han ido para siempre, las dos.

–Mami.

–Corazón. Ahora mismo iba a llamarte. Papá y yo hemos hablado de tu coche.

–¿Y eso?

–Sí. Y no discutas conmigo, cariño, por favor. Hemos decidido comprarte uno nuevo. Ahora son mucho más seguros, con airbags y cosas así. Tenemos el dinero y es ridículo que aún vayas por ahí con ese trasto viejo.

–Sólo tiene ocho años, mamá.

Conduzco el viejo Volvo de mi madre, que ya es un coche lo suficientemente nuevo y seguro para alguien de mi edad.

Ella continúa como si yo no hubiera dicho nada:

–Y hemos visto un Peugeot muy bonito. Es muy compacto, una cucada de coche, de verdad, pero lo mejor de todo es que es el más puntuado en todas las pruebas de seguridad. Es perfecto para conducir por la ciudad.

No tiene sentido discutir, no quiero que se enfade o montarle una escenita. Desde que murió Rachel mis padres están obsesionados con mi seguridad, y hacen todo lo humanamente posible para mantenerme sana y salva, y no tengo más elección que aceptar sus regalos, sus preocupaciones.

–Suena genial, mami –digo–. Gracias.

–¿Cómo te va la escuela? ¿Sacas buenas notas?

–Sí –miento–. Voy mucho mejor.

–He leído en un folleto algo sobre la carrera de Medicina en la Universidad de Newcastle. No es muy dura, ¿sabes?, y tiene una reputación muy similar a la de Sidney. De hecho, parece que es el mejor sitio donde estudiar Medicina ahora mismo. Y hay un montón de futuros médicos haciendo la carrera allí. Me gustaría que lo pensaras, cariño. Hazlo por mí. Podrías vivir con nosotros, ya sabes lo mucho que le gustaría eso a papá, y así podrías concentrarte en los estudios de verdad, sin preocuparte por el alquiler o por el dinero o por la comida. Nosotros cuidaríamos de ti, te lo pondríamos todo más fácil.

–No sé, mamá, no sé. Ahora me gusta estudiar Inglés e Historia, la lectura... Pero las Ciencias no son... bueno, creo que podría estudiar Arte o algo así. Y, mamá, me gusta mucho vivir en Sidney, de verdad.

–Oh, claro, cariño. La casa de Vivien es perfecta y sé que ella está más que contenta de que vivas allí. Y la carrera de Arte es un comienzo maravilloso para tu educación. Pero eso es sólo un principio, cielo. Tendrás que volver a tu camino de antes. Alguna vez. Cuando estés preparada.

«Volver a tu camino de antes. Cuando estés preparada.» Eso es lo más cerca que puede estar mamá de hablar de lo que le pasó a Rachel, de reconocer nuestra pérdida, de nombrar la vida que teníamos antes de que ella muriera. Entonces me faltaban un par de cursos para acabar la secundaria, y esperaba hacerlo lo suficientemente bien en el siguiente como para poder estudiar Medicina en la universidad. Quería especializarme en Obstetricia, lo tenía todo planeado. Pero cuando murió Rachel mis planes se vinieron abajo, las cosas se torcieron. El camino mismo desapareció de debajo de mí, fue arrancado del suelo, destruido.

Y durante todo este espantoso tiempo he descubierto que las ciencias y las matemáticas, todas esas cosas concretas y exactas y que tanto me gustaban, eran completamente inútiles a la hora de comprender el dolor y de enfrentarme al sentimiento de culpa.

Y ahora dudo que nunca pueda volver al dichoso camino. Ahora recorro otro, despacio, gano algo de impulso lentamente y no creo que pueda, o que quiera, salirme de él.

–Lo pensaré.

–Bien. Y yo te enviaré uno de esos folletos. –Luego se ríe, pero puedo notar el nudo en su garganta, la señal de que esta conversación le provoca ganas de llorar–. He cogido unos cuantos para ti.

Toco el auricular del teléfono, como si al hacerlo pudiera proporcionarle un poco de consuelo. Y sin embargo sé que no hay nada que la consuele. La vida de mi madre sólo se mide en grados de dolor.

–Seguro que sí –digo con toda la dulzura que soy capaz de demostrar.

–Oh. –Su voz suena ahora más nítida, como la de una empresaria, con todas las emociones bajo control–. Estoy acaparando toda la conversación. Supongo que quieres hablar con papá, ¿verdad? No está aquí, cariño, pero le diré que te llame más tarde.

–Está bien. Ahora viene una amiga a cenar. Ya le llamaré yo mañana.

–Oh, estoy tan contenta de que te diviertas un poco. –Le noto otra vez el nudo en la garganta, luego tose un poco para controlar la voz–. Pásatelo bien. Le diré a papá que te llame mañana. No llames tú. Nos toca pagar a nosotros.

Cuando cuelgo me siento vacía, toda la excitación por pasar la tarde con Alice se ha disipado. Me arrepiento de haber llamado. Me ha puesto triste, y estoy segura de que sólo he conseguido que mamá se sienta aún más miserable. Ahora con ella siempre es así. Siempre hace planes, siempre está llena de ideas y siempre habla con su sentido práctico de las cosas. Es como si no pudiera soportar estar callada, o permitirse un momento de silencio. Así no deja espacio para el recuerdo, no hay lugar para lo que ha perdido. Así también le impide a la persona con la que está hablando que diga algo que a ella no le guste, que mencione a Rachel.

La manera moderna de llevar el duelo, lo supuestamente correcto, es hablar de ello, llorar y gritar y chillar. La psicóloga me dijo que teníamos que hablar. Y durante aquel largo, larguísimo año después de que asesinaran a Rachel, yo intenté hablar de lo que había pasado, expresar mi tristeza, verbalizar nuestra pérdida, reconocer la desesperación. Pero papá se negó a escuchar y mamá me cortaba, cambiaba de tema, y si yo insistía, ella empezaba a llorar y salía de la habitación.

Me di por vencida. Sentía como si la estuviera torturando y me harté de mí misma, de mi ensimismamiento. En realidad, al hablar de ello buscaba la absolución, la seguridad de que mi madre y mi padre no me culpaban por lo que había pasado. Pero pedía lo imposible, me di cuenta enseguida. Claro que me culpaban: por mi cobardía, por mi huida, por estar viva. Si una de sus dos hijas tenía que morir, debería haber sido yo.

Y ya no creo que exista una manera mejor de enfrentarse a la pérdida. Sólo hay una puñetera manera de cargar con el dolor –ese peso permanente y terrible–, y hablar de ello no lo aleja ni lo hace más llevadero. Rachel murió de la manera más aterradora imaginable. Las palabras son inútiles ante esa verdad tan dura. Rachel está muerta. Se fue para siempre y nunca volveremos a ver su rostro encantador, nunca escucharemos su música. Está muerta.

¿Por qué necesitamos revolcarnos en esa realidad, revisarla

una y otra vez, examinarla hasta que nos sangren los ojos, hasta aplastarnos el corazón con un horror y una tristeza increíbles? Es algo que se me escapa. Yo no puedo ayudarles. Nada puede ayudarnos. Si mamá necesita ser estoica, fingir que está bien para esconder la angustia detrás del velo transparente de su atareada conversación, me parece bien. Resulta una manera tan buena como cualquier otra de seguir con su vida mermada.

Rozo con el dedo la pequeña cicatriz redonda de mi rodilla. Es la única prueba física que tengo de la noche en que mataron a Rachel, el único daño físico que he sufrido. Aquel día murió en Melbourne la chica equivocada. Y aunque, de hecho, no puedo desear haber muerto en lugar de Rachel –estoy muy lejos de ser tan valiente como para convertirme en una mártir–, soy completamente consciente de que murió la mejor de las dos hermanas.

4

Rachel salió al escenario y la multitud guardó silencio de inmediato. Era hermosa, alta y llamativa; su vestido de terciopelo rojo –sabía que papá y mamá habían pagado una pequeña fortuna por él– acentuaba su altura y sus formas. Sólo tenía catorce años pero en el escenario habría pasado por una mujer de veinte.

Mamá me apretó la mano, excitada, y yo me volví para sonreírle. Ajena, ella miraba a Rachel en el escenario, los labios fruncidos en aquella expresión divertida que siempre mostraba cuando intentaba por todos los medios no abrir la boca en una enorme sonrisa, los ojos húmedos de felicidad, con lágrimas de devoción por su hija. A su lado, papá se había vuelto para captar la atención de mamá, su mirada, pero en vez de eso se encontró con la mía; nos sonreímos –divertidos por la expresión de mamá–, los dos llenos de orgullo familiar.

Rachel se sentó al piano, la falda del vestido le cubría las piernas con elegancia, y se puso a tocar. Empezó el recital con una sonata de Mozart, una pieza hermosa, delicada, con una melodía tan familiar para mí que podía anticiparme a cada nota, a cada *fortissimo* y a cada *crescendo*. Y yo la miraba, hipnotizada, como siempre, por la música que ella creaba, pero también por la transformación que ella sufría cuando tocaba. En el escenario, toda la timidez y torpeza de Rachel desaparecían. En los recitales era majestuosa y dominante, tan concentrada en la ejecución y en la música que se olvidaba de sí misma. Cuando tocaba era imposible imaginar que era tímida e insegura, que todavía era una niña.

Durante todo el recital, que duró más de una hora, mamá no le quitó los ojos de encima a Rachel ni un segundo. Cada vez que mamá la escuchaba tocar parecía perder el mundo de vista, ignoraba el tiempo y el espacio y a quienquiera que estuviera con ella, y casi entraba en estado de trance.

Yo también tocaba el piano. Técnicamente era bastante buena, había pasado el examen de séptimo curso el año anterior y solía ganar concursos escolares y festivales locales. Pero Rachel era la que tenía talento de verdad: le habían ofrecido tres becas internacionales distintas. Durante semanas, en casa no se habló de otra cosa excepto de si debía aceptar la plaza de Berlín, la de Londres o la de Boston para estudiar, para perseguir el sueño de convertirse en una concertista de piano. Para mí, el piano sólo era un pasatiempo agradable, no tenía la necesidad de tocar todos los días, a todas horas. Pero para Rachel era su gran amor, su pasión, y trabajaba en él sin descanso.

Rachel era dieciocho meses más joven que yo, y a pesar de que la gente diga que el hijo mayor es el que triunfa, en mi familia era todo lo contrario. Rachel era impulsiva y ambiciosa. Yo estaba mucho más interesada en los chicos y en las fiestas y en salir con las amigas que en conseguir destacar en los estudios o en la música.

Mamá y papá hablaban sin parar del futuro de Rachel como concertista de piano; se volcaban en su carrera. Sé que a veces la gente se sorprendía del claro favoritismo de mamá y papá por ella, de la cariñosa idolatría hacia Rachel y el aparente menor interés por mí. Estoy segura de que la gente a veces sentía compasión por mí, porque creían equivocadamente que yo debía de sentirme abandonada. Pero yo no me sentía así, no tenía por qué, Rachel y yo siempre habíamos deseado cosas distintas. Estaba más que contenta de que Rachel fuera la hermana brillante. Yo sabía lo mucho que se esforzaba por ser un prodigio, y no reclamaba nada para mí. Disfrutaba demasiado de mis amigas y de mi vida social. Rachel era un genio, pero yo me divertía mucho más, y a pesar de lo que pueda parecerle a un extraño, siempre he sentido que a mí me había tocado la mejor parte.

Rachel era diferente. No parecía necesitar amigos como las demás personas. Eso no quiere decir que fuera fría o que no le gustara la gente, porque no era fría y le gustaba la gente. Ella amaba profunda y generosamente, y era leal a quienes le importaban. Pero era tímida; los actos sociales hacían que se sintiera torpe e incómoda y era terrible para mantener una conversación trivial. Era tan calmada y autónoma, que a quienes no la conocían bien podía incluso resultarles distante o indiferente. Pero cuando conseguías meterla en la conversación, te sorprendías de lo mucho que se fijaba en lo que estaba pasando. Tenía una sabiduría amable y compasiva que no era propia de su edad, y casi todos los que hacían el esfuerzo de conocerla acababan por admirarla. Era la única persona que he conocido que no tenía ni una sola pizca de envidia, codicia o malicia; la única persona que podría comparar con un ángel.

Y así, a pesar de lo que apareció en la prensa cuando la mataron –todas aquellas especulaciones y conjeturas dolorosas sobre nuestra relación–, nunca perdí de vista lo que sentía realmente. Adoraba a Rachel, tanto cuando estaba viva como después de su muerte. Fui, y siempre seré, su fan número uno.

5

Alice llega puntual para la cena, y está tan alegre y tan llena de energía que en cuanto entra por la puerta y empieza a hablar me siento mejor.

–Dios mío –dice en voz baja mientras le echa un vistazo al apartamento de Vivien–. Esto es total. Tus padres deben de estar súper a la moda.

–No –niego con la cabeza–. No, ésta no es la casa de mis padres. Vivo con mi tía. Se ha ido de fin de semana.

–Así que ¿estamos solas?

Asiento, y Alice se pone a saltar y a gritar de alegría.

–Dios, Katherine, estoy tan contenta. Pensaba que también estarían tus padres. Me había imaginado esto como algo del tipo «ven a conocer a mis padres». –Pone los ojos en blanco–. Como si fuéramos a casarnos o algo así. Gracias a Dios.

Se quita los zapatos y empieza a pasear por la habitación mirándolo todo.

Estoy dispuesta a explicarle a Alice por qué vivo con mi tía en vez de con mis padres, algo sobre la fama y la calidad del instituto Drummond High comparadas con las de Newcastle, que en realidad no es cierto. Pero ella parece mucho más interesada en el apartamento en sí que en por qué vivo en él.

–Tiene que ser fantástico vivir en un sitio con este estilo –dice mientras recorre el pasillo y mira dentro de las habitaciones. Habla en voz muy alta y su voz resuena contra las paredes del pasillo mientras grita–: ¿Has dado alguna fiesta aquí? Seguro que no, ¿verdad? Vamos a montar una. Este lugar es impresionante. Conozco a un montón de gente a la que podemos invitar. Oh –exclama de repente–. ¡Mira esto! –Y coge una elegante botella de una de las estanterías de Vivien–. Whisky irlandés. Ñam. Me encanta. Bebamos un poco.

–No es mía –digo–. Es de Vivien.

–No importa. Le compraremos una. Tu tía no se dará cuenta. –Y se lleva la botella a la cocina, busca entre la vajilla y sirve un par de tragos generosos en dos vasos–. ¿Tienes Coca-Cola?

–No, lo siento.

–Entonces le pondremos agua.

Llena los vasos con agua del grifo y me da uno. Me tomo un sorbito. El whisky huele mal y sabe peor, amargo y seco y muy fuerte, y sé que seré incapaz de acabármelo.

Beber alcohol no entraba en mis planes para pasar la tarde, ni siquiera lo había pensado. Pero el afán de Alice por beber hace que me dé cuenta de que estoy totalmente fuera de la realidad. No todo el mundo está tan aterrado como yo, tan quemado.

Cogemos nuestros vasos y salimos a la terraza a mirar la ciudad. Alice es la que habla todo el rato, pero me siento feliz de poder escucharla y disfrutar de su energía, de sus tremendas ganas de vivir. Y yo estoy demasiado ocupada para recordar lo que es divertirse con alguien de mi edad, demasiado ocupada en familiarizarme con una versión distinta de mí, una versión más joven y feliz, con la chica que daba por sentado que la vida podría ser así, que debería ser así: libre y llena de luz y de alegría.

–¡Hola, mundo! –Alice se inclina sobre la barandilla y grita, su voz resuena a nuestro alrededor–. ¡Hola, mundo!

Se vuelve hacia mí y señala el interior con la cabeza.

–Cuando sea mayor tendré un piso como éste. Sólo que será aún más grande. Más lujoso. Todos mis amigos podrán venir y quedarse. Y también tendré un montón de criadas. –Levanta la nariz y habla con voz afectada–: Voy a disponer de mucho personal, querida. Amas de llaves. Entrenadores personales. Mayordomos. Muchos. Tendré a alguien que vendrá cada noche sólo para servir el champán.

–Claro –digo–. Porque si no, podrías romperte una uña. O ensuciarte.

–*Quelle horreur!* –Abre los ojos, finge alarmarse y se mira las manos–. Es peligroso ocuparse de lo mundano. Tengo aspiraciones superiores.

Me río.

–Y también necesitarás un barman personal que te haga el café por las mañanas.

–Y un chef que me cocine.

–Un masajista muy personal.

–Un peluquero.

–Un estilista que elija tus vestidos.

–Un jardinero.

–Un chófer.

–Sí. –Se sienta a mi lado y suspira, soñadora–. Nunca tendré que hacer nada. No quiero quedarme atrapada en casa y quejarme todos los días de las tareas domésticas como mi madre. Simplemente no quiero hacer nada. No quiero ni tener que llenar de agua mi propia bañera.

–¿Y qué pasa si eso te fastidia? Con toda esa gente a tu lado podrías empezar a querer estar sola.

–Qué va –dice ella–. ¿Por qué? Estar sola es aburrido. Odio estar sola. Lo odio. Mi vida no va a ser seria y aburrida. Será divertida. Una fiesta. Una fiesta llena de gente y que no acabará nunca.

Pienso: «Alice es precisamente el tipo de persona que necesito. Vive sólo para el presente y tiene una sorprendente falta de curiosidad por el pasado, y eso me conviene».

Cuando Alice ya se ha bebido unos cuantos vasos de whisky –y yo sigo dándole sorbitos lentos y breves al primero que me he puesto–, anuncia que se muere de hambre y entramos. Alice se pone otro vaso y me ofrece uno a mí, aunque yo sigo teniendo el mío medio lleno y niego con la cabeza. Alice frunce el ceño.

–¿No te gusta?

–Está bien, supongo.

Sonrío y me bebo un traguito e intento no hacer una mueca. Podría explicarle mi miedo al alcohol, usarlo como excusa, pero me parecería a una madre quisquillosa y sobreprotectora, a una especie de *friki* puritana.

Alice me observa unos instantes, como si estuviera tratando de decidir algo, pero entonces deja la botella y se encoge de hombros.

–Pues más para mí –dice.

Nos servimos el curry y llevamos los platos rebosantes a la mesa de la cocina. El entusiasmo de Alice por la comida es agradable.

–¡Delicioso! –exclama con incredulidad y sorpresa–. Eres increíble. Podrías abrir un restaurante indio.

Yo niego con la cabeza, pero me siento halagada y no puedo dejar de sonreír. Mi estado de ánimo ha mejorado mucho. La tristeza que sentía después de hablar con mi madre ha desaparecido por completo.

–Entonces –Alice da unos golpecitos en el borde del plato con el tenedor–, ¿qué hacemos después de esto?

–Podríamos jugar a algo. Tengo el Scrabble. Y también el Trivial Pursuit.

Alice niega con la cabeza.

–Aburrido. No puedo concentrarme en el Scrabble más de un segundo seguido. Se parece demasiado a los deberes del instituto. ¿Qué tal el Pictionary o el Charades? Algo divertido.

–Pero necesitamos a más gente para esos juegos.

Alice se queda callada un minuto, pensativa. Entonces me mira y sonríe.

–Conozco a alguien que podría venir y entretenernos durante un buen rato.

–¿De verdad?

Me obligo a sonreír, pero me siento decepcionada. Estaba disfrutando de lo lindo hasta ahora y no creo que necesitemos a nadie para que nos entretenga. El hecho de que Alice quiera invitar a alguien me hace sentir torpe.

–¿A estas horas de la noche?

–¡Son las nueve de un sábado por la noche! Los bares nocturnos ni siquiera han abierto aún.

Me encojo de hombros.

–¿Y a quién, entonces?

–A Robbie.

–¿Y?

–¿Y qué?

–¿Quién es Robbie?

–Es un amigo mío. Trabaja de camarero en un restaurante muy chic. Es un tío divertidísimo. Te encantará.

Alice saca su teléfono móvil y empieza a marcar antes de darme la oportunidad de hacerle más preguntas. Oigo como lo invita –su voz segura y profunda y coqueta– y me pregunto si alguna vez se ha sentido tímida o insegura. Es difícil imaginarlo.

–Llegará enseguida. –Se levanta y se despereza, se frota el vientre, satisfecha–. Ha sido una buena idea, Katie. Una cena impresionante, buena compañía y más diversión a punto de llegar.

–Katherine –digo–. No es Katie. Es Katherine.

Alice ladea la cabeza, me mira con curiosidad.

–Pues tienes más pinta de Katie. En serio. No siempre te has llamado Katherine, ¿verdad? ¿Cuando eras pequeña? Katherine es un nombre demasiado adulto para una niña pequeña. Y Katie es bonito. Divertido. Te pega mucho.

–No –digo–. Me llamo Katherine. Sólo Katherine.

Intento mantener la voz clara y amable, pero se convierte en un sonido duro, en una reacción exagerada. Me siento como una de esas personas tensas, estiradas. Antes no me importaba cómo me llamara la gente –Kat, Katie, Kathy, Kate, me gustaban todos–, pero ahora ya no puedo soportar ninguna de esas versiones cortas de mi nombre. Aquella niña abreviada y despreocupada ya no existe. Ahora soy Katherine Patterson, de pies a cabeza.

Una pequeña arruga cruza la frente de Alice, y me mira fijamente, casi con frialdad, pero en un instante la cara se le dulcifica, se encoge de hombros, sonríe y asiente con la cabeza.

–Claro. Katherine es más elegante. Como aquella actriz de las de antes, cómo se llama, ya sabes, hizo una película... Katherine Hepburn. Y parece que un nombre largo te da más aire de misterio.

–¿Aire de misterio? –Resoplo, contenta de tener una excusa para reírme y acabar con esa situación incómoda–. No lo creo.

–Que sí, de verdad. –Alice se inclina hacia delante–. En la escuela todo el mundo se pregunta quién eres. Tan guapa y tan lista. Tan callada y solitaria, pero no porque seas tímida o miedosa o algo así. Es como si sencillamente no quisieras estar con los demás. Como si tú... bueno... no sé, como si tuvieras un oscuro secreto y no quisieras hacerte amiga de nadie por si lo descubren. Los tienes a todos intrigados e intimidados. Algunos hasta creen que eres una esnob.

–¿Una esnob? ¿De verdad? Bueno, pues se equivocan. No lo soy.

Me levanto, empiezo a recoger la mesa y evito la mirada de Alice. La conversación empieza a incomodarme, se acerca demasiado a la verdad. Tengo un secreto. Un gran secreto oscuro, como ha dicho Alice. Y aunque no soy una esnob, es verdad que no quiero participar en nada y evito hacer amigos, precisamente por esa razón. Es evidente que no he sido tan discreta como esperaba.

Pero Alice se ríe.

–Eh, no te enfades. Venga. Sólo estoy bromeando. Es genial ser misteriosa. Me gusta. Eres distante. Y probablemente estoy celosa. Me gustaría ser un poco más misteriosa de lo que soy.

–Se pone la mano en el pecho y cierra los ojos–. Una mujer misteriosa con un trágico pasado.

Me sorprende lo cerca que ha estado Alice de acertar. Me siento expuesta e incómoda, y tengo que luchar contra el impulso de echar a correr y huir de allí para mantener a salvo mi secreto. Tengo miedo de que Alice siga con esta conversación, de que me interrogue hasta saberlo todo, pero en cambio se encoge de hombros, echa un vistazo a la habitación y menea la cabeza.

–Dios, este piso es impresionante. Tenemos que organizar una fiesta ya. –Se levanta y me quita los platos de las manos–. Tú has cocinado. Yo limpio. Siéntate y tómate otro... –mira mi vaso y mueve la cabeza con desaprobación– traguito minúsculo de tu bebida.

Alice llena el fregadero de agua caliente y jabón para los platos, empieza a lavar, luego vuelve a la mesa a charlar un rato más, me cuenta otra historia. Alguien llama a la puerta.

–¡Es Robbie!

Alice aplaude contenta y corre por el pasillo.

Oigo que saluda a alguien, ríe y grita. Escucho el murmullo grave de la respuesta. Y un instante después ya está en la cocina.

Es alto, y rubio, y muy guapo y atlético, pero de esa manera sana. Me sonríe y me tiende la mano.

–Katherine. Hola, soy Robbie.

–Hola.

Me da un apretón de manos firme, cálido, seco. Sonríe abiertamente, de una manera encantadora, y por primera vez en lo que me parece un siglo siento el tirón leve pero inconfundible de la atracción. Noto que me sonrojo. Me vuelvo y me pongo con los platos, la mayoría de los cuales siguen apilados de cualquier manera al lado del fregadero.

–Yo acabaré esto. Sólo tardaré un minuto.

–No. No. –Alice me agarra por los hombros y tira de mí–. Yo lo haré después. Te lo prometo. Ahora vamos a divertirnos un poco.

Ha quedado un montón de curry y Alice le insiste a Robbie para que pruebe un poco.

–¿Así está bien?

Alice me mira con expresión de disculpa mientras le sirve un enorme plato repleto.

–Está bien. De verdad –digo, y lo digo en serio. He hecho demasiado. Como para seis.

Alice le pregunta a Robbie si quiere una copa, pero él niega con la cabeza, dice algo de un entrenamiento de fútbol y en cambio se pone un vaso de agua. Mira como Alice se sirve otra bebida.

–¿Whisky? –pregunta él–. Un poco fuerte, ¿no?

–Sí. –Le guiña el ojo coqueta–. Fuerte. Como yo.

Los tres salimos a la terraza y Robbie empieza a comer con muchas ganas. Al principio he sido un poco tímida, pero él es tan amable y ha sido tan majo al decirme lo buena que estaba la comida, y su conversación es tan divertida, que no tardo mucho en sentirme cómoda. Robbie tiene veinte años y trabaja de camarero en un restaurante exclusivo, y en un abrir y cerrar de ojos me estoy riendo de las historias que cuenta sobre los clientes detestables con los que tiene que vérselas.

Cuando ya hace demasiado frío pasamos adentro y nos sentamos en el suelo de la sala de estar. A Alice se le ha subido el whisky a la cabeza. Tiene las mejillas sonrosadas y los ojos sanguinolentos, la voz confusa, y habla demasiado alto, interrumpe a Robbie continuamente e intenta acabar las historias por él. A él parece no importarle, sonríe con indulgencia cuando ella lo interrumpe y la deja hablar.

Me doy cuenta de que está enamorado de ella. El modo en que la mira, el hecho de que estuviera dispuesto a venir enseguida y tan tarde un sábado por la noche. Está completamente enamorado de ella.

Alice se levanta y va hasta la estantería a echarle un vistazo a la colección de cedés de Vivien.

–¡Dios mío! –dice–. Tendría que haberme traído el iPod.

Todo esto es tan antiguo. ¡Es de los ochenta! –Pero coge un álbum de Prince y lo mete en el reproductor–. A mi madre le encanta esta canción –dice–. La baila siempre. Tendrías que verla bailar, Katherine. Es increíble. Parece una estrella de cine. Está arrebatadoramente guapa cuando baila. –Y sube el volumen y empieza a mover las caderas, seductora.

Alice sonríe, ha cerrado los ojos, y yo no puedo dejar de pensar en esas inesperadas palabras de admiración hacia su madre. Las pocas veces que la he oído hablar de sus padres en el pasado ha sido con desdén y desprecio, casi como si los odiara.

Robbie y yo nos quedamos sentados, miramos a Alice mientras baila. Lo hace muy bien, es fascinante, sexy, y Robbie la mira fijamente, sonríe. Parece embrujado por ella y pienso en lo bonito que sería que alguien me quisiera así, en lo excitante que sería tener a alguien interesado en mí de una forma tan romántica. Y por primera vez desde que murió Rachel, desde Will, me permito el lujo de imaginar el día en que alguien como Robbie me quiera. Alguien guapo y amable e inteligente. Alguien que me ame a pesar de lo que soy y de lo que he hecho.

6

Cuando acaba la primera canción empieza otra con un ritmo más rápido y Robbie se levanta de un salto, me tiende la mano, tira de mí y yo me levanto. Y entonces bailamos, los tres, sueltos y muy tranquilos, en un círculo estrecho. Bailamos juntos, nuestros cuerpos se tocan, las caderas y los muslos se rozan, los brazos se entrelazan. Robbie abraza a Alice, la besa, y yo los miro, se aprietan el uno contra el otro. Los dos son tan guapos, diría que son la pareja perfecta. Alice se da cuenta de que los miro y me sonríe, entonces le susurra al oído a Robbie. Éste se aparta de Alice y me rodea con los brazos, me abraza fuerte, me pone las manos en las mejillas y aprieta los labios contra mi boca. Es un beso casto, casi fraternal, pero no deja de ser muy emocionante. Alice sonríe, me da un codazo, se ríe. Y entonces nos abrazamos los tres, nos reímos y yo estoy delirantemente feliz. Me siento querida. Me siento atractiva. Me siento joven otra vez.

Y cuando la vocecita empieza a sonar en mi cabeza –la voz que me dice que no merezco la felicidad, que no debo tener lo que Rachel no puede tener–, me niego a escucharla. Decido, al menos por esa noche, ignorar la parte de mí misma que desaprueba todo lo que quiero. Estoy algo mareada, y despreocupada de todo. Soy Katie. Sólo por una noche. Joven y feliz e impetuosa. Katie. Divertida y aventurera. Katie. Sólo por esta noche, Katherine se ha ido y yo puedo ser yo.

Reímos, bailamos y nos abrazamos una canción tras otra hasta que se nos empapa la cara de sudor y nos entra sed y tenemos que ir a la cocina por agua. Cuando acabamos de bailar quitamos los cojines del sofá e improvisamos una cama en el suelo. No paramos de hablar hasta que nos dan las tres de la mañana, y nos dormimos exhaustos, un sueño pesado y profundo y, sin embargo, seguimos abrazados, con las piernas entrelazadas, boca abajo.

Cuando me despierto, Alice está acurrucada junto a mí. En posición fetal, con las manos apretadas en dos puños a la altura de la cara. Parece un ángel dormido preparado para luchar, tiene la extraña apariencia de un boxeador inocente. Respira de forma rápida y superficial y puedo oír el leve silbido del aire que entra y sale de su nariz. Le tiemblan las pestañas y se le mueven los ojos por debajo de los párpados. Está en fase REM. Sueña.

Me levanto de la forma más lenta y silenciosa que puedo. Aún llevo puestas la camisa y la camiseta. Me voy directa al baño, me desnudo y me meto en la ducha.

Cuando acabo, me visto y voy a la cocina.

Robbie está en el fregadero, lavando los platos, y ya casi ha acabado con la pila que dejamos la noche anterior: la que Alice había prometido lavar.

–Eh –digo–, gracias. Pero no tenías que hacerlo.

–Buenos días. –Levanta la mirada y me sonríe, y a pesar del pelo revuelto y de los ojos inyectados en sangre sigue estando increíble–. No te preocupes. No me importa fregar platos. En realidad, hasta me gusta. Recuerdo cuando era un crío y miraba a mi madre hacerlo. Siempre pensé que era divertido. Todas estas burbujas. El agua. –Se pone una pompa de jabón en la palma de la mano, la sopla y ésta vuelve a caer en el fregadero–. ¿Cómo te encuentras? ¿Cansada? Sólo hemos dormido unas cuatro horas.

–Sí, lo sé. Estoy hecha polvo. ¿Y tú, qué tal?

–Perfecto. Preparado para un día de entrenamiento de fútbol y una noche sirviendo a todos esos capullos en el restaurante.

–Pobrecito. Deberías volver a la cama y descansar un poco más.

–Es igual. –Se encoge de hombros–. Estoy acostumbrado. ¿Quieres un té? He puesto agua a hervir.

–Me encantaría. Aunque lo haré yo. Soy muy quisquillosa con el té.

–¿Ah, sí?

–Sólo me lo tomo como es debido, ya sabes, la hoja entera, la tetera y todo eso. La gente cree que estoy loca. Mis manías incomodan a todo el mundo. Así que siempre es más fácil que me lo haga yo misma.

–Eso es genial. A mí también me gusta bien hecho. El sabor es mucho mejor. Mi madre odiaba las bolsitas de té. También solía beberse el té a la antigua.

–¿De verdad?

–Antes de que muriera. –Se mira las manos, metidas en el agua–. Hace sólo un año.

–Oh, Robbie, lo siento. No lo sabía.

–Claro, no te preocupes –dice–, no podías saberlo.

Podría dejarlo ahí, cambiar de tema y hablar de algo más alegre, algo menos fuerte, pero recuerdo lo que solía hacer la gente cuando murió Rachel. Recuerdo lo extraño y ofensivo que era cuando salía el tema de su muerte y se lo sacudían de encima como si no tuviera más importancia que hablar del tiempo. Así que no cambio de tema.

–¿La echas de menos?

–Sí. –Levanta la mirada y los ojos se le llenan de lágrimas. Sonríe con tristeza–. Sí, mucho.

–¿Y tu padre? ¿Cómo lo lleva?

–Bien, creo. Pero es difícil saberlo, ¿no? No quiero preguntárselo.

–¿Por qué no?

–Porque ¿qué pasa si no está bien? ¿Qué pasará entonces? ¿Qué podré hacer yo de todos modos?

Sé que no debo caer en el error de decirle lo que siempre se dice en estos casos, mentiras que intentan aliviar el dolor. Porque sé que no lo hacen, sé que no pueden. Las palabras sólo son palabras, series de sonidos que no tienen poder alguno contra la fuerza del dolor real, del sufrimiento verdadero.

–Nada –digo–. En realidad, no puedes hacer nada.

–Exacto. Y si le dices a alguien la verdad, lo triste que estás, entonces aún te sientes peor, porque te preocupas por el desconsuelo del otro pobre diablo, pero no dejas de sufrir por tu propia miseria.

–Sí –digo, y me encojo de hombros–. Probablemente es mejor que te enfrentes a tu propia desdicha a tu manera. Y al final, supongo, se hace menos dura. Dejas de pensar en ella a todas horas.

Robbie asiente. Y luego nos quedamos callados un minuto. Espero, le doy a Robbie la oportunidad de continuar la conversación o de cambiar de tema. Lo que dice después le sale de un tirón, casi sin pararse a respirar.

–Yo estaba a punto de irme de casa cuando ella se puso muy enferma, pero me quedé porque quería ayudarla, estar con ella, ya sabes, pasar con ella todo el tiempo posible antes de que muriera... porque ya sabíamos que se iba a morir, sólo faltaba saber cuándo. Pero eso fue hace dos años. Y todavía estoy allí. Tengo veinte años y sigo viviendo en casa porque soy incapaz de dejar a mi padre solo. Pero lo más triste de todo esto es que no sé si mi padre quiere que me quede con él. Probablemente desearía que me largara al infierno para poder quedarse solo, para poder revolcarse en paz en su tristeza. Debe de creer que necesito su compañía. Es que... bueno... que todo está mal, básicamente.

–Entonces, ¿tu padre sigue estando muy triste?

–Por lo general está bien. O al menos actúa como si lo estuviera. Es fuerte y parece que tiene muchas ganas de seguir adelante, y se asegura de que la casa esté alegre, limpia, llena de comida, todas esas cosas. Ya sabes, siempre tenemos amigos en casa, montamos cenas de pizzas y cervezas, como si todo fuera alegría, como si la vida fuera fantástica sin una mujer en la casa. Pero entonces, una noche, hace una semana más o menos, me asomé a su habitación para decirle algo. Pero me detuve antes de entrar. Me quedé en la puerta durante un minuto, no sé por qué... quizá... puede que... no lo sé... pero me quedé allí y lo oí llorar. Llorar de verdad, ya sabes, de esa manera que te rompe el corazón, ruidosamente; sollozaba, gemía y hacía ese tipo cosas. Fue terrible. Quiero decir, sé que quería a mamá de verdad, sé que la echa de menos, pero estaba tan... tan desvalido. Como un niño. Como si hubiera perdido el control de sí mismo. Como si toda la felicidad que siempre demostraba fuera puro teatro. Una fachada para mí. Y yo no sabía qué hacer, así que me quedé allí esperando a que acabara, deseando que se callara de una vez. Fue muy raro. Lo peor es que no sentí compasión, y lo odié por dejar que yo lo oyera, por no seguir fingiendo que estaba bien.

–Sé lo que quieres decir. Ver a tus padres como lo que son te hace crecer, y te das cuenta de que el mundo es un sitio peligroso que ellos no controlan. Y si ellos sufren tanto, si no controlan las cosas, ¿qué esperanzas hay para ti?

Las palabras me salen sin pensar, sin darme cuenta de que me estoy mostrando tal como soy.

–Exacto. –Robbie me mira alarmado–. Joder. ¿Tu madre también se murió o algo así? ¿Está muerta?

–Oh, no. –Sacudo la cabeza y me río como si la idea de que se haya muerto alguien de mi familia sea absurda–. Mi madre está bien. Pero he pensado un poco en ese tipo de cosas. Y he leído algún libro de mi padre sobre el duelo y cosas así... Morbosa que soy. Loca.

–Bueno, pues has dado en el clavo con los sentimientos. La mayoría de la gente se asusta cuando les digo que mi madre está muerta. La mayoría se molesta, o le da vergüenza hablar de eso y cambia de tema. Y mi psicóloga es inútil. Siempre me pregunta qué es lo que siento, y cómo me siento por sentir lo que siento. Y luego me dice que mis sentimientos son perfectamente válidos, pero parece que ella esté pensando todo el rato que yo debería intentar sentir algo completamente diferente. A veces pienso que conseguiría lo mismo si en vez de hablar con ella hablara con un rollo de papel higiénico.

Estoy a punto de contestarle cuando Alice nos llama desde la otra habitación.

–¿Buenos días? –dice con una voz ronca y profunda, secuela de la noche anterior–. ¿Gente? ¿Dónde estáis? Me siento muy sola aquí.

Robbie y yo nos sonreímos y nos encogemos de hombros; dejamos ahí la conversación. Cogemos la tetera y la leche, el azúcar y las tazas y nos vamos a la sala de estar, junto a Alice.

7

Paso a buscar a Sarah por la guardería un poco más temprano de lo habitual. La miro a través de la ventana durante un momento antes de que ella me vea a mí, y me alegro de verla tan feliz. Está jugando con un trozo de plastilina verde brillante, sola, completamente absorta en empujarlo con la palma de la mano para meterlo en un molde de vivos colores. Es una niña solitaria, que se siente incómoda con la gente –como también solía serlo Rachel–, y aunque estoy muy contenta de que sea prudente, también me preocupa que eso le haga las cosas más difíciles. Después de todo, tendrá que mezclarse con la gente, lo quiera o no.

Es curioso, porque nunca vi la timidez de Rachel como una desventaja para ella. De hecho, era un rasgo de su personalidad que me parecía entrañable. Pero quiero que para mi hija la vida sea perfecta. Quiero que todo el mundo la quiera. Quiero que todo le resulte tan fácil y tan feliz y tan tranquilo como sea posible.

La gente me dice que soy sobreprotectora, que tengo que dejar a Sarah a su aire, darle espacio para que encuentre su propio camino en el mundo, pero no creo que exista la sobreprotección hacia quien amas. Querría coger a esa gente del brazo y enseñarles que hay peligros por todas partes, y que son tontos si no los ven. «¿Creéis que estáis a salvo? ¿Creéis que la gente es de fiar? ¿Que son majos? ¡Abrid los ojos y mirad a vuestro alrededor!» Pero sólo pensarían que estoy loca. Son ingenuos, ignorantes, incapaces de darse cuenta de que el mundo está lleno de personas que te quieren mal, y me sorprende que estén tan ciegos.

Ser madre es difícil, contradictorio, imposible. Quiero que

Sarah sea feliz, que tenga amigos, que se ría y que se sienta llena de vida. No que se sienta paralizada por el miedo y la ansiedad. Pero también quiero que tenga mucho cuidado, que se adentre en este mundo peligroso con los ojos bien abiertos.

Cuando abro la puerta y entro en la sala de juegos me quedo quieta detrás de ella y espero a que la sensación de mi presencia haga que se dé la vuelta. Adoro el momento en que me ve, la expresión de puro placer que le llena la cara, la manera en que se olvida inmediatamente de lo que estaba haciendo en ese momento y se lanza a mis brazos. Sólo la dejo en la guardería dos tardes a la semana, miércoles y viernes –tardes dolorosas, largas y aburridas para mí–, y siempre me siento aliviada cuando voy a buscarla las tardes de los viernes, contenta de que se haya acabado la semana, porque podremos estar juntas cuatro días seguidos antes de llevarla de nuevo a la guardería.

Hoy he ido a buscarla temprano porque vamos a hacer nuestro viaje anual. Me la llevo a Jindabyne, a la nieve, y estoy tan entusiasmada como una cría porque sé que Sarah disfrutará mucho cuando la vea. Podremos hacer un muñeco, lanzarnos bolas, y hasta quizá deslizarnos en trineo. Podremos tomar chocolate caliente junto a la chimenea y disfrutar del frío, y también de un poco de nuestro tiempo a solas, lejos de mis padres.

–¡Mamá! –grita cuando me ve. Se levanta y echa a correr tirando la banqueta por las prisas. Me echa los brazos al cuello–. ¿Estás lista para marcharnos?

–Sí. ¿Y tú?

–¿Has cogido mis cosas?

–Claro.

–¿Mi osito?

–Por supuesto.

–¿Y qué pasa con la abuela y el abuelo?

Sabe lo pendientes de ella que están mis padres, y me entristece que a su edad ya se preocupe por ellos.

–También se lo pasarán muy bien este fin de semana. Vienen amigos a cenar y harán un montón de cosas.

Se le ilumina la cara.

–¿Están *tentos*?

–Mucho. Casi tan contentos como nosotras.

Me agacho y la cojo en brazos, recojo su bolsa, firmo su salida de la guardería y nos vamos al coche. Salimos de Sidney con rapidez y sin problemas, aún es muy temprano para los atascos de tráfico del viernes por la noche. Sarah está tranquila en el coche. Mira por la ventanilla, se chupa el dedo, relajada, como en trance. Siempre se pone así cuando va en coche, y cuando era pequeña, conducir era la mejor manera de hacer que se durmiera o que dejara de llorar.

Conduzco por la autopista con cuidado, mantengo el coche lo más alejado posible de los otros, haciendo caso de las enseñanzas de mi padre sobre la conducción preventiva. Mi padre ha intentado convencerme para que no hiciéramos este viaje. «Las carreteras estarán terribles –me dijo–. Con todos esos conductores nefastos, esos idiotas maníacos que salen los fines de semana todos a la vez. Y tú no estás acostumbrada a conducir en esas condiciones –añadió lacónicamente–. No seas tonta.» Pero vi lágrimas en sus ojos, y le temblaban las manos.

Entiendo su pánico: en las carreteras muere gente cada día. Una pequeña equivocación, un error de juicio, un lapso en la concentración: cualquiera de esas cosas puede cruzarse en el camino de uno de esos camiones que van a toda velocidad por esta autopista. Dos vidas perdidas en un instante. Una familia destrozada. Mi padre sabe, mejor que nadie, que en cualquier momento puede ocurrir lo impensable, que a veces una pesadilla se convierte en realidad.

Así que es por su bien por lo que mantengo los ojos fijos en la carretera, las manos firmemente agarradas al volante, el cerebro alerta. Es el miedo de mi padre lo que me impide que pise el acelerador hasta el fondo.

8

–No, no, no, no, no. Nada de ir a Coffs Harbour. Ni hablar. –Alice niega con la cabeza–. Es un sitio horrible, está lleno de gente gorda. Y no hay buenos restaurantes.

–¿Lleno de gente gorda? –Robbie niega con la cabeza–. A veces te pones insoportable, Alice.

–Es la verdad. Aquello es un sitio de mala muerte. Y si quieres unas vacaciones en la playa, Coffs no es el mejor sitio que hay, de todos modos. Allí no hay ningún lugar donde poder meterte tranquila en el agua, ya lo sabes. Está la vía del tren entre las casas y la playa. Es un rollo. Créeme. Coffs Harbour está repleto de idiotas, lleno de esa clase de gente que come margarina en vez de mantequilla y lleva parches en las rodillas de los vaqueros. A mis padres les encantaba ir allí. Y eso significa que es el peor lugar del mundo.

Alice no me ha contado demasiadas cosas sobre sus padres, y me preguntó qué relación tendrá con ellos. Unas veces habla de su madre con un amor y una consideración entrañables, y otras con desprecio, casi con crueldad. Cuando se burla de ellos –de su pobreza, de su mal gusto, de su estupidez–, me sorprende que pueda ser tan insensible con su propia familia.

Los tres estamos intentando organizar un viaje para pasar un fin de semana juntos. Estoy emocionada y me imagino una escapada de ensueño: nadaremos, comeremos y charlaremos. Pero no nos ponemos de acuerdo sobre adónde ir, y tenemos poco dinero, y eso es un problema porque Alice se está poniendo nerviosa.

Me siento un poco culpable porque mis padres tienen una casa en las Blue Mountains, a la que van algún que otro fin de semana. Es una casa preciosa, moderna, hecha toda con maderas claras y acero inoxidable, amplia y abierta, y con unas espectaculares vistas a las montañas. La diseñó mi padre y lo hizo con todo lo que le gusta en una casa: comodidad y estilo, claridad, líneas rectas y, lo más importante, una gran cantidad de luz y espacio. También tiene piscina y una pista de tenis, así que siempre hay algo que hacer, y está en un terreno de dos hectáreas, rodeado por unos setos altos y densos que le dan privacidad.

Mis padres estarían muy contentos de dejármela, muchas veces me dicen que vaya allí de fin de semana con los amigos, y sé que estarían encantados de que disfrutara de la casa. Pero no creo que pueda soportarlo. Sólo he estado allí una vez desde que murió Rachel, unos meses después de su muerte, cuando mamá y papa y yo aún estábamos en estado de *shock* y nos comportábamos como si hubiéramos extraviado el rumbo, como almas perdidas. Y fue increíblemente doloroso estar allí sin Rachel. Su ausencia era una especie de vacío maligno que se había tragado toda la alegría y la belleza del lugar, así que no había ido desde entonces.

Solíamos ir allí desde Melbourne durante las vacaciones escolares, y nos quedábamos una semana, a veces dos. Era un sitio tranquilo y perfecto para que Rachel ensayara. El piano de cola ocupaba el centro del espacio, y cuando estaba viva, mamá, papá y yo nos sentábamos en el porche, tomábamos té y escuchábamos tocar a Rachel. Aparte de la música, las vacaciones eran muy tranquilas: no había televisión, ni radio, ni ninguna diversión por los alrededores, así que pasábamos los días paseando y nadando, y por las noches jugábamos al Scrabble o al ajedrez.

Ahora es duro reconocer que solía aburrirme en aquellos viajes. Es doloroso recordar que a veces me molestaba estar allí: echaba de menos a mis amigas, mi vida social, al chico que me volvía loca en aquella época, y siempre me sentía impaciente por volver a casa. Ahora desearía haberme implicado más, haber estado más presente. Desearía haber sabido lo frágil que era la vida. Si hubiera sabido la facilidad con la que todo puede ser destruido, no habría dado nada por sentado.

Si miro hacia atrás, me doy cuenta de que éramos unos privilegiados. Si miro hacia atrás, me avergüenzo de no haber tenido ni idea.

Así que, a pesar de lo bien que nos habría ido la casa de la montaña, no digo nada. En cambio, sugiero que podríamos ir hacia el sur.

–Pero hacia el sur el agua está más fría. Quiero ir al norte, el agua estará más caliente –objeta Alice.

–No te darás cuenta de la puñetera diferencia. Y hacia el sur será más tranquilo. Y más barato. –Robbie me mira y sonríe, abre los ojos y señala a Alice con la cabeza, disimuladamente–. Una idea excelente, Katherine.

–Eh –Alice me mira primero a mí y luego a Robbie–, que he visto vuestra miradita. ¿Ahora tenéis secretitos? ¿Sobre mí, quizá? –Sonríe, pero hay un cierto tono amargo en su voz, y tiene un destello frío en la mirada–. Recordad que todo esto es gracias a mí. Vosotros dos no ibais a hacer nada. Ni siquiera os habríais conocido si no es por mí.

–Cállate ya, Alice. –Robbie mira al cielo con fastidio y levanta su taza vacía–. Necesito más café. Sé una buena anfitriona y tráenos un poco.

Alice acerca la cara a pocos centímetros de la de Robbie y por un instante no sé qué va a hacer. Parece enfadada, y me pregunto si se pondrá a gritar, o si le dirá que se largue, y quizás hasta puede que le muerda. En cambio, aprieta la boca contra la suya, se la abre a la fuerza y le mete la lengua entre los labios. Y de repente se aparta con brusquedad, coge las tazas de la mesa y se levanta.

–¿Más café? ¿Más té, Katherine?

Ahora nos mira desde arriba y sonríe alegre.

–Por mí, bien. Gracias.

Robbie la mira mientras sale de la habitación.

–¿Hablaba en serio? –pregunto.

Se vuelve hacia mí sobresaltado, como si hubiera olvidado que yo estaba allí.

–¿Que si hablaba en serio? –Y después asiente–. Oh, sí. ¿Te refieres a que si todo gira alrededor de ella? Pues sí, hablaba muy en serio. Es una narcisista hasta la médula. A ella sólo le importa ella misma.

En ese momento pienso que Robbie exagera. Después de todo, está enamorado de ella, así que no puede decir eso muy en serio. Alice es un poco egoísta, un poco dominante, ya me había dado cuenta. Pero ¿y qué? También es increíblemente generosa y amable. Y también tiene una evidente habilidad para escuchar a los demás y hacer que se sientan especiales.

–Pero, de todos modos, tú la amas.

–Alice es como una droga. Nunca tengo suficiente. –De repente parece triste–. Sé que es mala para mí, sé que nunca seré feliz con ella, pero no puedo prescindir de Alice. No importa lo que me haga: volveré por más. –Se encoge de hombros y mira hacia otro lado–. Tengo una adicción. Una adicción a Alice.

–Pero ¿qué...?

Estoy a punto de preguntarle qué es lo que le ha hecho ella, por qué es mala para él, cuando Alice vuelve a la habitación con las tazas humeantes.

–Gracias.

Robbie coge la suya y Alice se inclina para besarlo con dulzura mientras él la abraza.

–Eres un ángel, Robbie. Una estrella –dice ella.

Robbie pone los ojos en blanco, pero está contento de que ella demuestre cariño, se le ve en la cara.

Me tiende la taza.

–Y usted, señorita Katherine. Usted es toda una leyenda.

Sonrío, le doy un sorbo al té.

Alice se sienta, se inclina hacia delante, parece animada.

–Cuando me he ido a la cocina he estado reflexionando. He pensado que era genial que nos hayamos conocido los tres. Quiero decir, y sé que sonará cursi, pero realmente nos llevamos muy bien, ¿no? Quiero decir que encajamos como... no sé... como las piezas de un rompecabezas. Que encajamos juntos a la perfección. –Y sonríe, mira hacia abajo, de repente un poco avergonzada–. Sólo quería decirlo. Quería decir que sois muy importantes para mí, que sois los mejores amigos del mundo.

Hay un breve momento de silencio antes de que Robbie se dé una palmada en la rodilla y resople ruidosamente.

–¿Piezas de un rompecabezas? Pero ¿oyes lo que estás diciendo? ¿De verdad que has dicho eso? –Me mira, y la cara se le transforma en pura alegría, toda señal de su preocupación anterior ha desaparecido–. ¿Has oído, Katherine?

–Lo ha dicho –asiento–. Creo que sí.

–Oh, Dios mío. –Alice se tapa la sonrisa con la mano–. Vale, lo he dicho. Pero en mi defensa diré que fui educada por una mujer que ve culebrones televisivos a la hora del desayuno, de la comida y de la cena. No puedo evitar ser un estereotipo con patas. Tienes muchos prejuicios y eres muy malo si te ríes de mí, Robbie, y además siempre te he gustado así. ¡Hipócrita!

–¡Qué pena! –Robbie niega con la cabeza–. No tienes excusa para ser tan cursi. No tienes excusa en absoluto.

–Vale –ríe Alice–. Vale. Has descubierto mi sucio secreto. Soy una chica de Coffs hasta la médula. No puedo evitarlo. Por eso no quiero ir allí. Es un sitio que puede conmigo.

–Lo sabía. Amas la margarina en secreto, ¿verdad? –dice Robbie.

Y los tres nos partimos de risa.

–Para ser sincera –Alice baja la cabeza, finge avergonzarse–, también adoro los parches en las rodillas de los vaqueros. Me obligo a no llevarlos. Es duro, pero lo estoy consiguiendo. Lo voy superando poco a poco.

Y bromeamos y nos reímos y hacemos planes para el fin de

semana. Me olvido de preguntarle a Robbie qué es lo que le pasa con Alice, y no creo que se lo pregunte más tarde. Así que Alice tiene algunos detalles de su personalidad que son un poco feos. ¿No los tenemos todos? Sencillamente estoy muy contenta como para que eso me moleste. Me estoy divirtiendo demasiado como para escuchar la vocecita de alarma que ha empezado a sonar en mi cabeza.

9

–Y entonces ¿qué pasó? –Carly se inclinó hacia delante y abrió los ojos con interés–. Vamos. Ahora no puedes callarte.

Pero Rachel estaba en la puerta. Llevaba el pijama arrugado y tenía la cara enrojecida. Estaba claro que había llorado.

–¿Rach? –Le tendí la mano–. ¿Qué pasa?

–He tenido otra pesadilla.

–Vaya. Venga. Ven y siéntate con nosotros.

Le sonreí a Carly, como si le pidiera disculpas. Le estaba contando lo ocurrido la noche anterior, una noche que había pasado con mi novio, Will. Nos habíamos besado y tocado, y casi acabamos haciendo el amor. Carly había insistido en que le contara todos los detalles.

Carly era mi mejor amiga. Era fuerte y directa y divertida. La primera vez que vino a nuestra escuela no me gustó nada. Pensaba que era una presumida y que hacía bromas demasiado obvias. Tampoco yo le gusté mucho al principio, y después me dijo que había pensado que yo era, y repito sus palabras, una mocosa, una niñata rica.

Carly y yo hicimos amistad en el campamento de verano de séptimo curso; siete días de tortura, frío, humedad, hambre e incomodidades que se suponía que servirían para «encontrarnos a nosotros mismos». A Carly y a mí nos encomendaron las tareas de la cocina y nos hicimos muy amigas mientras luchábamos cada noche por hacer algo comestible con muy pocos ingredientes, y nos enfrentamos a las constantes quejas de nuestros compañeros de clase. Yo estaba impresionada con la habilidad de Carly para hacer bromas de todo, y más tarde ella me dijo que admiraba mi absoluta determinación por hacer las cosas lo mejor que sabía. Desde entonces éramos inseparables.

Rachel se sentó en el suelo a mi lado y yo la rodeé con el brazo.

–¿El mismo sueño otra vez? –le pregunté.

–Sí.

–Rachel ha tenido la misma pesadilla unas cuantas veces –le expliqué a Carly–. Ve a una chica que le resulta muy familiar, y la chica le sonríe, así que Rachel se acerca a ella.

–Y entonces, cuanto más me acerco –continuó Rachel–, la cara de la chica se vuelve aún más familiar. Y al principio estoy muy contenta y emocionada de verla, tengo la impresión de que siento amor por ella, como si la conociera bien. Pero cuando me acerco un poco más empiezo a pensar que quizá no sea tan amable como parece, o incluso que hay algo malo en ella. Y entonces, cuando ya estoy enfrente, veo que soy yo misma, que tiene mi cara, y de repente me doy cuenta de lo que significa que yo vea en ella mi propia cara. Quiere decir que me voy a morir, y me da mucho miedo... intento irme, alejarme... pero ella empieza a sonreír otra vez, ahora de una manera aterradora. Es una sonrisa de maldad. Y yo trato de correr y ella no para de reírse, y yo no puedo escaparme. Y entonces me despierto. –Rachel miró a Carly–. Me da mucho miedo, de verdad, y ya sé que no parece tan malo, pero es terrorífico. Esa chica, esa chica que soy yo, es como un mensajero de la muerte.

–Vaya, suena muy macabro. –Carly se estremeció–. No me extraña que te dé miedo.

–¿Por qué no te acuestas aquí abajo un rato? –le propuse a Rachel–. Trata de volver a dormirte. Mañana tienes el gran ensayo. Necesitas descansar.

Rachel se metió en mi cama. La tapé con las mantas y volví a sentarme en el suelo, al lado de Carly.

–¿Y entonces? –Carly me dio un codazo–. Sigue, por favor.

Negué con la cabeza.

–No –susurré–. Espera a que Rachel se haya dormido.

–Ya sé de qué estáis hablando –dijo Rachel desde la cama–. Habláis de chicos y de todas esas cosas. Os he oído cuando venía. Por mí podéis seguir. No me importa. En serio. Ni siquiera voy a escucharos.

Carly levantó las cejas como diciendo: «¿Lo ves? No pasa nada».

–¿Lo prometes? –dije–. ¿Me prometes que no nos escucharás, Rach?

–Pero si ya casi no puedo tener los ojos abiertos –aseguró ella–. Me habré dormido antes de que digáis dos palabras. Y no quiero saber lo que hicisteis tú y Will la otra noche, créeme. Seguro que es asqueroso.

Así que le conté a Carly lo que había hecho con Will. Se lo expliqué casi todo, pero en voz muy baja, para que no lo oyera Rachel. Al menos, le conté todo lo físico, pero me callé las cosas que nos dijimos el uno al otro. No le expliqué lo mucho que nos reímos, emocionados y alegres, que nos susurramos palabras dulces y que prometimos querernos de verdad. Las palabras de amor que nos dijimos eran sagradas y me las guardé para mí.

Al día siguiente, Carly y yo nos juntamos con Rachel después del ensayo de piano. Hacía poco que habíamos empezado a beber café, y nos gustaba meternos en una cafetería a beber capuchinos durante todo el rato que pudiéramos, y contemplábamos a los otros clientes, y cotilleábamos sobre nuestras amigas. Yo sentía que era como hacer algo de adultos, pero a diferencia de otras muchas actividades sociales que habíamos empezado a poner en práctica –fiestas con alcohol y todas esas cosas con los chicos– esto era seguro y cómodo. No había secretos o engaños, no había nadie que tratara de impresionar a nadie, podíamos ser nosotras mismas.

Nos llevamos a Rachel a la cafetería y ella nos explicó lo excitada que estaba por el concierto que iba a dar. Los otros músicos eran fantásticos, dijo, y se compenetraban mucho a la hora de interpretar la pieza. Me gustaba hablar de música y conocía a la gente de la que hablaba Rachel, así que me interesaba lo que decía, pero al cabo de un rato me di cuenta de que Carly se estaba aburriendo; tenía la mirada perdida, y había empezado a tamborilear con los dedos con impaciencia.

–Carly –dije–. ¿Hola? ¿Te aburrimos mortalmente?

–Lo siento. –Rachel apoyó las mejillas sonrosadas en las manos–. No paro de hablar de lo mismo todo el rato, ¿no? Es que es tan emocionante. Lo siento. Hablemos de otra cosa.

Carly negó con la cabeza como para decir que no tenía por qué disculparse.

–¿A qué hora tenéis que estar en casa? –preguntó Carly.

–Yo a ninguna en particular. –Miré a Rachel–. Pero tú tienes que irte a casa a ensayar.

Rachel miró su reloj.

–Sí, pero sólo son las cuatro pasadas. Tengo un montón de tiempo.

–¿Conoces a Jake y a Ross y a los otros chicos?

Carly me miró, y por cómo sonrió me di cuenta de que tenía un plan que no incluía a Rachel.

–Sí.

Los conocía vagamente. Eran chicos de la escuela, iban un curso por encima del nuestro. Tenían un grupo de música y eran famosos por ser muy salvajes y populares.

–Van a ensayar esta tarde. En el viejo cobertizo del granjero. Bueno, creo que iba a ser un ensayo pero se ha convertido en una especie de fiesta. Parece que irá muy poca gente. Sólo algunos de los cursos superiores. Ya sabes, música, cervezas y esas cosas. Será divertido.

–Suena genial –digo.

–¿Un ensayo de un grupo? –dijo Rachel–. Qué guay. Me encantaría oírlos. ¿Puedo venir?

–Son mayores, Rach. Beberán alcohol y esas cosas. Te sentirías completamente fuera de lugar.

–No si hay buena música.

–No. Ni hablar. No seas tonta. Tienes que irte a casa a ensayar.

–Oh, venga, Katie. Por favor. ¿No puedo venir un ratito y después irme a casa? Ya sé que crees que soy una niña, pero ya soy mayor. Y necesito divertirme un poco. Voy a tocar cada minuto de cada día durante las próximas semanas. La música me inspirará. Por favor.

–¿Que te inspirará? –Pongo los ojos en blanco–. Sí, claro. ¿La música de un grupo *grunge amateur*? Seguro que sí.

–Por favor, Katie. Por favor. Sólo una hora.

–No.

–Oh, por Dios –dijo Carly cansada de oírnos–. Déjala venir. ¿Qué importa? No tenemos tiempo de quedarnos aquí a discutirlo.

No tenía una razón real para seguir diciéndole que no, podíamos ir una hora y volver a casa antes de que llegaran mamá y papá, y Rachel tendría tiempo de ensayar un rato. Sólo que no tenía ganas de que se pegara a nosotras. Pero no podía decírselo sin que se echara a llorar, y si se ponía a llorar ahora, tendría que llevarla a casa, cuidarla y sonarle los mocos. A pesar de lo que decía ella, a veces seguía siendo una niña.

–Vale –accedí con voz deliberadamente fría–. Puedes venir. Pero no me eches la culpa si mamá y papá nos pegan una buena bronca.

10

Vivien trata de ocultarlo, pero me doy cuenta de que se sorprende cuando le digo que me voy de fin de semana con Alice y con Robbie. Me abraza con fuerza antes de irse a trabajar.

–Pásatelo bien, jovencita –dice.

Al final hemos decidido ir hacia el sur, y cogemos mi coche, el Peugeot nuevo, porque es más rápido y cómodo. Salimos de Sidney el viernes por la mañana. Alice y yo tendríamos que estar en la escuela, pero los profesores son bastante indulgentes con los alumnos de último curso y seguro que ni siquiera se dan cuenta de que no estamos. En todo caso me llevo *Hamlet* para releerlo mientras me tuesto al sol en la playa. Robbie ha pedido vacaciones en el restaurante y es el que conduce el coche porque es mayor que nosotras y puede ir a más de ochenta kilómetros por hora. Los tres estamos excitados y animados y reímos, bromeamos durante las cuatro horas enteras de viaje hasta Merimbula. Cuando llegamos vamos al supermercado local y llenamos el carro de comida para todos los días que pasaremos allí. Alice lo llena de chocolate y caramelos, Robbie y yo de lo más esencial: huevos, leche, pan, papel higiénico... Metemos las provisiones en el maletero del coche y comprobamos el mapa, después cogemos la carretera secundaria que nos lleva hasta la playa.

Hemos alquilado una vieja casa de madera de dos habitaciones. La encontramos buscando por internet, y aunque había un par de fotos del interior –de la cocina y del comedor– no estamos muy seguros de lo que vamos a encontrarnos. Así que cuando llegamos y vemos una encantadora casita de campo blanca, con un porche de madera con vistas a la playa, nos alegramos mucho y nos sentimos aliviados.

Entramos y corremos por el interior, riendo y gritando.

–Es perfecta.

–Dios. Mira el baño, es enorme.

–Y mira qué vistas. Puedes oír el océano desde todas las habitaciones. Vaya. Es preciosa.

–Venid a ver las habitaciones. Las camas son increíbles.

Nos ponemos el bañador y corremos a la playa. Los tres nos metemos en el agua sin comprobar antes la temperatura, y buceamos bajo las olas. El agua está helada, pero estoy demasiado feliz, demasiado viva y a gusto con mis amigos, y consciente de que tengo tres días enteros para divertirme con ellos, como para preocuparme del frío. Alice y Robbie se salpican el uno al otro y se abrazan y ríen. Alice se escapa de él, riéndose, y tropieza. Él la pilla, pero ella lo empuja y se le suelta un tirante del biquini y le deja un pecho al aire. Eso la hace reír aún más, y se da la vuelta y chilla como una niña, y se suelta el otro tirante y enseña los dos pechos. Luego se los coge con las manos, se los levanta y apunta los pezones hacia Robbie.

–Bang, bang, muere –dice ella.

–Oh. Aaaaah.

Robbie se lleva una mano al pecho y cae al agua de espaldas.

Alice se vuelve hacia mí y me apunta con los pezones.

–No, no. –Me río–. Por favor, ten clemencia.

Veo un movimiento con el rabillo del ojo: hay un hombre y una mujer de mediana edad. Caminan por la playa, nos miran con desaprobación, indignados.

Alice sigue mi mirada y los ve. Y le cambia la expresión de alegría a ira. De repente se vuelve y mira a la pareja directamente. Se quita el sostén, lo coge por la punta de uno de los tirantes y lo hace girar delante de ella; después se quita la parte inferior y echa a caminar hacia ellos. Los mira, desnuda y desafiante, y les sonríe, fría. Los está retando.

El hombre y la mujer se van ruborizados, murmurando y negando con la cabeza.

Alice los mira marcharse, entonces inclina la cabeza hacia atrás y se echa a reír.

Por la noche nos damos un festín de pescado rebozado con patatas fritas que hemos comprado en una tienda de comida para llevar. Las patatas están crujientes, el pescado es fresco y está muy bueno, y comemos hasta hartarnos. Cuando acabamos nos echamos en el sofá y charlamos.

–Dios, odio a la gente como ésa –dice Alice de repente.

–¿Qué gente?

–A los cortos de miras y conservadores y catetos, como la pareja que hemos visto en la playa.

–¿Cortos de miras? ¿En serio? ¿Estás completamente segura? –Robbie la mira con curiosidad–. Si apenas los has visto durante cinco segundos.

–Sí, tengo razón. Vidas insignificantes, peinados penosos y ropa horrible. Gordos y feos a morir. El tipo de gente que vota a los políticos conservadores y odian a los gais. El tipo de gente que dice cosas como... –Alice pone acento pueblerino–: «Es una chica guapa aunque sea negra. Pero no creo que fuera tan lejos como para invitarla a cenar».

La burla cruel de Alice me hace reír porque doy por sentado que está bromeando. Pero Robbie no se ríe. Mira a Alice y niega con la cabeza con desaprobación.

–Pero qué bestia eres a veces.

–Puede que sí, pero probablemente tengo razón –dice, y luego lo señala con el dedo–. Eres demasiado bueno para tu propio bien.

–No soy bueno. Eres injusta. Eres...

Alice bosteza en voz alta, lo interrumpe y se echa los brazos a la nuca.

–Quizá soy injusta. Pero ¿a quién le importa? El mundo entero es injusto, Robbie. Y créeme, conozco a ese tipo de gente. Sé cómo son. Son exactamente como mis padres. Tristes. Amargados. Feos. Y siempre se meten con lo que hacen los demás porque sus propias vidas patéticas son demasiado aburridas. Lo veo en sus ojos. Huelo la peste que sueltan a cientos de kilómetros de distancia. –Se levanta y se despereza, la camiseta se le levanta y deja entrever el vientre bronceado, el ombligo–. Pero esta conversación me aburre. Hemos hablado de lo mismo muchas veces y o estamos de acuerdo o no lo estamos. Y yo ya estoy muy, muy cansada. –Nos lanza un beso y se va a la habitación.

Robbie y yo nos sonreímos, oímos murmurar a Alice mientras se desnuda y el crujir de la cama cuando se acuesta.

–No hagáis nada malo sin mí –nos grita desde la habitación–. Buenas noches, niños. Sed buenos.

–Buenas noches, Alice.

–¿Quieres que nos sentemos fuera, en el porche? –propone Robbie al cabo de un rato.

–Claro.

Mientras saca las sillas y espera a que me siente puedo ver en su cara que algo le ronda por la cabeza.

–Quiero preguntarte algo –dice.

–Vale.

Suspira.

–Odio hacer esta clase de preguntas. Y lo entenderé si no quieres contestarme. Y si quieres que me largue, dímelo, no te cortes.

–Vale –me río–. Lárgate.

–Al menos déjame hacerte primero la pregunta.

–Lo siento. Pregunta.

Antes de hablar, Robbie mira hacia dentro de la casa.

–¿Te ha hablado de mí alguna vez? Ya sabes, Alice, ¿te ha dicho lo que siente?

–No. En realidad, no.

–¿En realidad, no?

Robbie me mira como si esperara más detalles.

Pero lo cierto es que cuando estamos solas, Alice casi nunca habla de él. Claro que si hemos planeado hacer algo juntos, ella habla de él, pero nunca de lo que siente por él. Una vez le pregunté si lo amaba, si lo consideraba su novio, pero ella se limitó a reírse con desdén, negó con la cabeza y dijo que no estaba hecha para ser novia de nadie. Y aunque es obvio que Robbie siente por ella algo muy especial, que está claramente colado por ella, siempre había supuesto que estaban liados de alguna manera.

Pero Robbie no me haría esas preguntas si supiera con exactitud dónde se está metiendo. Es evidente que espera algo más de la relación con Alice de lo que ella está dispuesta a darle. De repente, siento la necesidad de decirle que tenga cuidado, que construya una coraza alrededor de su corazón, que se busque otra novia si es que quiere algo más serio. Pero no lo hago, no puedo. En realidad no sé qué piensa Alice de su relación con Robbie –quizá lo ama pero se niega a reconocerlo, tiene miedo de ser herida–, y no me siento con derecho a darle consejos o a advertirle, cuando yo misma estoy tan mal como él.

–Alice y yo nos conocemos apenas desde hace tres meses, Robbie –digo.

–Pero os habéis hecho íntimas, pasáis mucho tiempo juntas –me contesta–. Debes de tener alguna idea de lo que piensa, aunque no te lo haya dicho directamente.

–Pero no me ha dicho nada. En serio. Así que sé tanto como tú. –Y lo miro; está desconcertado–. De todos modos, pensaba que habías dicho que Alice era mala para ti. La comparaste con una adicción malsana. Pensaba que estabas... –dudo, trato de encontrar la palabra justa–, bueno, no sé, ¿lo tienes claro con ella?

–Mi cabeza sí, mi corazón no, creo. –Sonríe con tristeza–. A veces puedo ser racional y disfrutar de lo que me da ella. A veces puedo ver todo lo malo que hay en nuestra relación y convencerme de que algo más serio con Alice sólo me haría sufrir. O cuando menos puedo fingir que me doy cuenta de todo.

Pero en realidad lo que me pasa es que sigo queriendo más. –Suspira–. Lo siento. No quería que pareciera un interrogatorio. Es muy aburrido cuando la gente habla con un tercero de su propia relación, ¿no? Al menos yo lo odio.

–No te preocupes. No me aburres. En absoluto. Sólo que no tengo ninguna respuesta.

–Quizá tendría que ir a ver a una de esas personas que predicen el futuro. ¿Cómo se llaman?

–¿Adivinos?

–Eso, a un adivino.

–¿Y por qué no se lo preguntas a Alice directamente? Habla con ella en serio y pregúntale qué es lo que quiere.

–Ya lo he intentado. Le he preguntado qué siente, qué quiere, muchas veces. Es una verdadera experta en evitar las preguntas, ya lo habrás notado, ¿no? Le digo que la quiero y se ríe y cambia de tema. Si me pongo demasiado serio se molesta y me dice que me calle.

–Puede que tengas que ser más directo. –Sonrío y le pongo la mano en la rodilla y se la froto con cariño–. Pregúntale si quiere casarse contigo y tener niños y que viváis felices para siempre –bromeo.

–Pero es que me casaría con ella, eso es lo más triste. La verdad es que me casaría con ella, la dejaría embarazada y tendríamos seis hijos preciosos y compraríamos una casa y tendría un trabajo aburrido y estaría con ellos para siempre. El lote completo. Y lo haría en un instante. Me encantaría. –Suspira de nuevo–. La amo. No hay nadie como Alice, ¿verdad? Es guapa, divertida, inteligente... y tiene tanta energía vital. Tanto entusiasmo. Hace que la cosa más aburrida del mundo parezca divertida. Convierte un día normal en una fiesta. Todo el mundo a su lado parece en comparación tan... vaya, tan vacío y sin vida...

–Oye, muchas gracias.

–Perdona, no me estaba refiriendo a ti.

–Está bien. Es broma. –Me río–. Sin embargo, hablas como si estuvieras perdidamente enamorado de ella.

–Sí. Patética y ridículamente enamorado de una chica a la que le da miedo el compromiso.

Me pregunto si tiene razón. Siempre he pensado que cuando alguien dice que le tiene miedo al compromiso, en realidad lo dice porque es una manera cómoda de cortar con una relación que no quiere continuar. Una manera amable de darle la patada en el culo a alguien sin destrozarle el ego. «Es por mí, no por ti. Es sólo que no puedo comprometerme» parece mucho mejor que hacerle pasar un mal trago al otro cuando le dices: «Eh, no me gustas lo suficiente como para quedarme contigo para siempre; hasta luego». Pero quizás él tenga razón sobre Alice. Hay algo en ella, algo secreto y oscuro, y a pesar de que parece muy abierta y afectuosa, esa parte de ella sigue permaneciendo oculta, intocable.

–¿Ella te dijo eso? –pregunto.

Robbie mira la playa, absorto en sus propios pensamientos.

–¿Robbie?

–¿Perdón? –dice–. ¿Si dijo qué?

–Si Alice te ha dicho que le tiene miedo al compromiso, o simplemente crees que es así.

–No lo dijo, no. Dios. –Se ríe–. ¿Te imaginas a Alice diciendo algo así? No. No dijo eso, pero es obvio, y explicaría muchas cosas, ¿no crees?

–No lo sé. No sé cómo pueden decirse esas cosas.

–Quiero decir que tiene que ver con su madre –dice–. Su madre real. Todo ese rechazo. Por fuerza debe tener cuidado con el amor.

–¿Su madre real? ¿Qué quieres decir?

–Joder. –Me mira–. ¿No te lo ha contado?

–No. No me ha dicho nada. ¿Qué?, ¿es adoptada o algo así?

–Sí. Joder. Probablemente no debería decirte nada. Debería callarme y que te lo contara ella misma.

–Pues ya casi me lo has dicho todo –digo–. Su verdadera madre la abandonó y ella fue adoptada. Y ya sé que los que la adoptaron no le gustan nada. Vaya, los que ella llama padres.

–Sí. Los odia.

–Ahora empiezo a comprender algunas cosas. Antes no lo entendía. Me preguntaba cómo podía decir esas cosas horribles de sus padres, llamarlos gordos y estúpidos y todo eso, y poco después darse la vuelta y decir algo realmente dulce sobre su madre. Claro, son personas distintas. Tiene dos madres.

–Sí. A su verdadera madre, a su madre biológica, la llama Jo-Jo.

–¿Jo-Jo?

–Sí. La abreviatura hippie de Joanne. Es una vieja yonqui sin remedio. La mujer más egoísta que puedas imaginarte.

–Pero Alice...

–La quiere con locura –me interrumpe–. La adora. Y Joanne es asquerosamente rica. Heredó un montón de dinero de sus padres. Ahora mima a Alice. Le da todo lo que quiere. Y está todo ese rollo esnob. Aunque Jo-Jo sea una yonqui, se comporta como si estuviera muy por encima de las personas que adoptaron a Alice. Y Alice se lo ha tragado por completo.

–Así que por eso lleva esa ropa tan cara, y no tiene que trabajar –digo–. Jo-Jo le da el dinero.

–Sí. Debe de sentirse culpable, supongo. Estaba demasiado mal para cuidar de Alice y de su hermano pequeño cuando eran críos, así que ahora le da montones de dinero para compensarlo.

–¿Un hermano? ¿Alice tiene un hermano?

–Sí.

–Un hermano. –Niego con la cabeza, asombrada–. Vaya. No tenía ni idea. No me ha hablado de él ni una sola vez. ¿Cómo se llama?

Robbie frunce el ceño.

–Pues no lo sé. A Alice no le gusta mucho hablar de él. Se pone de mal humor y esas cosas. Ella lo llama su «*hermanito*». Sé que tuvo problemas con la ley, algo gordo, pero no sé con exactitud qué. Drogas, probablemente, como su madre.

Me quedo de piedra al enterarme de que Alice tiene un hermano, de que es adoptada, de que tiene secretos casi más terribles que los míos. Alice y yo tenemos más cosas en común de lo que imaginaba, y de repente estoy segura de que todo esto es una coincidencia tan extraordinaria que únicamente puedo explicarla como una especie de señal: una señal de que Alice y yo estábamos destinadas a conocernos, que estaba en nuestro destino ser amigas.

–Menudo lío –digo.

–Sí.

–A veces la vida apesta de verdad –me lamento–. Pobre Alice.

Pero lo que en realidad pienso es «pobres de nosotros». A los tres nos han ocurrido cosas terribles –asesinato, cáncer, abandono– y por primera vez estoy tentada de hablarle a Robbie de Rachel. No busco compasión, sino la credibilidad que surge de haberse enfrentado a algo trágico y vivir con ello. Puedo decirle que lo comprendo, y es verdad, pero a Robbie y a Alice, que no saben nada de mi pasado, mis palabras les deben de sonar vacías. Las palabras de consuelo, vacías, del afortunado.

Y tengo miedo de que mañana por la mañana puedan pesarme como una terrible indiscreción. Y no le cuento nada.

Al día siguiente me levanto temprano y a pesar de que por la noche me acosté tarde me siento fresca y feliz. El sol entra por la ventana de la cabecera de la cama y me quedo tumbada un rato sobre las sábanas, disfruto de la calidez de los rayos de sol en mi piel. Me llega el rumor profundo del océano, y oigo a Robbie y a Alice que hablan en voz baja y se ríen en su habitación.

Me levanto, me pongo una bata y voy a la cocina. Hago té y me llevo una taza al porche. Me apoyo en la barandilla y contemplo la playa. El océano es precioso, azul turquesa, y las olas rompen suavemente en la orilla. Cojo la taza con las dos manos, bajo del porche y echo a andar hacia el agua. Me acabo el té, dejo la taza vacía en la arena, miro hacia la casa y a los lados para asegurarme de que no hay nadie que me vea. Me quito la bata y la dejo en la arena. Corro al agua y cuando me cubre lo suficiente me sumerjo en ella.

El agua está tan en calma que puedo flotar con comodidad de espaldas, nado, me deslizo suavemente por la superficie. Cuando he nadado un buen rato y estoy cansada aunque también mucho más despierta, salgo, me pongo la bata y me dirijo a la casa.

–¿Katherine? –Alice me llama cuando entro–. ¿Qué has estado haciendo?

Voy a su habitación y me quedo en la puerta. Robbie y Alice están sentados en la cama con las piernas entrelazadas. Cuando me ve, Robbie se tapa con la sábana y sonríe con timidez. Yo les sonrió, contenta.

–Hace un día precioso –digo–. Precioso. He ido a nadar y el agua está perfecta. Tenéis que ir. Yo haré el desayuno. Huevos Benedict, si os gustan.

–Harás que engorde con toda esa comida deliciosa. –Alice bosteza y se echa los brazos a la nuca–. Gorda como mis monstruosos padres adoptivos. –Me mira y arquea las cejas–. Hablando de eso...

–Sí –digo. Y por alguna razón siento vergüenza, como si me hubiera pillado por sorpresa. Creo que es la manera en que me mira Alice, como una madre enfadada que espera que su hija admita una travesura que ya sabe que ha hecho–. Robbie me contó anoche que... que eras adoptada. Que tienes un hermano. Espero que no te moleste.

Pero la expresión fría de su cara ya ha desaparecido y no estoy segura de si me lo he imaginado. Se encoge de hombros con indiferencia y bosteza de nuevo.

–No es un gran secreto. Pero aún no había encontrado el momento de contártelo. En realidad no es nada. Y no merece la pena hablar de ello.

Me doy cuenta de que Robbie arruga la frente y aprieta los labios casi imperceptiblemente. Suspira y mira al techo.

–Sí, claro. No es nada. Como todo lo demás, ¿eh, Alice? Nada. Nada, nada, nada. Tu palabra favorita.

–Robbie –dice Alice, y su voz suena dura y fría, y la expresión de su cara es de enfado–, si no te gusta cómo vivo mi vida, si desapruebas cómo hago las cosas, entonces, ¿qué estás haciendo aquí, Robbie? ¿Exactamente qué estás haciendo aquí?

–Yo no desapruebo las cosas que haces. No he dicho eso. He dicho que es una estupidez la manera en que te sacudes de encima todo lo emocional, como si no significara nada. Es una especie de acto de bravuconería. Una especie de táctica de defensa, y creo que es malsana.

–¿Qué? –Lo mira incrédula mientras se levanta de la cama y se queda de pie a su lado. Pone los brazos en jarras. Lleva un camisón blanco, modesto pero bonito, un poco infantil, y se le han encendido las mejillas. Los ojos le brillan de ira. Parece inocente, guapa y peligrosa a la vez, y es difícil dejar de mirarla. Mueve la cabeza y sonríe con amargura–. ¿De qué vas? ¿De qué estás hablando, Robbie?

–Estoy hablando de ti, Alice. De tu familia. De tu madre y de tu hermano. Ni siquiera sé cómo se llama tu hermano. Y Katherine ni siquiera sabía que tenías un hermano. ¿No crees que es un poco raro? Nunca hablas de él. Nunca hablas de tus padres y de tu hermano. Nunca cuentas nada.

–¿Y por qué tendría que hacerlo, Robbie? ¿Porque tú crees que es lo que se tiene que hacer? ¿Qué es lo que quieres saber tan desesperadamente? ¿Qué detallito sórdido te interesa tanto? ¿Eh? Ya sabes que Jo-Jo es adicta a la heroína. Ya sabes que soy adoptada. No hablo de mi hermano porque casi ni lo veo. Porque no es muy fácil ir a verlo, ¿sabes? No hablo de él porque no crecimos juntos, porque él fue adoptado por unos capullos estúpidos y tuvo una vida de mierda y ahora está en la cárcel, ¿vale? No hablo de él porque es imposible que la gente como tú pueda entender lo que le ha pasado.

Estoy de pie, los miro. Es difícil alejarme, es difícil no escuchar. Alice tiene secretos. Como yo. ¿Por qué no deberíamos tenerlos? Quiero decirle a Robbie que la deje en paz, que se olvide del tema, pero no es asunto mío. Me doy la vuelta y empiezo a caminar hacia la cocina, y Alice grita mi nombre.

–No te escapes –dice.

El tono de su voz es frío y exigente, y me molesta. Vuelvo y cuando hablo, yo también lo hago en un tono frío.

–No me escapo –replico–. Voy a hacer el desayuno. Tengo hambre.

–Me gustaría saber qué opinas tú de todo esto –continúa como si no me hubiera oído–. ¿No crees que tengo derecho a decidir de qué quiero hablar o de qué no quiero hablar? ¿O está mal que me guarde cosas para mí misma? –Mira a Robbie, luego se vuelve hacia mí y arquea las cejas–. ¿O es que a los amigos hay que contarles absolutamente todo lo que pasa?

–No –digo tranquila–. Claro que no.

«Claro que puedes tener secretos –pienso–, yo tengo los míos. Vamos a enterrarlos en lo más hondo y a tratar de olvidarlos y de no hablar nunca de ellos. Nunca.»

Pero no puedo decir nada más porque Robbie nos interrumpe.

–No metas a Katherine. No tiene nada que ver con esto.

–Sí, bueno, pero se ha quedado ahí escuchando como si tuviera bastante que ver.

–No. –De repente estoy a la defensiva y avergonzada–. Prefiero irme. Pero me has pedido la opinión. –Y me obligo a callarme antes de que empiece a sonar como una niña pedante–. De todos modos –me encojo de hombros–, me muero de hambre. Voy a hacer el desayuno.

Me voy a la cocina. Ella da un portazo a mi espalda. Oigo que Robbie le grita algo y después Alice le contesta enfadada. Me ha picado bastante que Alice haya sido tan cruel, y me siento un poco humillada porque me haya tratado como a una espía. Saco de la nevera los ingredientes –huevos, beicon, limón, cebollinos, mantequilla–, los dejo en la encimera y cierro la puerta, enfadada.

Primero hago la salsa holandesa. Rompo los huevos y separo las yemas de las claras con cuidado. Todavía oigo las voces de Robbie y de Alice en la habitación. Ahora hablan mucho más bajo y parecen más tranquilos, como si se reconciliaran. Y cuando empiezo a batir las yemas, con el cuenco apretado con un brazo contra el vientre y el otro dando vueltas y más vueltas a la mezcla, no puedo aguantarme la risa. Nos hemos peleado, creo. Nos hemos peleado de verdad. Hemos tenido nuestra primera pelea.

Como hacen las amigas.

11

Sarah y yo llegamos a Jindabyne un poco antes de las cinco. Me encanta Jindabyne; el ritmo lento y relajado del lugar, la brisa fresca y el precioso lago artificial. Ahora es mucho más cosmopolita que cuando venía de pequeña, en la calle principal hay cafeterías y restaurantes modernos, pero sigue siendo el pueblecito tranquilo de siempre. Creo que es por las calles amplias, la lentitud del tráfico, la leve sensación de abandono que flota en la ciudad después de las prisas del invierno.

He reservado una cabaña en una zona cerca del lago que tiene por nombre, en un alarde de imaginación, Las cabañas del lago, pero cuando llegamos y observamos las vistas que tiene la nuestra me pongo muy contenta. Ya está caliente, porque el dueño ha tenido la amabilidad de poner en marcha la calefacción unas horas antes de nuestra llegada, y disponemos de una pequeña terraza que da al lago.

–Pero ¿dónde está la nieve?

Sarah corre hacia la ventana y mira fuera.

–Aquí no hay, cariño. Pero mañana nos subiremos a un tren especial que nos llevará a las montañas y allí veremos montones y montones de nieve.

–¿Es un tren mágico?

–Creo que sí –digo.

–¿Es el tren mágico de la nieve?

–Exacto –asiento.

–¿Puedo salir fuera a jugar?

–Pero sólo un ratito –le digo–. Se está haciendo de noche.

Ayudo a Sarah a ponerse el abrigo de lana y las botas de agua, y al salir fuera grita exaltada por la novedad del lugar.

–No te acerques al agua sin mamá –le recuerdo.

Saco del maletero del coche las bolsas de comida –leche, té, azúcar, cereales– y las llevo dentro. Puedo ver a Sarah desde la cocina, y mientras vacío las bolsas y empiezo a hacer la cena, la veo cavar en la tierra con un palo y hablar sola con voz cantarina y feliz. He traído albahaca, ajo y piñones, y el resto de los ingredientes para hacer unos espaguetis al pesto para cenar. También he comprado una lechuga y un aguacate para hacer una ensalada, y algo de vinagre balsámico para aliñarla.

Cuando acabo de hacer el pesto, preparo la ensalada y pongo a hervir agua en una olla grande, cojo la chaqueta y salgo afuera. Me siento en el porche y miro a Sarah jugando.

–¿Mami? –dice ella al cabo de un rato, sin levantar los ojos de lo que está haciendo.

–¿Sí?

–Mami, ¿eres feliz?

–Claro que sí. –Me sorprende la seriedad de su voz–. Te tengo a ti, así que soy muy, muy, muy feliz. Soy la mamá con más suerte del mundo. Ya lo sabes.

–Sí, ya lo sé –asiente muy seria–. Sé que eres feliz por eso. Pero ¿estás triste porque no tienes un papá?

–Pero yo sí tengo un papá. El abuelo es mi papá.

Se calla un momento, piensa. Entonces me mira. Sigue seria, tiene la frente arrugada.

–Quiero decir un papá para mí, eso es lo que quería decir. ¿Estás triste porque no tienes un papá para mí?

–Estoy un poquito triste. –Mi instinto me dice que me acerque a Sarah, que la coja en brazos, que le haga cosquillas y que la cubra de besos. Preferiría evitar estas conversaciones tristes; demasiado fuertes, demasiado dolorosas, creo, para una niña tan pequeña. Pero sé por experiencia que quiere que le conteste y seguirá preguntando y preguntando hasta que le dé una respuesta–. Echo de menos a tu papi y desearía que no hubiera muerto. Pero tú me haces tan, tan feliz, que estoy mucho más feliz que triste.

Sonríe. Pero es una sonrisa de alivio pequeña, provisional.

Y me pregunto si es verdad. La felicidad es una emoción difícil de medir. Hay momentos en los que soy feliz, sin duda, momentos en los que estoy con Sarah y olvido quién soy y qué es lo que ocurrió, momentos en los que puedo olvidar el pasado por completo y disfrutar del presente. Pero arrastro un peso, una profunda tristeza, un desengaño hacia los caprichos de la vida del que es difícil desprenderse, difícil de ignorar. Hay veces que pasan días, semanas, sin que apenas me haya dado cuenta del paso del tiempo, como si hubiera estado ausente o hubiera vivido con una especie de piloto automático conectado. A veces me siento como un robot programado solamente para el bienestar de Sarah, responsable del buen funcionamiento de su vida, sin capacidad para desear nada para mí misma. Mi única esperanza de alcanzar la felicidad ahora es Sarah. Si ella está bien, si puede vivir una vida desprovista de tragedia y dolor, entonces puedo darme por satisfecha. Pero la felicidad de Sarah es lo máximo que ahora estoy dispuesta a esperar para mí misma; amarla es el único acto de entrega que deseo hacer en la vida.

12

–Entonces, ¿te podremos ver el viernes por la noche? –pregunta mamá.

–Sí.

Estoy a punto de despedirme y colgar el teléfono cuando ella añade:

–¿Por qué no te traes a tu nueva amiga? ¿Por qué no vienes con Alice? Nos encantaría conocerla.

Dudo que mi madre y mi padre quieran conocer a Alice de verdad; hace tiempo que no les gusta relacionarse con la gente. Hay que hacer un gran esfuerzo por reír o sonreír o mantener una conversación cuando lo único que tienes en la cabeza es la muerte de tu hija; un tema que es imposible tocar sin asustar a la gente o hacer que se vaya. Pero aprecio el esfuerzo que están haciendo por mí, y sé que desean que mi vida sea lo más normal posible.

Ya he pensado antes en presentar a Alice a mis padres, pero siempre he preferido no hacerlo. Mamá y papá están tan tristes, son tan callados que eso a veces puede ser muy duro para la gente que no sabe cómo comportarse delante de ellos. Y aún no le he hablado de Rachel a Alice. Así que seguro que encontraría su absoluta seriedad y su incapacidad para reírse muy desconcertante.

–No sé, mamá –digo–, probablemente tenga muchas cosas que hacer.

–Por favor, cariño. Por favor, al menos pregúntaselo. Ya sé que somos aburridos, y sé que puede ser una lata, pero ver una cara nueva nos sentaría bien. Y tu padre se sentiría realmente bien si viera que eres feliz y que te diviertes con amigas de tu misma edad.

Es muy raro que mi madre me pida cosas, y me ha parecido que lo desea tanto, que acepto preguntarle a Alice si quiere venir. Le prometo que al día siguiente le diré si viene o no. Mamá necesita tiempo para comprar algo de comida extra.

Alice me dice que sí, que le encantará venir, y se ríe y me dice que esperaba que se lo pidiera.

Inevitablemente, durante nuestra primera noche allí, sale el nombre de Rachel. Pero me las arreglo para cambiar de tema enseguida y evito la incomodidad de tener que decirle a Alice lo que ocurrió frente a las miradas curiosas de mamá y papá. Seguro que se preguntarían por qué no se lo he explicado antes.

Pero sé que tendré que contárselo. No hay manera de que podamos pasar un fin de semana entero sin que vuelva a salir el nombre de Rachel. Así que cuando Alice y yo les damos las buenas noches a mis padres y subimos la escalera a la planta de arriba para meternos en la cama, le pregunto si quiere entrar en mi habitación un minuto.

–¿Por qué? –susurra, y se ríe–: ¿Tienes ahí dentro un alijo secreto de drogas?

–Tengo que contarte una cosa.

Alice me mira con los ojos muy abiertos, sorprendida por el tono serio de mi voz.

–Vale –dice–. Pero primero déjame ir al baño. Tardaré un segundo.

Cuando vuelve nos sentamos en la cama, cara a cara, con las piernas cruzadas.

–Tuve una hermana –digo con naturalidad–. Rachel. Fue asesinada.

Alice se inclina hacia delante, frunce el ceño.

–¿Qué has dicho?

Espero. Sé que me ha oído perfectamente pero que necesita

un poco de tiempo para asimilar la información. Siempre pasa lo mismo la primera vez que se lo dices a alguien. Al principio es difícil de creer.

–Cuéntame –dice por fin.

Y empiezo a hablar, y mientras hablo lloro en silencio. Se lo cuento todo. La historia entera, empezando por el momento en que Carly y Rachel y yo estábamos en la cafetería hace años, el momento en que decidí que iríamos a la fiesta. Y lloro al recordar el horror, pero también me siento aliviada por contárselo a alguien por fin, y hablo, hablo y lloro un poco más. Y Alice, por una vez, sólo escucha. No dice nada, no pregunta, pero mantiene su mano en mi rodilla todo el rato.

–Oh, Dios mío –dice cuando he acabado–. Pobrecita. Y pobres tus padres. ¿Por qué no me lo dijiste antes? Oh, Dios mío. Pobre Rachel.

–Sí. Pobre Rachel. Pobres mamá y papá. Es horrible. Nos destrozó la vida.

Y Alice me rodea con los brazos y me abraza mientras lloro. Después, cuando ya estoy completamente exhausta y me duele la cabeza, cuando el reloj marca las dos de la mañana, me ayuda a meterme en la cama y se estira a mi lado, y me acaricia el pelo hasta que me duermo.

A la mañana siguiente me despierto y Alice está de pie al lado de la cama con una taza de té caliente en las manos.

–Te he traído esto. –Deja la taza en la mesilla de noche y se sienta en la cama–. ¿Has dormido bien?

Alice está vestida. Lleva el pelo aún húmedo en las puntas, huelo el aroma a cítricos del champú. Me siento molida, cansada, vieja. Cojo la taza y sorbo un poco de té. Está caliente y fuerte, dulce, tengo la boca seca y sabe delicioso.

–¿Cómo estás? –pregunto después de beberme media taza y sentirme un poco más lúcida para hablar–. ¿A qué hora te has levantado? Debes de estar agotada.

–No. Me siento genial. Me he levantado temprano y he desayunado con Helen en el porche.

Me pregunto por qué Alice se ha referido a mi madre con su nombre. Hasta ahora siempre habían sido simplemente mi madre y mi padre.

–Hemos hablado de Rachel –dice Alice.

–Oh. –Me ha sorprendido. No puedo imaginar qué se habrán dicho la una a la otra. Por lo general mamá es muy reacia a hablar de Rachel con extraños, tiene mucho miedo de reducir la vida y la muerte de su hija a una anécdota–. Pero... Quiero decir, ¿cómo ha reaccionado mamá? ¿De verdad que ha hablado de Rachel?

–¿Que si ha hablado? Por favor, Katherine, y casi sin respirar. Creo que lo necesitaba mucho. Ha sido como... ¿cómo se dice?... «catártico» para ella, creo. Helen es una mujer adorable, valiente y fuerte, pero necesita, no sé... necesita algún tipo de espita de salida para todo esto. Está claro que se ha estado reprimiendo, que se ha tragado toda la ira y la tristeza durante mucho tiempo. Quiero decir, no me malinterpretes, esta mañana ha sido agotadora emocionalmente, para ambas. Hemos reído y llorado y nos hemos abrazado. Hasta nos pusimos un poco de ron en el café, estábamos tan emocionadas. Quiero decir... esta mañana se ha abierto por completo, me ha explicado muchas cosas... cosas que probablemente no ha contado a nadie antes. –Alice ladea la cabeza y sonríe soñadora–. Y yo le he dado una visión diferente. Una nueva manera de ver las cosas. Más comprensiva y tolerante. Creo que la he ayudado de verdad, ya sabes. La he ayudado a deshacerse de mucha de la mierda que guardaba en su interior.

–¿Mierda? –digo. Estoy enfadada pero no estoy segura de por qué–. ¿A qué mierda te refieres exactamente?

–Oh. –Alice parpadea y luego me mira con un poco de cautela–. ¿Estás bien? No te importa, ¿verdad? Simplemente ha pasado. Ni siquiera estoy segura de cómo hemos empezado a hablar de Rachel. No sé, creo que he sido yo... pero no podía sentarme ahí con Helen y no decir nada de ella. Me hubiera sentido falsa, o como si le estuviera mintiendo o algo así. Pero vaya, en cuanto he nombrado a Rachel, eso es lo que ha pasado. Helen no podía parar de hablar.

Me molesta mucho la manera en que Alice llama «Helen» a mi madre, y cada vez que lo hace tengo que reprimir las ganas de decirle que se calle.

–Iré a ver si está bien. –Suspiro. Me aparto las mantas de las piernas y me levanto, evito la mirada de Alice mientras me pongo la bata–. Desde que Rachel murió y hasta ahora, mi madre había conseguido esconder sus verdaderos sentimientos muy bien. En realidad no serías capaz de decir lo que está pensando de verdad a no ser que la conozcas muy, muy bien. Y a veces puede ser amable hasta extremos ridículos, hasta el punto de ser autodestructiva.

Salgo de la habitación sin darle a Alice la oportunidad de decir nada más. Sé que he sido brusca y probablemente demasiado dramática, pero estoy segura de que Alice lo ha entendido todo mal. Sé que si han estado hablando de Rachel, mamá se siente herida y disgustada. Y hay algo en la actitud de Alice hacia todo esto que me parece complaciente de una manera sospechosa. Me irrita la satisfacción con la que habla.

Encuentro a mamá en la cocina. Está de pie frente a la encimera, amasa un poco de pasta, hay harina por toda la superficie y tiene un poco en la cara. Tararea.

–Oh. Cariño. –Sonríe y se pone las manos en el pecho–. Me has asustado.

–¿Cómo estás? –La miro con cariño.

–¡Oh! Estoy muy... –Se roza el labio, se mancha con un poco de harina. Tiene los ojos húmedos y creo que está a punto de echarse a llorar, pero entonces sonríe–. Hoy me encuentro muy bien. Esta mañana, Alice y yo hemos tenido una charla encantadora. Ha sido una conversación sobre Rachel muy honesta. Ha sido, bueno, ha sido algo muy... muy liberador, lo he sacado todo. –Se ríe y después mueve la cabeza–. He maldecido como un marinero, querida. Y hasta he bebido ron, también como un marinero.

–¿Ron? ¿A estas horas? –Miro el reloj de la cocina–. ¡Si sólo son las diez de la mañana!

–Ya lo sé. ¿A que somos malas? Tu amiga Alice –dijo mamá meneando la cabeza otra vez, sonriendo con cariño– es todo un personaje, ¿verdad? Es muy divertida.

–Ya lo creo. –Abro la nevera, trato de ocupar la mente en buscar algo de comer–. Pero es difícil imaginarte diciendo palabrotas.

No puedo evitarlo, me muestro brusca y resentida.

–Bueno, pues lo he hecho. –Si mamá se ha dado cuenta de mi estado de ánimo no se le nota, sigue estando alegre y radiante–. Esos pobres hombres. Aún les deben de pitar los oídos.

–¿Pobres hombres? ¿Qué pobres hombres?

Cierro la puerta de la nevera, la miro a los ojos.

–Bueno, más bien chicos, en realidad, no hombres. Los chicos que mataron a Rachel.

–¿Pobres? De pobres nada. Ellos están vivos.

–Exacto. Y tendrán que vivir para siempre con lo que hicieron.

–Bueno –digo con malicia–. Así que tienen que vivir con esa carga a cuestas.

–Pues claro. –Mamá me mira y sonríe–. Está bien. Sácalo todo. Grita y enfádate y di palabrotas si quieres.

–Dios, mamá, ya hice todo eso.

–Bien, pues eso es bueno. Me alegro de que lo hicieras. –Se ríe–. Sienta bien enfadarse, ¿verdad? Sienta bien portarse mal a veces.

–Yo no lo llamaría portarse mal. Yo lo llamaría comportarse como un ser humano normal.

–Por supuesto. Tienes toda la razón. Alice ha dicho lo mismo.

–¿Y tú estás bien? –No sé por qué no estoy aliviada. Pero hay una parte de mí, extraña y avergonzada, que se ha decepcionado al verla tan feliz. Supongo que estoy un poco celosa de que hablar con Alice, no conmigo, la haya hecho sentirse así–. ¿No estás disgustada?

–¿Disgustada? Bueno, claro que lo estoy, corazón. Mi hija fue asesinada. Pero en realidad me siento bien por... por haber reconocido lo jodidamente enfadada que estoy en realidad. Por haber dejado que salga un poco de esa ira. –Se encoge de hombros y vuelve a ponerse a amasar, golpeando la masa con furia–. Sienta muy bien expresarlo. Lo que sentía por esos hombres era malsano, por esos chicos quiero decir, por esos hijos de puta. Casi sentía pena por ellos.

–Oh. Bueno. Eso es...

Me callo, me vuelvo y voy a por la tetera, trato de ocupar la mente otra vez, busco el azúcar, una taza, meto las hojas en la tetera. Nunca antes había oído a mi madre decir palabrotas. Nunca. En casi dieciocho años. Y lejos de sentirme feliz porque por fin haya demostrado un poco de ira natural y comprensible, lejos de sentirme contenta de que se haya soltado un poco, estoy a punto de llorar. Me siento herida. Había intentado muchas veces antes que hablara de Rachel, que expresara algo de ira, que gritara y llorara por la injusticia de todo lo ocurrido, pero ella siempre había sido estoica, siempre había apretado los labios con fuerza para no dejar escapar ninguna emoción.

Donde yo siempre he fracasado, Alice ha tenido éxito. ¡Y de una manera tan fácil, tan rápida!

Acabo de prepararme el té en silencio y cuando estoy a punto de salir de la cocina y volver a mi habitación para bebérmelo en amarga soledad, mamá se me acerca. Se queda de pie frente a mí, me pone las manos en los hombros y aprieta.

–Alice es una chica encantadora. Estoy muy contenta de que la hayas traído este fin de semana.

Asiento y me obligo a sonreír.

–Y está claro que ve el mundo como tú –dice mamá–. No podía haberme hablado mejor de ti. Estoy muy contenta de que os hayáis hecho amigas.

Entonces se inclina hacia delante y me besa en la mejilla.

Sonríe, y es la sonrisa más feliz y más auténtica que le veo desde que murió Rachel. Mamá abre los brazos, yo dejo la taza de té y la rodeo con los míos. Nos abrazamos con fuerza durante mucho rato, y mientras tanto dejo que toda la rabia que he sentido por Alice desaparezca. Ha hecho que mamá esté más feliz y en vez de sentir celos infantiles debería estarle agradecida. He sido irracional, egoísta y mezquina. Y cuando empiezo a subir la escalera me prometo a mí misma que en el futuro seré mucho más generosa y comprensiva con Alice. Después de todo, tiene las mejores intenciones. Es una buena amiga, una amiga afectuosa y entregada, y su corazón siempre está en el lugar correcto.

13

Rachel, Carly y yo nos paramos en casa de Carly de camino a la fiesta. Ésta se quitó el uniforme y se puso unos vaqueros, una camiseta ajustada de color rosa y sandalias planas, doradas. Nos dijo que si queríamos nos prestaba algo de ropa y yo elegí unos vaqueros y una camiseta a rayas, pero toda la ropa de Carly era demasiado grande para Rachel.

–Tendrás que ir con el uniforme –dije.

–Voy a parecer una cursi –se quejó Rachel mientras se miraba de arriba abajo. Y aunque ya se había quitado la corbata escolar y desabotonado la camisa, cosa que hacía que el uniforme pareciera más informal, con la parte de abajo no había nada que hacer: era una falda escocesa larga, de color verde oscuro, que le llegaba por debajo de las rodillas, y una señal evidente de que iba a una escuela privada–. Voy a cantar como una almeja en la fiesta.

–¿Y a quién le importa? –dije–. De todos modos, tú siempre cantas en todos los sitios. Serás la chica más joven de todas, la única que tenga catorce años en kilómetros a la redonda.

–Pero yo...

–Rach –la interrumpí–. Deja de quejarte. No tendrías que venir, recuérdalo. Son amigos míos, no tuyos.

Rachel y yo nos quitamos las cintas del pelo y nos lo dejamos suelto. El de Rachel era largo, liso y dorado, el mío un poco rizado y tira más a castaño. Carly nos dejó sus potingues y nos pintamos los labios con brillo, la línea de los ojos oscura y las pestañas con rímel.

Carly sacó el móvil de la mochila de la escuela y lo apagó. Se tumbó en la cama.

–Si no queréis que os llamen vuestros padres –dijo–, dejadlos aquí también. Os los traeré mañana a la escuela.

Rachel dudó, me miró, esperaba a que yo lo decidiera. Me encogí de hombros, saqué mi móvil de la bolsa, lo apagué y lo tiré encima de la cama de Carly. Rachel hizo lo mismo.

Después nos pusimos un poco de un perfume carísimo de la madre de Carly –tenía el tocador literalmente repleto de frascos– y nos marchamos. No teníamos dinero suficiente para coger un taxi, así que fuimos andando. Después de caminar cinco minutos sin otra cosa que hacer que discutir si nos gustaban las casas que veíamos al pasar, Carly rebuscó en su bolso y sacó una botella de plástico.

–Esperad un minuto –dijo.

Desenroscó el tapón de la botella y le pegó un buen trago. Por la forma en que se le humedecieron los ojos y por cómo tosió al bajar la botella, dejó claro que lo que había bebido no era precisamente agua.

–Vodka. –Me tendió la botella–. Con un poco de limonada. ¿Quieres un poco?

Negué con la cabeza, incrédula y divertida, pero cogí la botella de todos modos. Ya debería haber sabido que Carly no iría a la fiesta sin un poco de alcohol. Fue la primera chica de la escuela que empezó a beber, la que siempre se las arreglaba para que alguien mayor nos comprara la bebida.

Me llevé la botella a la boca y probé un poco. Era fuerte. Había mucho más vodka que limonada.

–Ostras, Carly, esto es letal –dije mientras se la devolvía.

–¿Rach?

Carly le ofreció la botella a Rachel y levantó las cejas como para preguntarle si quería. Rachel me miró para que le diera mi aprobación.

–Tú verás. –Me encogí de hombros–. Pero no te va a gustar. La primera vez que lo pruebas sabe a gasolina.

Rachel le dio un sorbito y, como me temía, torció la boca en una mueca de disgusto.

–Qué asco. Es malísimo –dijo.

–Sólo es un medio para alcanzar un fin. –Carly negó con la cabeza cuando Rachel intentó devolverle la botella–. Bebe un poco más. Cuanto más bebes, más fácil es después. Te ayuda a relajarte, a pasártelo bien.

Rachel hizo lo que le había sugerido Carly, se llevó la botella a los labios y le dio otro trago.

–No está tan mal –dijo haciendo otra mueca–. Pero creo que sigue gustándome más la limonada normal.

Carly se rió.

–Pero la limonada normal no te ayudará a disfrutar como esto. Te lo aseguro.

No estoy segura de por qué no me importó que Rachel bebiera. No sé por qué no cuidé mejor de ella, no sé por qué no controlé lo que bebía y por qué no me aseguré de que estuviera medianamente sobria. Supongo que el vodka se me subió a la cabeza enseguida. En realidad, a las tres. Nos fuimos pasando la botella mientras caminábamos, dándole sorbos sin parar, y cuando los sentidos se acostumbraron al alcohol, nos supo mejor y empezamos a dar tragos más largos.

Cuando nos acabamos la botella, Carly se paró.

–Esperad. –Puso el bolso en el suelo y sacó una botella grande de cristal cuya etiqueta decía: «Stolichnaya Vodka»–. No pensaréis que sólo llevaba ese poco, ¿no? –Nos miró y se rió–. Vamos a tener que bebérnoslo a secas. Ya no queda limonada. –Llenó la botellita de plástico y se la dio a Rachel–. Tú primero. Te sabrá a fuego. Pero te acostumbrarás.

Rachel cogió la botella y le dio un trago largo. La expresión de su cara mientras bebía nos hizo reír.

Aún seguimos caminando cuarenta minutos más, y cuando llegamos ya estábamos bastante borrachas. Rachel tenía las mejillas encendidas y una sonrisa de oreja a oreja. Estaba guapa, tan joven e inocente.

–¿Cómo estás? –La cogí de la mano y le sonreí. El vodka había disuelto toda mi irritación de antes, suavizado mis asperezas. Ya no estaba tan enfadada con ella porque se hubiera apuntado a la fiesta, ya no me importaba–. ¿Estás bien?

Aún no habíamos entrado en el cobertizo pero ya podíamos oír la música, el dum dum dum del bajo, el sonido de las voces y las risas, de la gente joven que se lo estaba pasando bien. Jóvenes sin adultos cerca.

Rachel me miró; seguía sonriendo y asintió con la cabeza. Empezó a mover el cuerpo al ritmo de la música. Levantó las cejas e inclinó la cabeza, como si así oyera mejor la melodía.

–Vamos. –Carly nos empujó suavemente–. No nos vamos a quedar aquí fuera toda la tarde. Por mucho que os quiera, no me he pegado toda esta caminata sólo para quedarme aquí fuera tan pasmada como vosotras.

Mientras entrábamos me di cuenta de que no me había parado a pensar en eso ni un segundo. Habíamos planeado estar fuera sólo una hora y llevar a casa a Rachel a eso de las cinco, para que tuviera tiempo de practicar al piano. Pero habíamos estado en casa de Carly unos buenos diez minutos y caminado otros cuarenta. Y cuando vi a Rachel meterse en la fiesta, meneando el cuerpo al ritmo de la música mientras caminaba, supe que volveríamos a casa muy tarde. Si Rachel se hubiera ido a casa, no habría pasado nada. Habría podido llamar a mamá y a papá más tarde y darles alguna excusa para llegar tarde, que estaba haciendo los deberes en casa de Carly, por ejemplo. Se habrían molestado, pero no se habrían enfadado mucho. Pero ahora que Rachel estaba con nosotras, seguro que mis padres se sulfurarían de lo lindo. Si Rachel llegaba tarde a casa se iba a montar una buena: sólo tenía catorce años y se estaba saltando las horas de piano, y eso último era el mayor crimen posible. Y no tenía ni idea de cómo íbamos a disimular el olor a vodka. De algo estaba segura: tendríamos problemas, y gordos.

«De perdidos al río», pensé mientras seguía a Rachel adentro.

14

Alice camina por delante de nosotros. Sólo un poco, dos o tres pasos, pero lo suficiente como para que sea difícil hablar con ella, lo suficiente para dejarnos claro que no tiene ganas. No creo que se sienta infeliz o enfadada o molesta. Lejos de eso, parece animada, está radiante de energía y belleza, emocionada por salir a disfrutar de las últimas horas cálidas de esta preciosa noche de otoño.

Pero a veces se pone así, preocupada y poco comunicativa. Robbie y yo la conocemos lo suficiente como para no preocuparnos de que esté molesta u ofendida por algo, sabemos que a veces está mejor sin participar en lo que hacen los demás. Una vez Robbie hasta bromeó con eso. Robbie y yo estábamos hablando sobre nuestro amor compartido por la música –desde el rock y el pop hasta la ópera– cuando nos dimos cuenta de que Alice se había quedado dormida en el sofá. No teníamos ni idea de cuánto tiempo hacía que dormía. Estaba claro que habíamos estado hablando durante horas. «Creo que se ha cansado de oírnos hablar tanto rato, Katherine –se rió Robbie cuando la vimos–. Creo que hablamos demasiado. La aburrimos mortalmente.» Y era probable que tuviera razón. Robbie y yo nunca nos quedábamos sin nada que decirnos, y nuestras conversaciones podían alargarse durante horas y horas. Así era siempre.

De hecho, Robbie y yo hablábamos mucho. Tanto, en realidad, que había empezado a preocuparme de que eso molestara a Alice. Me preguntaba si tendría celos. Pero cuando le pregunté a ella si creía que hablaba demasiado con Robbie, si quería que dejara de hacerlo, negó con la cabeza y me miró con curiosidad.

–¿Por qué? Me encanta que lo hagáis. Sois las dos personas que más me gustan del mundo. Estoy contenta de que tengáis muchas cosas que deciros –dijo.

–Ah, bueno. Tenía miedo de que tú... vaya, de que pensaras que me estaba pasando, de que tuvieras celos.

–¿Celos? –Alice me miró pensativa–. Nunca he sentido celos. De nadie. De nada. En serio, puedo asegurarte que no es una emoción que conozca. –Y luego se encogió de hombros–. Por si me lo preguntas, me parece un sentimiento estúpido además de inútil.

Es viernes por la noche y dentro de unas pocas semanas empiezan los exámenes finales en el instituto, y probablemente debería estar en casa estudiando. Pero ya he estudiado mucho durante la semana y Robbie y Alice me han pasado a buscar para ir a dar una vuelta. Los exámenes finales son importantes, lo sé, pero ahora mismo mi amistad con Alice y Robbie lo es más. En estos momentos, divertirme, vivir la vida que me he negado a mí misma durante tanto tiempo me parece mucho más importante. Me parece crucial.

Robbie y yo hablamos de esquiar. A Robbie le encanta y me ha dicho que le gustaría que en invierno fuéramos a la nieve los tres juntos.

–Creo que no se me da muy bien –digo–. Seguro que os hago ir muy lentos, os voy a chafar las vacaciones.

–Yo te enseñaré –asegura Robbie–. Cuando nos vayamos ya habrás aprendido a hacerlo bien.

–Qué fanfarrón eres –me río–. No tienes ni idea de lo desastrosa que soy. Haría falta un milagro para enseñarme a esquiar bien.

–Pues a mí me enseñó él. –Alice se da la vuelta, se para hasta que la alcanzamos, y empezamos a caminar los tres juntos. Se pone entre nosotros dos. Robbie y yo tenemos que apartarnos para que quepa–. Yo no podía mantenerme erguida encima de los esquís cuando fuimos a la nieve el año pasado, pero una semana después esquiaba como una campeona. –Se apoya en el brazo de Robbie y le sonríe–. Y te pones jodidamente sexy cuando esquías. –Ahora me mira–. Está tan seguro de sí mismo cuando esquía... Tan adorable.

Robbie se para de repente y mira a Alice. Frunce el ceño.

–¿Adorable? Pues lo disimulaste muy bien, porque ésa no fue la impresión que me diste cuando estuvimos allí.

Alice se ríe y aprieta su cuerpo contra Robbie.

–Tonto –dice ella–. Entonces está claro que no me entiendes para nada.

Robbie no responde al gesto de cariño de Alice, como suele hacer siempre. En cambio niega con la cabeza en señal de reprobación, molesto.

–Ya hemos llegado –dice él, y se suelta del brazo de Alice y echa a andar más deprisa. Señala la puerta de un bar que se llama Lejos de África–. Es aquí.

Empuja la puerta y se aparta para que Alice y yo podamos pasar primero. Le sonrío al entrar, y aunque él hace lo mismo, la sonrisa no se refleja en sus ojos. Está tenso, es evidente que lo que ha dicho Alice lo ha entristecido o enfadado, o las dos cosas.

El interior está oscuro, iluminado sólo por pequeñas lámparas en las paredes y unas cuantas velas en las mesas. Mi vista tarda un poco en acostumbrarse, pero cuando lo hace veo que las paredes son de color rojo intenso y que en las sillas hay cojines marroquíes de muchos colores.

–Voy a la barra a pediros algo de beber –dice Robbie.

–Una idea excelente –conviene Alice–. Pide una botella de champán.

–¿Una botella entera? –Robbie la mira–. ¿No crees que es un poco...?

–No –lo interrumpe Alice–. Creo que es perfecto. Una botella. Gracias.

Robbie menea la cabeza y me mira.

–¿Katherine?

–Limonada, lima y soda, gracias.

Alice pone los ojos en blanco.

–Limonada, lima y soda, gracias –me imita con voz aguda, se burla de mí–. Nada de alcohol para la niñita buena.

–No puedo, Alice. Soy menor de edad.

–No tienes por qué justificarte, Katherine –interviene Robbie–. Yo también voy a pedir un refresco. Mañana tengo fútbol. Alice beberá sola.

–Vaya –suspira Alice–. Qué divertidos estáis hoy. Qué suerte tengo.

Antes de acudir a la barra, Robbie la mira mal, con los labios apretados y la mirada fría.

Alice observa cómo se marcha.

–Creo que está enfadado conmigo –comenta, y se encoge de hombros.

Echa un vistazo a su alrededor, contempla con descaro a los demás clientes.

Yo me vuelvo a mirar a Robbie, que aún está en la barra, esperando a que le pongan las bebidas. Él mira al frente, al vacío, inexpresivo. Parece triste.

–¿Qué ha pasado? –digo–. ¿Por qué está enfadado de repente?

–Oh, creo que le he recordado algo cuando hemos hablado sobre el viaje que hicimos a la nieve. Se enfadó un poco. Pasé un rato con uno de los profesores de esquí. Bueno, en realidad sólo pasé una noche. Y a Robbie no le gustó.

–¿Un rato? ¿Una noche? ¿Qué quieres decir?

Alice no me mira. Tiene los ojos fijos en la pareja que está sentada a la mesa de al lado.

–Quiero decir exactamente lo que he dicho. –Suspira, habla con voz clara, deliberadamente alta, como si a mí me costara oírla o entenderla–. Sólo una noche. Con otro hombre. En su habitación. Seguro que no quieres oír los detalles. A Robbie no le gustó. Parece tener algún tipo de sentido de la propiedad hacia mí.

Alice me deja de piedra y no sé qué decir, me tapo la boca con la mano y me quedo allí sentada como una estúpida durante unos instantes. Sabía que Alice veía su relación con Robbie como algo poco serio, sabía que estaba mucho más lejos de comprometerse que él. Pero que hubiera pasado la noche con otro hombre durante un viaje con Robbie era algo pasmoso. O bien era un acto de crueldad atroz y deliberado o, algo igualmente impactante, demostraba que Alice no era consciente del terrible daño que podía causar a Robbie.

Antes de que pueda ordenar mis pensamientos y responderle algo inteligente, Alice se levanta de su silla y empieza a agitar los brazos.

–¡Ben! –grita mientras abandona nuestra mesa y se acerca a la pareja a la que ha estado mirando desde hace un rato–. ¡Ben Dewberry! Eres tú. Al final te he reconocido. Te he estado mirando y mirando y entonces he oído tu acento. En cuanto te he oído hablar he sabido que eras tú seguro.

Como Alice ha empezado a hablar tan alto, el restaurante entero se ha quedado en silencio para escucharla. Ben y la chica –alta, con el pelo muy largo y de un color rojo intenso, y la piel pálida– miran a Alice en silencio mientras ella se acerca. Ben parece sorprendido, casi asustado.

–Alice.

Él se levanta y le tiende la mano para estrechársela, pero ella lo ignora y se acerca tanto a él que lo incomoda. Ella le da un beso, intenso y largo, en los labios. Cuando él da un paso atrás, tiene las mejillas encendidas y parece avergonzado.

–Vaya. ¿Qué haces aquí?

Él tiene un fuerte acento norteamericano.

–Cenar, tonto. Igual que tú. –Alice coge a Ben de la mano y lo arrastra hasta nuestra mesa justo cuando Robbie llega con las bebidas–. Robbie, Katherine. Éste es Ben. Ben Dewberry, el primer amor de mi vida.

Ben mira a su compañera por encima de la espalda de Alice y se encoge de hombros. Empieza a decir algo, pero Alice, que se encuentra dando la espalda a la amiga de Ben, se le agarra del brazo.

–Venga, siéntate con nosotros –dice ella–. Vamos. Podemos sentarnos juntos.

–Oh. No creo que... –Ben observa a su amiga–. Philippa y yo...

Alice gira sobre los talones y mira a Philippa.

–Hola. Soy Alice.

Suelta a Ben y le tiende la mano a Philippa. Se la estrechan. Alice sonríe y Philippa asiente y sonríe con frialdad.

–¿Por qué no os sentáis con nosotros? –insiste Alice–. Aunque sea sólo un ratito. Ben y yo hacía años que no nos veíamos. Tenemos que ponernos al día.

Philippa y Ben aceptan sentarse con nosotros mientras se traen sus cosas, Robbie me mira irritado e incrédulo, y pone los ojos en blanco. El camarero nos ayuda a juntar una mesa para que quepamos los cinco.

Excepto Alice, que parece no darse cuenta de la incomodidad de todos y charla alegremente, el resto estamos callados y nos limitamos a ir bebiendo de nuestras copas. Alice habla del verano que pasó con Ben. Éste parece incómodo y avergonzado, y sonríe a Philippa con aire educado cada vez que Alice menciona lo mucho que disfrutó con su novio norteamericano y lo mucho que le gustaba escuchar su acento.

–Vamos a pedir algo de comer –dice Alice de repente–. Me muero de hambre. Pide por nosotros, ¿quieres, Robs? Tú has estado aquí antes y sabrás lo que está bueno.

–Oh. –Philippa niega con la cabeza y mira a Ben con pánico–. No. Nosotros mejor nos volvemos a nuestra mesa.

–No seas tonta. –Alice se inclina por encima de la mesa y pone la mano encima de la de Philippa–. Estamos encantados de contar con vuestra compañía. Por favor, quedaos y cenad con nosotros. Sabes, los tres estábamos muy aburridos antes de veros. En realidad ya estamos hartos los unos de los otros. –Alice inclina la cabeza hacia atrás y se ríe–. Últimamente hemos pasado juntos tanto tiempo que ya casi ni podemos soportarnos.

Alice sigue riendo, pero el resto estamos callados. Miro hacia abajo, a la servilleta de mi regazo, e intento disimular que me he sonrojado. Me siento humillada. Estoy enfadada. He disfrutado tanto de la compañía de Alice y Robbie, me he sentido tan feliz de tener buenos amigos otra vez, que el comentario de Alice –el obvio desprecio hacia algo que yo he valorado tanto– hace que ahora me sienta ridícula, ofendida.

Estoy segura de que Robbie también está enfadado; y por eso soy incapaz de mirarlo. Ver mi propia humillación reflejada en sus ojos resultaría insoportable.

Ben dice:

–Claro, comeremos con vosotros, chicos. Lo pasaremos muy bien. –Habla en voz alta, finge estar entusiasmado–. ¿Verdad, Philippa?

–Excelente. Perfecto. –Alice da una palmada en la mesa, triunfante. Se ha bebido la botella entera de champán y ya está borracha (las mejillas rojas, los ojos brillantes) y pasa completamente de la tensión de los demás–. Vamos a beber más, esto es una fiesta –continúa–. Nos morimos de sed, Robbie. ¿Qué nos recomiendas?

Robbie se aclara la garganta.

–Yo me voy a beber otra Coca-Cola. –Esboza una sonrisa forzada en dirección a Philippa y a Ben–. ¿Qué queréis vosotros, chicos?

–¿Más agua? –Philippa levanta una botella vacía–. ¿Te parece bien?

–Ben se tomará una cerveza –lo anima Alice con una gran sonrisa en los labios–. ¿No, Ben? ¿Eh? Tú no eres un aguafiestas, ¿no?

–Claro –asiente él–. ¿Por qué no? Una cerveza está bien.

–Y más champán –dice Alice tirándole a Robbie un billete de cien dólares–. Otra botella.

–¿Puedes venir conmigo y echarme una mano, Katherine? –pregunta Robbie mientras coge el billete.

Lo ha dicho con una voz controlada, dura. Parece furioso.

–Claro.

Miro a Alice mientras me levanto. Ella ha sido tan agresiva desde que hemos llegado que tengo miedo de que si voy a la barra con Robbie la incite a otro comentario ofensivo. Pero ella se inclina hacia Philippa, con las cejas arqueadas, y ni siquiera nos mira cuando nos vamos.

Robbie y yo caminamos hacia la barra en silencio. Cuando llegamos, Robbie se da la vuelta y mira hacia la mesa.

–Qué descarada es Alice –dice–. Tiene una especie de plan esta noche. Esto va a terminar en lágrimas.

–¿Qué quieres decir? –Tengo un nudo en el estómago. No quiero que ocurra nada desagradable. No quiero que Alice se porte mal, no quiero que sea cruel. No quiero que Robbie rompa con Alice, que Alice haga algo tan horrible que me obligue a cuestionarme su amistad. La idea de que suceda todo eso es demasiado horrible para mí, y tengo que controlar la sensación de pánico que me entra al pensar en un futuro sin la amistad de Robbie y de Alice, un futuro de soledad, aburrimiento y tristeza que no podré soportar–. Cenamos, nos largamos de aquí y la metemos en la cama.

Robbie me mira.

–Tú no la has visto así antes, ¿verdad?

–¿Así cómo? No lo sé. Nunca la he visto tan deliberadamente cruel, si eso es lo que quieres decir.

Niega con la cabeza.

–Esto es diferente. Yo ahora la veo así muchas veces. Es muy extraño. Y me asusta. Parece que quiera autodestruirse. Esta noche no habrá manera de que podamos hacer nada. No quiere escuchar. Ni a mí ni a ti ni a Ben ni a Philippa. Y me apuesto un millón de dólares a que va a montar una gorda. Y arrastrará a Philippa y a Ben con ella, ya verás. –Se ríe con amargura–. Puede ser muy convincente cuando se pone así.

No estoy segura de qué es lo que le preocupa a Robbie, lo que dice no tiene mucho sentido, pero de todos modos estoy asustada.

–Pues marchémonos de aquí a divertirnos un poco. Vamos a bailar o algo así. Podemos cuidar de ella, ¿no? Podemos intentar que no pase nada malo.

–Yo de ti me largaría ahora que puedes. Yo también me iría a casa ahora mismo, pero alguien tiene que ocuparse de que ella llegue viva a casa. Está borracha o colocada o algo así. –Mira otra vez hacia la mesa–. O sufre alguna clase de brote psicótico.

Alice habla animada con Philippa. Ésta tiene los brazos cruzados sobre el pecho y está inclinada hacia atrás, a la defensiva, tratando de mantener la distancia entre ella y Alice. No sonríe.

Cogemos las bebidas de la barra y mientras volvemos hacia la mesa, Philippa se levanta de golpe. Echa a andar rápidamente, con la cabeza gacha, hacia el lavabo.

–¿Philippa está bien? –le pregunto a Ben mientras dejamos las bebidas sobre la mesa.

–Yo... –Ben mira a Alice–. Creo que ella...

–Se ha cabreado porque le he dicho algo de Ben y de mí. –Alice se ríe–. Dios, Ben. Te has juntado con una chica un poco tensa. Si lo que querías era liarte con alguien totalmente diferente a mí, lo has conseguido.

Ben se ríe, incómodo. No puedo creer que se quede ahí sentado, y estoy a punto de preguntarle si quiere que yo vaya a ver cómo está Philippa cuando Robbie se levanta.

–Me he dejado el agua –dice, y vuelve a la barra.

Y entonces veo por qué Ben no tiene ninguna prisa por ir a ver qué le pasa a Philippa. Mientras Robbie se va a la barra, Alice mete la mano por debajo de la mesa. La pone en el muslo de Ben y luego la sube hasta la entrepierna.

Me levanto de inmediato. Alice me está sonriendo; una sonrisa completamente vacía, fría; y yo estoy segura de que sabe que la acabo de ver, y se alegra.

–Voy al baño. –Paso entre la mesa y mi silla con tanta torpeza que estoy a punto de tirarla–. Joder –digo, y la cazo antes de que llegue al suelo–. Joder.

–Calma, Katherine –dice Alice–. ¿Qué pasa contigo? Parece que hayas visto a un fantasma.

Enderezo la espalda y la miro a los ojos, y después miro a Ben, que al menos tiene la decencia de parecer avergonzado.

–Voy al baño. –Lo digo de la manera más fría y calmada posible–. A ver si Philippa está bien.

Alice levanta los hombros con desdén y yo me vuelvo y echo a andar hacia el lavabo. Me pregunto si Robbie volverá a la mesa y verá lo que he visto yo. Y si no lo ve, al menos se dará cuenta de que está pasando algo muy raro. No es que quiera que Robbie vea a Alice metiendo mano a Ben, me imagino que para él sería una enorme humillación, y no quiero que la noche acabe en un drama de lágrimas y recriminaciones dolorosas. Pero Alice está humillando a Robbie, y él se merece algo mejor, y hay una parte de mí que quiere que Alice sea castigada por eso, una parte de mí que quiere ver a Robbie darle una bofetada y dejarla para siempre. Y sin embargo aún tengo la esperanza, pequeña y ridícula pero persistente, de que todo salga milagrosamente bien, de que Alice despierte, deje de hacer locuras, pida perdón, y que los tres podamos volver a casa felices y entre risas; una vuelta a la normalidad.

Pero incluso si Robbie ve cómo Alice le mete mano a Ben, no por ello tienen que romper la relación. Después de todo, acabo de enterarme de que Alice se acostó con alguien mientras estaban de vacaciones, y Robbie sigue queriendo estar con ella. En realidad no sé hasta cuándo podrá aguantar Robbie, pero me preocupa, y me pone un poco triste pensar que mi amistad con Alice cambie de manera definitiva. Esta vez está siendo cruel, de una forma tan deliberada, con Robbie y conmigo, y con Philippa, que no creo que sea capaz de confiar en ella nunca más. Al menos no tan ciegamente, con tanta fidelidad. Ahora mismo, ni siquiera estoy segura de que Alice me guste.

En el baño, uno de los cubículos tiene la puerta cerrada y supongo que Philippa se esconde dentro.

–¿Philippa? –Llamo a la puerta con suavidad.

No hay respuesta, pero tengo la sensación de que está ahí dentro aguantando la respiración, callada.

–Philippa. Soy yo, Katherine. Solamente quería saber si estás bien.

–¿Katherine? –Veo una sombra que se mueve entre el final de la puerta y el suelo, y después el cerrojo que se mueve y la puerta que se abre–. Gracias a Dios que eres tú –dice ella–. Pensé que eras Alice.

Tiene los ojos inyectados en sangre y en las mejillas dos círculos rojos encendidos. Tiene la pinta de haber estado llorando.

–¿Estás bien? –pregunto.

–Sí. –Se tapa la boca con la mano y baja la mirada. Cuando se ha recuperado levanta los ojos y sonríe–. Me encuentro bien. Gracias.

Se acerca al lavabo y se lava las manos, me mira a través del espejo.

–Entonces, ¿qué están haciendo ahí fuera? –pregunta.

–Oh. –Evito mirarla–. Solamente hablan, esperan la cena, ya sabes.

No estoy segura de qué es lo que ha visto ella, no sé qué es lo que la ha molestado.

Ignora mi respuesta.

–Entonces, ¿Alice y Ben aún no se han puesto a follar encima de la mesa?

–¿Qué? –digo.

Ella suelta una carcajada corta, se mira la cara en el espejo, se arregla el pelo.

–No me importa si lo están haciendo, créeme. No podría importarme menos. Ben es un canalla. Lo conozco muy bien. Sólo es la segunda vez que salimos juntos.

–¿De verdad? –La miro–. Entonces, ¿no es tu novio?

–Qué va. –Niega con la cabeza–. Por favor, no. Aún tengo dignidad.

Le sonrío, aliviada y divertida.

Me devuelve la sonrisa y entonces inclina la cabeza hacia atrás y se ríe abiertamente. Se ríe, alegre y aliviada, como si se hubiera estado aguantando hasta ahora, y me doy cuenta de que no ha estado allí dentro llorando.

–Alice le ha puesto a Ben la mano en el muslo. Él ha pensado que yo no podía verlo. Pero ella sabía que sí podía. No puedo decirte lo embarazoso que era estar sentada allí, viendo cómo jugaba su jueguecito psicótico. Ha sido algo completamente surreal... Me hubiera gustado decirle algo. Pero nunca soy tan rápida, no puedo pensar en algo ingenioso o inteligente que decir en una situación como ésa. Se necesita un tipo de personalidad, una picardía que sencillamente no tengo. –Se calla un instante, después me mira más seria–. ¿Qué pasa con Alice? Lo siento, sé que es tu amiga, pero ¿por qué le mete mano a un capullo que ha salido a cenar con otra chica? ¿Y cómo puede hacer algo así si tiene al lado a alguien tan adorable como Robbie? Están juntos, ¿no? Es difícil saberlo. Sobre todo cuando ella está tan ocupada coqueteando con Ben. Pero él parece muy majo. Robbie, quiero decir, no Ben. Ben es tan agradable como un sapo viscoso.

–Robbie es majo. Es encantador –digo enseguida–. Y no lo sé. No sé qué le pasa a Alice esta noche. Pero, en serio, por lo general no es así. No suele ser tan horrible. –Pero mientras lo digo me doy cuenta de que mis palabras suenan falsas. Nunca había visto a Alice comportarse tan mal, pero de alguna manera parece que poco a poco ha ido comportándose cada vez peor desde que la conozco. Cuanto más la conozco, menos me gusta. Me encojo de hombros–. Lo siento. Está siendo realmente desagradable. No tiene perdón.

–¿Desagradable? –Philippa me mira, incrédula–. ¿Desagradable? Lo siento, pero eso no es ser desagradable. Desagradable es el viento caliente del oeste, o alguien que está de mal humor.

Yo no usaría esa palabra para definir a tu amiga. Sería más exacto decir que es cruel. O despiadada. O rencorosa. O las tres cosas a la vez.

Y aunque empiezo a preguntarme si Philippa no tendrá razón, también siento un pinchazo de indignación. Alice es mi amiga, después de todo, y no es justo que Philippa la juzgue con tanta dureza, con tanta rapidez.

–Ella no es tan mala –digo–. Tiene cualidades fantásticas. Es increíblemente generosa y encantadora cuando quiere. Y muy divertida.

–También Adolf Hitler podía serlo, supongo –replica ella–. Mira, no quiero ofenderte. Y no debería decir estas cosas, lo sé, siempre me meto en problemas por abrir la boca como ahora. ¿Has oído hablar de ese monstruo al que llaman Pies Grandes? Bueno, pues yo soy Boca Grande. No puedo evitarlo. Pero, de todos modos, tu amiga es una zorra de tomo y lomo. Y creo que lo suyo es curable.

–¿Qué? –Sueno sorprendida, pero en cambio estoy más bien ofendida.

–Sí. Y sé muy bien de qué estoy hablando. Estudio Psicología en la universidad. –Se encoge de hombros–. Ya casi soy psicóloga y estoy totalmente cualificada para hacer un diagnóstico: Alice es una zorra. De hecho, creo que es muy probable que tenga problemas mentales. Y parece que tú ni siquiera habías pensado en ello hasta ahora.

Me quedo allí de pie, callada, desconcertada.

Philippa me mira y estalla en carcajadas.

–Vale. Lo siento. Esto sólo ha sido una broma. Bueno, Alice es una zorra de verdad y yo estudio Psicología, eso es cierto, pero lo de que estoy cualificada para hacer un diagnóstico era broma. Pero bueno, cualquiera puede ver que no es una buena persona. Sólo quería decirlo de una manera divertida. Anímate. Pareces muy seria y enfadada.

Me doy la vuelta e intento mantenerme ocupada: me miro al espejo, me arreglo el pelo. Estoy molesta, Philippa tiene razón, pero no quiero que se dé cuenta de lo mal que me siento, y no quiero echarme a llorar delante de ella de ninguna de las maneras. Debería estar enfadada, ofendida en nombre de Alice, pero Alice se ha portado de una manera tan horrible esta noche que no puedo culpar a Philippa por pensar lo que piensa.

–Dudo mucho que puedas conocer a alguien de verdad después de haberla visto solamente media hora –objeto con un tono muy poco convincente–. Alice sólo tiene un mal día.

–La conozco desde hace casi una hora y media. –Se inclina hacia el espejo junto a mí, obligándome a mirarla–. Y no sé tú, pero yo he tenido muchos días malos y nunca me he comportado como ella. Y me apuesto diez millones de pavos a que tú tampoco.

Estoy a punto de decirle a Philippa que lo que dice es ridículo, que Alice es excéntrica y un poco egoísta, pero que no es una mala persona, que no está enferma. Y que Robbie y yo no somos un par de crédulos idiotas. Pero la puerta se abre de repente y Alice se planta frente a nosotras.

–¿Qué estáis haciendo aquí las dos? –pregunta mientras se mete en uno de los cubículos. Deja la puerta abierta mientras se levanta la falda, se baja las bragas, se sienta en la taza y empieza a mear ruidosamente–. Ya nos han traído la comida. Y todo es tan divino que si no os dais prisa nos lo habremos comido antes de que volváis a la mesa. –Se levanta y tira de la cadena, camina hasta el lavabo para lavarse las manos, pero primero nos mira a Philippa y a mí a través del espejo–. Y adivinad qué. Después nos iremos todos juntos a mi casa. A beber margaritas. Y beberemos todos. También tú, Katherine. Ya está decidido.

Volvemos a la mesa y comemos. Todo está, como ha dicho Alice, delicioso. Alice presta toda su atención a Philippa. Parece muy interesada en preguntarle cosas sobre ella. Philippa es educada, y responde a las preguntas de Alice tan brevemente como puede, sin llegar a darle pie a más conversación, pero a veces me lanza miradas a escondidas, miradas perplejas.

Aparte de la evidente frialdad con que Philippa trata a Ben, la cena discurre con tranquilidad y sin mayores incidentes, y cuando dejamos el restaurante y echamos a andar por la calle hacia casa de Alice, me sorprendo al darme cuenta de que toda la ansiedad que sentía poco antes ha desaparecido. De hecho, me siento relajada, y casi estoy contenta. Hay mucha gente por las calles, ríen y hablan mientras caminan, y el ambiente contagia entusiasmo. Es viernes por la noche y todo el mundo lo está pasando bien, la gente parece feliz, lleva ropa a la moda, habla alto y ríe. Así que Alice está un poco borracha y ha sido un poco zorra. ¿Y qué? Peores cosas pasan. No es el fin del mundo.

De camino nos paramos en una licorería a comprar unas botellas de tequila para los margaritas. Compramos un puñado de limones en la tienda de la esquina de la calle de Alice. Y cuando llegamos a su casa estamos todos felizmente ocupados: buscando vasos suficientes para el cóctel, exprimiendo limones, mezclando el tequila con el zumo. Alice pone algo de música y cantamos en voz alta metidos todos en la cocina. Y de repente lo estamos pasando bien, disfrutamos de la compañía, y por un momento me olvido de la anterior conducta de Alice, olvido el miedo de que la noche vaya acabar en desastre.

–Vamos a jugar –dice Alice cuando ya todos tenemos un enorme cóctel lleno de hielo en la mano.

No pienso beberme el mío, pero le he dado un sorbito sólo para contentar a Alice y lo voy tirando poco a poco cuando ella no mira. Quiero estar muy sobria. Muy atenta.

–Vale.

Estoy de acuerdo y miro a Robbie y le sonrío, y es una sonrisa que dice: «Mira, todo va a salir bien. Nos lo estamos pasando genial».

Y Robbie me devuelve una sonrisa a medias: todavía tiene dudas.

–Verdad o consecuencia. –Alice se frota las manos con entusiasmo y se dirige al salón–. Vamos. Adoro ese juego. Es la mejor manera de conocer a la gente.

Todos la seguimos y nos sentamos con las piernas cruzadas en el suelo, alrededor de la mesita de café. Alguien baja el volumen de la música.

–¿Yo primera? –Alice le saca la lengua a Robbie–. Y tú puedes preguntarme. Ya que crees que me conoces tan bien. Quizá te lleves alguna sorpresa.

–¿Verdad o consecuencia? –pregunta Robbie.

–Verdad.

–Vale. –Robbie le da un trago al margarita y mira pensativo la copa durante un momento. Después mira a Alice, serio–. ¿Alguna vez te arrepientes de algo? ¿De cosas que has dicho o que has hecho?

Alice lo mira durante un instante. Después pone los ojos en blanco.

–Venga, Robbie. Esto tendría que ser divertido. –Suspira–. Si me arrepiento de cosas... Bueno, déjame pensarlo un poco. –Niega con la cabeza, segura de lo que dice–. No. Nunca. No me arrepiento de nada. El arrepentimiento es para los incompetentes y los inseguros. Y yo no soy ninguna de las dos cosas. Vale, gracias por tu aburrida contribución, Robbie. –Mira a los demás, sonríe–. ¿A quién elijo ahora? –Y señala a Ben–. A ver, jovencito. Tú me vas a ayudar a que esto sea divertido. Guarro y divertido, como tiene que ser. ¿Verdad o consecuencia? Y responde antes de que me duerma.

–Verdad.

–Bien. Justo lo que esperaba que dijeras. Y ya tengo una pregunta preparada para ti. –Alice arquea las cejas y se inclina hacia delante–. A ver, Ben, ¿cuál es el sitio más raro donde has practicado el sexo? Y tienes que responder o te impondré una consecuencia. Y no será agradable.

Ben se ríe, nervioso, y mira su copa.

–Vaya. Bueno, supongo que fue la primera vez, hará un par de años. Cuando llegué a Australia. Conocí a una chica muy salvaje. Y ella no quería aceptar un no por respuesta. De ninguna manera. Y, vaya, tenía un cuerpo increíble, así que no iba a decirle que no. Bueno, esa noche estábamos en casa de un amigo y aquella chica me arrastró hasta el dormitorio de los padres de mi amigo. Y, ya sabes, estábamos haciéndolo en la cama y entonces llegaron los padres, así que nos escondimos en el armario, uno de esos tan enormes que puedes caminar por dentro, y ya ves, estaba oscuro y era divertido, así que seguimos con lo que estábamos haciendo antes.

Se calla un momento y mira a Alice y se ríe. Alice le devuelve la mirada, le sonríe, lo anima a que siga, y de repente está muy claro que la chica de la que habla es Alice. Y Robbie mira a Ben, no tiene ninguna expresión en la cara, pero me doy cuenta de que aprieta los puños con fuerza en su regazo. Y otra vez me invade la sensación de pánico y el deseo abrumador de que todo se acabe. De que hay que rebobinar. Volver al principio. La noche va a acabar de un modo horrible. Robbie tenía razón.

Pero Ben parece ajeno a todo, y me pregunto si se ha dado cuenta de que Alice y Robbie están juntos. Alice actúa de una manera muy convincente para que parezca que Robbie no significa nada para ella.

–Pero eso no es todo –continúa Ben–. Lo más pervertido de todo fue cuando...

–Gracias, Ben –lo interrumpe Robbie en voz alta, fría, cortante y sarcástica–. Muchas gracias. Pero creo que ya hemos oído suficiente. Y gracias, Alice, por haber hecho una pregunta tan inteligente. Porque ha sido interesante, hasta casi genial, oírlo. Antes no me había dado cuenta, pero ahora sí: estas historias sórdidas sobre sexo son las que hacen divertido el juego. Genial. Gracias, Ben. Intentaré ser tan... vaya, tan burdo como tú cuando me toque el turno.

Ben se sonroja y bebe de su cóctel, nervioso, y Philippa se ríe, incómoda.

–Me toca, me toca a mí –digo. Finjo que estoy alegre. Me vuelvo hacia Philippa, atenta, esperando que me ayude a suavizar las cosas–. ¿Philippa? ¿Verdad o consecuencia?

–Verdad –responde Philippa con amabilidad–. Adoro las verdades. ¿Tú no? Creo que son divertidas. Puedes descubrir algunos secretos increíbles de la gente. Y también me gusta mucho oír las preguntas que hacen los demás. Suelen revelar más de quien pregunta que de quien responde, ¿no te parece?

Sonrío a Philippa, agradecida por sus palabras distendidas. Pero es difícil encontrar algo que preguntarle, y me callo unos instantes, pienso.

–Katherine –Alice se ríe–. No sabes qué preguntarle, ¿verdad? Déjame a mí. Venga. Una más. Yo te haré la pregunta.

–Pero tú ya has tenido tu turno –interviene Robbie–. Deja que pregunte Katherine.

–Es que no estamos jugando bien, de todos modos. Ben ya debería haber preguntado. Así que no importa mucho, ¿no? –dice Alice. Y ahora no hay duda de que está borracha. Habla despacio, con cuidado, le cuesta pronunciar cada palabra, pero el tono grosero de su voz es evidente–. ¿Y desde cuándo eres tan estricto con las normas, Robbie? ¿Desde cuándo te has convertido en semejante capullo aguafiestas?

–¿Aguafiestas? –Robbie se ríe–. Aquí no hay mucha diversión que cargarse, Alice.

Alice lo ignora y me mira.

–¿Verdad o consecuencia? –pregunta ella.

Dudo qué elegir. Tengo demasiados secretos, demasiadas cosas que no quiero revelar, pero sólo es un juego, un poco de diversión. Y sé que la consecuencia que me imponga Alice no será ni fácil ni sencilla.

–Verdad –digo por fin–. Me imagino cualquiera de tus consecuencias, y esta noche no quiero correr por la calle Oxford desnuda.

–Verdad –conviene Alice despacio, saboreando la palabra–. ¿Estás segura? ¿Estás segura de que la respuesta será completamente sincera?

–Eso creo. Ponme a prueba.

–Vale. –Y me mira con curiosidad–. Entonces, en el fondo,

¿te alegraste? ¿Te alegraste de librarte de ella? ¿De tu hermanita perfecta? ¿En el fondo, te alegraste cuando la mataron?

Y de repente parece como si todo ocurriera a cámara lenta, a través de una niebla densa. Oigo a Robbie suspirar irritado, decirle a Alice que deje de hacer el idiota. Noto que Philippa me está mirando, se pregunta qué es lo que pasa, se pregunta si es posible que Alice esté hablando en serio. Noto la mano de Philippa en mi brazo, noto su preocupación.

Pero yo sólo veo los ojos de Alice. Fríos, me evalúan, y tienen las pupilas tan dilatadas que todo es negro sobre blanco. Ojos duros e inflexibles. Profundos. Oscuros. Despiadados.

15

Me levanto temprano. Aún está oscuro. Sarah se ha venido a mi cama mientras yo dormía, y aprieta su cuerpecito caliente contra el mío. Ha puesto la cabeza en mi almohada y yo estoy casi al borde de la cama, así que más de la mitad de la cama está vacía.

Me deslizo fuera del colchón suavemente para no despertarla, y cojo mi jersey de lana de la silla donde lo dejé la noche anterior. Hace frío y me dirijo a la sala de estar para encender la estufa de gas. Ésta llena de un brillo dorado la habitación, que se calienta enseguida. Me hago una taza de té y me la llevo a la sala. Me siento en una punta del sofá, encojo las piernas a un lado.

Empecé a despertarme muy temprano cuando Sarah era pequeña y desde entonces soy incapaz de dormir hasta tarde. A veces paso este rato limpiando o preparándome para el día mientras Sarah duerme –le hago el desayuno, le preparo la ropa– pero a menudo me limito a sentarme, bebo té, disfruto de un rato sola. No pienso en nada en particular, me he vuelto muy buena en esto de no pensar en nada. Evito hacer planes para un futuro incierto, y aun más evito recordar el pasado. Me sumerjo en un estado meditativo, vacío la mente, centro los pensamientos en el sabor del té o en mi respiración. Y a menudo, cuando Sarah se levanta a eso de las siete y viene, arrugadita y oliendo a sueño, me doy cuenta sorprendida de que ya han pasado dos horas o más.

Pero esta mañana me bebo el té y me quedo sentada menos de una hora. Estoy emocionada por el día que tenemos por delante, tengo muchas ganas de que Sarah vea la nieve, de oír sus grititos de alegría cuando se deslice con el trineo, cuando hagamos el muñeco de nieve. Quiero despertarla y que disfrute de los planes conmigo, así que a las seis me levanto y le preparo su desayuno favorito: tostadas con plátanos cortados a rodajas y jarabe de arce y una gran taza de chocolate caliente. Dejo los platos y las tazas en la mesa y voy a despertarla.

–¿Hoy vamos a la nieve, mami? –me pregunta Sarah en cuanto abre los ojos. Se sienta en la cama, totalmente despejada–. ¿Nos vamos ya?

–Aún no. –Me siento a su lado y la abrazo–. He hecho un montón enorme de tostadas y chocolate caliente. Espero que tengas mucha hambre.

–Ñam, ñam.

Se aparta las mantas, se levanta y corre hacia la sala. Me deja allí, sonriendo, sola en la cama.

La sigo, y la encuentro de rodillas encima de la silla. Come muy a gusto.

–¿Quieres un poco, mami? –pregunta con la boca llena–. Hay bastante para ti también.

–Claro que sí. –Me siento frente a ella, cojo una tostada de la bandeja y la pongo en mi plato–. Me parece que he hecho para seis.

–No creo. –Sarah niega con la cabeza y me mira, seria–. Tengo mucha hambre. Hoy me comeré diez. Las tostadas me gustan mucho.

Y se come una cantidad extraordinaria mientras se bebe el chocolate entre mordisco y mordisco. Y en cuanto acaba, salta de la silla.

–Ahora ya estoy lista –dice–. Creo que hoy vamos a tener un gran día.

Me río de cómo se apropia de mis frases, de cómo trata de parecer mayor.

–Claro que sí. Tendremos un gran día. Pero aún nos queda mucho tiempo. El sol acaba de empezar a salir ahora mismo.

–Quiero estar lista antes –dice–. Quiero estar lista antes de que salga el sol.

16

Y oigo los golpes otra vez. Llaman, amable pero insistentemente. Quienquiera que sea ha estado llamando durante veinte minutos y ya estoy cansada de ignorarlo, cansada de fingir que no estoy aquí.

Voy hasta la puerta pero no la abro.

–Vete –digo–. Son las tantas de la noche. Vete.

–Katherine. Soy yo, Robbie. –Su voz es tan familiar y reconfortante, tan llena de bondad, que casi me echo a llorar otra vez–. Y también está Philippa. Déjanos entrar, por favor.

–¿Está Alice con vosotros?

–No.

Suspiro y abro. Me doy la vuelta y echo a andar por el pasillo sin siquiera saludarlos, dejo que empujen la puerta ellos mismos. Sé que tienen buenas intenciones, que están preocupados por mí, pero lo que ha pasado esta noche me ha dejado agotada, y no he dejado de llorar en todo el rato, y tengo ganas de estar sola. No para dormir –no puedo dormir–, sino para sentirme triste en la intimidad.

Voy al salón y me siento en el sofá, donde he estado acurrucada durante la última hora.

Philippa y Robbie me siguen y se sientan en el sofá de enfrente.

–Alice nos lo ha dicho –dice Robbie con amabilidad–. Lo de tu hermana.

Asiento. Si hablo empezaré a llorar otra vez, así que me quedo callada.

–¿Quieres que nos vayamos? –Philippa mira a Robbie y después a mí–. Quería asegurarme de que estás bien. Quería asegurarme de que Robbie te encontrara. Pero no quiero molestar.

Miro a Philippa y me encojo de hombros; ella parece muy afectada. Tiene la piel pálida y unas ojeras oscuras en la cara, como si lo que ha pasado esta noche la hubiera traumatizado.

–Me quedaré si a ti no te importa –suspira–. Estoy demasiado cansada para irme a ningún sitio ahora.

No me importa si se queda o no, pero de pronto estoy muy contenta de que Vivien se haya ido de fin de semana, de que no esté aquí para ser testigo de todo esto.

–¿Hago un poco de té? –pregunta Philippa, complacida de haber encontrado algo útil que hacer.

–Yo me tomaría un poco. –Robbie sonríe a Philippa, agradecido–. ¿Katherine?

–Claro –digo–. Pero...

–Ella lo quiere a la inglesa –le explica Robbie a Philippa–. Tienes que poner las hojas de té en un colador encima de la taza y verter el agua hirviendo encima. –Se vuelve hacia mí–: ¿Estás bien?

Cuando Philippa sale de la habitación, Robbie pone la mano encima de mi rodilla.

Asiento y trato de sonreír.

–Vaya noche de mierda. Tendría que haberte hecho caso. Tendría que haberme ido a casa temprano, como decías. –Me inclino hacia delante y le susurro–: Philippa piensa que Alice es una zorra total y absoluta. Cree que tiene problemas mentales. ¿Te lo ha dicho a ti también?

–No me extraña –Robbie se encoge de hombros–. Esta noche Alice se ha comportado como una zorra de mucho cuidado. Y puede que no esté muy bien de la cabeza. ¿Quién sabe? Pero ¿qué diferencia habría, de todos modos? Ese tipo de cosas ya no se pueden saber. Puede que Alice simplemente sea una mala persona.

Se inclina hacia atrás y suspira, se mira las rodillas y se arranca un hilo suelto de los vaqueros. Parece cansado, derrotado y muy, muy triste.

–¿Y qué pasa contigo, Robbie? ¿Estás bien? –le pregunto–. No tienes muy buena pinta.

–No. No estoy bien. –Tiene los ojos enrojecidos, brillantes, y de repente las lágrimas le caen por las mejillas y sacude irritado la cabeza, como para librarse de ellas–. Ha sido una noche de mierda, nada más, ¿no? –Se ríe con amargura.

–Sí.

Y no hay nada más que decir. Philippa vuelve y nos tomamos el té, tranquilamente, sin hablar, cada uno metido en los propios pensamientos, en las propias desdichas y miserias.

Cuando terminamos el té son las cuatro de la mañana, y les pregunto a Robbie y a Philippa si quieren quedarse a dormir. Le doy a Robbie una manta y una almohada para que se acueste en el sofá, y le pregunto a Philippa si quiere compartir mi cama. Ha sido una noche emocionalmente agotadora y Philippa y yo estamos tan cansadas que podemos tumbarnos una al lado de la otra, bajo la misma manta, sin ninguna incomodidad. De hecho, me siento cómoda en su compañía. Y antes de cerrar los ojos y dormirse, Philippa me sonríe, me coge la mano y me la aprieta.

–Que duermas bien –me dice.

–Gracias –le contesto, y cierro los ojos–. Creo que no me costará mucho.

Cuando me despierto, el sol resplandece en mi habitación y Philippa ya no está a mi lado. Pero puedo oír un murmullo de voces, la suya y la de Robbie, que llega desde la otra habitación, y me alegro de que aún estén aquí, de que no tenga que enfrentarme al día sola. Cierro los ojos otra vez.

Cuando vuelvo a despertarme el sol se ha ido de la ventana y por la intensidad de la luz me doy cuenta de que ya debe de ser por la tarde. Ya no oigo a Robbie ni a Philippa, pero puedo oír las risas enlatadas y la música de la televisión. Me levanto y voy al salón.

Philippa está sentada en el sofá, mirando una vieja película en blanco y negro, y levanta la mirada cuando me acerco.

–¡Buenos días! O tardes, ya. He esperado a que te despertaras. Estaba mirando esta película antigua, *Eva al desnudo*. ¡Es brillante! Creo que te gustaría, tienes que pillarla en DVD alguna vez. Robbie y yo no sabíamos si querrías estar sola o no. Y él tenía que irse a trabajar. Pero me ha dicho que volvería más tarde. –Se calla un instante para respirar y me sonríe, amable–. ¿Cómo estás?

–Bien. –Me siento en el sofá, a su lado–. Gracias por quedarte.

–Oh, da igual. –Coge el mando a distancia y le quita el sonido al televisor–. ¿Tienes hambre?

–Sí –asiento–. Mucha.

–Perfecto. He comprado cosas para poder hacer una ensalada. Vamos a preparar una de esas ensaladas muy completas y muy sanas, tomates, jamón, espárragos, huevos duros y cosas así, y también he traído pan fresco. Todo está delicioso. Se trata de mi ensalada preferida. ¿Quieres un poco? ¿Quieres que me ponga a hacerla?

–Oh. Vaya. Sí, por favor. Pero sólo si quieres. No tienes por qué hacer todo esto. Estoy bien de verdad. En serio. Pero, sí, si quieres, sería increíble.

–Perfecto. –Se levanta de un salto–. Porque me muero de hambre.

Me ofrezco a ayudarla a preparar la comida, pero Philippa se niega, me dice que no puede soportar cocinar con más gente. Así que me siento en un taburete en la cocina y la miro, y cuando ha acabado nos lo llevamos todo a la terraza. Y comemos con rapidez: las dos estábamos hambrientas. No hablamos de Alice, gracias a Dios, ni de Rachel, ni de lo que pasó la noche anterior, pero Philippa es tan habladora que apenas tenemos un momento de silencio. Tiene veintitrés años y está haciendo un máster de Psicología en la universidad. Me habla de los cursos, de lo fascinante que es aprender cómo piensa la gente y de lo mucho que aún no sabemos de la mente humana.

–No puedo creer que sólo tengas diecisiete años –dice–. Pareces mucho mayor, mucho más seria que la mayoría de las chicas de diecisiete.

–Todos dicen lo mismo –sonrío–. Nunca sé si es un piropo o un insulto.

Me habla de su hermano pequeño, Mick, de que es batería en un grupo que ha empezado a ganarse un cierto respeto en la escena musical de Sidney.

–Tocarán en el Basement el viernes por la noche. Son buenísimos. Tienen mucho talento. ¿Quieres venir a verlos? ¿Conmigo? Me encantaría. Adoro enseñárselos a la gente. Son la bomba.

Pero antes de que pueda responder, antes incluso de que piense si querré salir a ver un concierto a finales de la semana, alguien llama a la puerta.

–Robbie. –Philippa deja el tenedor y mira adentro–. Ha dicho que vendría después del trabajo.

Voy a la puerta. Justo cuando estoy a punto de abrirla, justo cuando levanto la mano hacia el cerrojo, vuelven a llamar, más fuerte y con más insistencia. Y de repente me doy cuenta de que no es Robbie. Él nunca sería tan impaciente.

Pero es demasiado tarde para echarme atrás, para fingir que no hay nadie en casa; ya he quitado el cerrojo y están empujando la puerta abierta. Es Alice.

Trae un enorme ramo de rosas rojas. Viste una camiseta blanca y unos vaqueros. No lleva maquillaje y el pelo le cae sobre la cara. Tiene los ojos enrojecidos, como si hubiera estado llorando, pero aparte de eso sigue pareciendo tan joven y fresca e inocente que es difícil aceptar que sea la misma Alice con la que estuve la noche anterior. Al verla ahora, así, es casi imposible creer que haya podido ser tan perversa, que haya podido ser la causante de tanta desdicha.

–Lo siento, Katherine. –Le tiemblan los labios y tiene los

ojos llenos de lágrimas–. Lo siento mucho. Sencillamente, no sé lo que me pasó.

Me tiende las rosas y yo las cojo, pero no digo una sola palabra.

–Yo... A veces yo... No lo sé. –Y ahora llora, se tapa la cara con las manos, los hombros le tiemblan, la voz se le rompe–. A veces algo se apodera de mí y pierdo el control... Entonces me siento tan... tan enfadada. Como si todo el mundo... No lo sé... Como si me juzgara o algo así. Pero sé que es una locura porque pienso que me juzgan por lo que voy a hacer, por lo que sé que voy a hacer, antes incluso de que lo haga... y entonces siento que tengo que hacerlo, que tengo que ponerlos a prueba, para ver si realmente les importo y se preocupan por mí. Y sé que es injusto, sé que no puedo hacer que la gente, ya sabes, aguante eso, pero no puedo... Quiero decir, sé que voy a hacer algo, sé que voy a decir algo realmente horrible, pero no puedo, no puedo pararme, y entonces lo hago. Es como si tuviera la necesidad autodestructiva de emprenderla con la gente... con la gente que me quiere.

Noto que el nudo de mi corazón empieza a disolverse.

–Ven.

La cojo del brazo y la empujo hacia dentro con amabilidad.

Le pongo un plato a Alice y ella se sienta con Philippa y conmigo en la terraza. Comemos juntas. Al principio Philippa se muestra cauta y fría, y mira a Alice con desconfianza. Pero Alice está ahora como siempre, abierta, amable y encantadora, y pide disculpas muchas veces por la noche anterior. Se ríe de sí misma y se burla de su propio comportamiento con tanta sinceridad y con tan buen humor –está arrepentida y avergonzada, después de todo– que es imposible no perdonarla. Y al cabo de un rato veo que Philippa ya está menos reticente, que a pesar de la desconfianza está sucumbiendo al encanto de Alice. Las tres nos quedamos en la terraza, charlando y riendo, hasta que acabamos de comer. Entramos cuando se pone el sol y la tarde se vuelve demasiado fría como para estar cómodas afuera.

–Chicas, vayamos por unas películas. Pidamos una pizza –propone Alice.

–Oh. No sé –digo–. Mañana es lunes. Instituto. Necesito dormir un poco.

–No nos quedaremos hasta tarde –asegura Alice–. Y no quiero que este día se acabe ya. Nos estamos divirtiendo mucho. No quiero irme a casa y estar sola esta noche. –Se acerca a Philippa y la coge del brazo con las dos manos–. Por favor, Philippa. Déjame demostrarte que no soy la desfasada que conociste anoche. Yo iré por las películas. Y por algo de comer. Y vosotras no tendréis que hacer nada. Ni gastaros un solo dólar. Invito yo. Por favor. –Nos mira, nos implora–. ¿Lo haríais por mí? Por favor.

Philippa me mira.

–Que decida Katherine. Es su casa. Y seguro que ya está harta de nosotras.

–Por mí, bien. –Me encojo de hombros–. Ahora vuelvo a tener hambre, aunque parezca increíble. Y vegetar viendo una peli suena bien.

Miramos la carta de una pizzería del barrio y elegimos. Philippa y yo nos ofrecemos para ir con Alice, para ayudarla a traerlo todo y para poner algo de dinero, pero ella se niega, insiste en que quiere hacerlo todo ella y se pone en marcha.

Cuando ya se ha ido, Philippa y yo nos metemos en la cocina a lavar los platos de la comida.

–No está tan loca como creías, ¿no? –digo.

Philippa tiene las manos metidas en el fregadero y mira el agua mientras habla.

–Puede ser muy maja. Muy agradable.

–Sí –digo–. Pero no estás respondiendo a mi pregunta. He dicho la palabra «loca».

Hablar de Alice con alguien a quien acabo de conocer hace que me sienta un poco desleal hacia quien considero una amiga íntima. Pero Philippa es tan abierta y tan honesta que no puedo evitar preguntarme qué es lo que piensa. Me gusta. Resulta evidente que es muy inteligente, pero también es agradable, amable, interesante y peculiar, y espero que seamos buenas amigas. Ya confío en su juicio, y valoro su opinión.

Philippa suspira, saca las manos del agua y se las seca en los pantalones. Me mira y se encoge de hombros.

–Sigo pensando que puede que esté un poco loca. Ya sabes, una de esas personas con altibajos exagerados. El tipo de persona que mi padre llama de «alta tensión».

–Pero ésa es la perspectiva de un padre –Me río un poco para suavizar el impacto de lo que voy a decir–. Y es un poco fría, ¿no? Un poco... Bueno, es humana. Y no se comporta así todo el tiempo. Yo nunca la había visto así antes. Y es mi amiga. Y en muchos aspectos es una amiga excelente. En serio, tú no sabes lo generosa y amable que es. Entonces, ¿crees que debería pasar de ella? ¿Olvidarme de ella porque es un rollo tener una amiga así? Creo que es un poco... bueno, es un poco duro tratar a alguien así.

–Oh. –Philippa me mira y sonríe. Parece sorprendida y triste a la vez–. Seguramente tienes razón. Pero eso es una manera muy benevolente de verlo. Y yo no lo veo así, porque yo pasaría de ella. Pasaría de ella y me largaría en dirección opuesta tan rápido como pudiera.

La mirada penetrante de Philippa me incomoda un poco, y me pongo a sacar platos y copas del fregadero, la evito.

–Es que yo sé lo que es sentirse... sentir que la gente no quiere estar contigo porque es demasiado difícil. Después de que mataran a Rachel me he sentido así muchas veces. También lo he sentido con mis amigos íntimos. Todos estaban muy interesados por mí, eran muy amables, pero se les hacía muy difícil estar conmigo... y además aquella época era muy divertida para todos. Era final de curso y había bailes y fiestas y todo eso. El resto de los chicos intentaba pasarlo bien. Nadie quería sentarse a llorar conmigo encerrados en mi habitación. Nadie quería que fuera a sus fiestas, porque tendrían que preocuparse por mí, ya sabes, cuidarme y tratar de hacer que me sintiera feliz.

Yo era una carga para ellos. Y no los culpo. Yo sabía que era una aguafiestas. Sé que a nadie le gusta pensar en la muerte, en asesinatos y tragedias... pero yo tenía que hacerlo. Era mi vida. –Me encojo de hombros, sorprendida de mis propias palabras. No había pensado en todo ello antes, las ideas me han salido a medida que hablaba. Pero son reales. Son ciertas–. Sólo creo que si eres una amiga de verdad tienes que aceptar al otro tal como es. A las duras y a las maduras. Para lo bueno y para lo malo.

–Ya sé qué quieres decir. Te entiendo perfectamente. –Philippa quita el tapón y empieza a limpiar el fregadero–. Pero sigo creyendo que no deberías tener por amiga a alguien que puede meter tanta mierda en tu vida. Yo no lo haría. Para nada. Pero eso no quiere decir que tú tengas que hacer lo que haría yo, ¿no? No sé, todos somos diferentes, ¿verdad? Cada uno tiene que encontrar su camino en este mundo de locos.

Y me doy cuenta de que intenta mantener un tono de voz amable, no de confrontación. Quiere que seamos amigas, más de lo que lo quiero yo.

Por fin, Alice vuelve. Nos sentamos en la cocina y disfrutamos de la cena. Robbie llega a eso de las ocho, lavamos los platos, recogemos, las tres estamos alegres, nos reímos. Al principio él está un poco frío y distante con Alice, y un poco molesto con Philippa y conmigo. Pero le damos lo que ha quedado de las pizzas y seguimos hablando y él empieza a relajarse, se deja arrastrar a la conversación, hasta sonríe. Y Alice está tan amable y solícita, tan adorable y considerada hacia él que me doy cuenta de que es imposible que siga enfadado.

Acabamos en la sala de estar, con la luz apagada, los cuatro tranquilos y relajados, con el estómago lleno y algo cansados. Alice elige un DVD y lo mete en el reproductor. Antes de apretar el *play* se vuelve hacia nosotros.

–Antes quiero deciros algo. Antes de que nos quedemos dormidos. –Sonríe tímidamente–. En primer lugar quiero que sepáis que... –mira primero a Philippa y luego a Robbie– ...que anoche no pasó nada entre Ben y yo. Se fue poco después de que lo hicierais vosotros. Y es la pura verdad.

Robbie mira al suelo y trata de reprimir una sonrisa, pero está clarísimo que las palabras de Alice lo hacen muy feliz.

Alice continúa.

–Pero lo más importante es que anoche estuve fatal y quiero pediros perdón de forma oficial. A los tres. Philippa, Robbie, pero en especial a ti, Katherine. –Me mira, tiene los ojos muy abiertos, suplica–. No tenía que haber dicho nada de lo que dije. Nada en absoluto. Y ni por un segundo creo que sea cierto. El hecho de que yo hubiera podido tener esos pensamientos tan terribles y cínicos de haber estado en tu lugar no quiere decir que tú también los tuvieras. Lo que hice fue, ¿cómo lo llaman, una «transferencia»? Sí. Me transferí en ti. Es algo injusto y ridículo y estoy increíblemente arrepentida y no sabéis, nunca sabréis, lo mucho que me odio por haberos hecho daño. Siempre habéis sido muy buenos conmigo y sé que no me merezco vuestro perdón, pero si estáis dispuestos a perdonarme me sentiré muy agradecida y feliz.

–Oh, por favor –digo, esperando que la poca luz disimule que me he sonrojado–. Siéntate y estate calladita.

–Ahora mismo –dice ella mirándose los pies. Noto un temblor en su voz y me pregunto si estará llorando–. Pero primero quiero deciros lo mucho que valoro vuestra amistad. No tenéis ni idea de lo importante que sois para mí. Lo especiales que sois. No tenéis ni idea.

17

Estaba mucho más oscuro dentro que fuera. La iluminación era muy escasa, sólo había unas tiras de luces de colores colgadas del techo que casi no surtían efecto en la oscuridad. Era difícil ver, y las paredes de latón del enorme cobertizo hacían eco y vibraban en tal cacofonía salvaje de música y risas y gritos y personas que iban de un lado a otro, que estaba un poco desconcertada, incluso un poco asustada. Rachel y yo nos manteníamos juntas, agarradas del brazo.

Carly iba por delante, confiada y segura; estaba en su elemento. La seguimos hacia una bañera antigua llena de hielo y latas de cerveza y Coca-Cola. Carly sacó tres cervezas y nos ofreció una a cada una.

–¿De quién es esto? –pregunté.

Carly negó con la cabeza, no podía oírme.

–¿Podemos servirnos nosotras mismas? –grité.

Carly se encogió de hombros y miró a su alrededor.

–No veo a nadie que nos lo impida –chilló ella con una amplia sonrisa–. Vamos...

Carly se metió entre la multitud que bailaba frente al escenario y empezó a mover los pies, a sacudir la cabeza, a moverse al ritmo de la música. Levantó la lata de cerveza en nuestra dirección, nos guiñó el ojo y le dio un trago largo, luego levantó el otro brazo y nos hizo señas para que fuéramos hasta allí.

Rachel me miró interrogante, pero yo negué con la cabeza. No quería bailar todavía. Era muy probable que mi novio, Will, estuviera por allí, y primero quería encontrarlo. Así que le cogí la cerveza a Rachel para que tuviera las manos libres y le hice una seña para que se fuera con Carly.

Igual que cuando tocaba el piano, Rachel se ponía en trance cuando bailaba. Toda conciencia de sí misma desaparecía y se movía suave y rítmicamente y en perfecta armonía con la música. Me miró con una enorme sonrisa de felicidad en la cara y me reí. Yo estaba borracha de una forma agradable debido a todo el alcohol que ya me había bebido, aturdida por la multitud y la música, contagiada de la excitación que me rodeaba. Estaba entusiasmada por la posibilidad de ver a Will. Y estaba segura de que él estaría tan contento de verme como yo de verlo a él.

Apoyé la espalda contra la pared y me bebí tranquilamente la cerveza –que en realidad no me gustaba– y miré a Rachel y a Carly. Estaba a punto de darme un paseo por la nave para ver si encontraba a Will, cuando él apareció frente a mí.

Tenía una sonrisa radiante en la cara y movía la cabeza, negaba, como si me preguntara qué demonios estaba haciendo allí. Le devolví la sonrisa, pero ninguno de los dos dijo una palabra, sólo nos apretamos el uno contra el otro, olí su piel –a hierba fresca, y un poco a chocolate, y un poco a sudor– y él juntó los labios con los míos y nuestras bocas se abrieron y se exploraron, hambrientas.

Nos besamos y abrazamos y nos inclinamos un poco hacia atrás para poder vernos el uno al otro, nos reímos y volvimos a juntar los cuerpos. Estábamos tan contentos de habernos encontrado, tan excitados por el ambiente y por nuestro deseo mutuo que no dejábamos de sonreír. Hasta cuando nos besábamos me di cuenta de que Will seguía sonriendo.

Y mientras apretaba su cuerpo contra el mío noté que tenía una erección, y saber que había pasado tan rápido, que con solamente verme y tocarme un instante su cuerpo había reaccionado así, fue muy emocionante. Sentí una agitación de respuesta en las ingles y supe que quería hacerlo con él. Quería hacer el amor. No esa noche, pero pronto. Muy pronto. Y me apreté contra él, respondí a su impulso. Como si le hiciera una promesa.

Y como ahora estaba con Will, la cerveza empezó a saberme mejor y de repente me alegré de que todo estuviera tan oscuro, era reconfortante y romántico. Me sentí protegida como dentro de un capullo. Como si, a pesar de la multitud, estuviéramos nosotros dos solos.

18

La noche después de las disculpas de Alice yo estoy viendo la televisión, acurrucada en el sofá en pijama, cambiando de canales con el mando a distancia, cuando alguien llama a la puerta.

Inmediatamente pienso que puede ser Alice y me pregunto si tendría que quedarme callada, apagar el televisor y meterme debajo de las mantas, fingir que no estoy en casa. No es que aún esté enfadada con ella, sólo estoy cansada, y pensar en su energía inacabable me deja exhausta. Pero no me escondo. Suspiro, apago la tele y voy a la puerta.

No es Alice, es Robbie. Sonríe y trae un bote de helado de chocolate, una lata de chocolate en polvo y un paquete de bizcochos de chocolate.

–Vengo cargado de regalos –dice–. Chocolate, chocolate y más chocolate.

Me río y me aparto para que pueda entrar.

–Quiero hablar contigo. –Robbie duda en medio del pasillo y me mira como si se disculpara–. Espero que no te importe. Ayer no tuvimos tiempo de estar solos ni un momento. Y hay mucho de que hablar. Quiero decir que quiero hablar contigo sobre tu hermana y todo eso. Y sobre Alice, por supuesto. –Habla casi sin pararse para respirar–. Pero sé que seguramente estarás agotada y a punto de meterte en la cama, así que si estás demasiado cansada para hablar puedo limitarme a hacerte un chocolate caliente y arroparte, y dejarte en paz y volver otro día. –Me mira el pijama–. Estabas a punto de meterte en la cama, ¿verdad? Lo siento. Yo...

–Robbie –le interrumpo–. Calla. Entra. No estoy tan cansada. No me he convertido en una mujer tan frágil de repente. Además, yo también quería hablar contigo. –Le quito de las manos el helado, me doy la vuelta y echo a andar por el pasillo–. Y quiero un poco de esto. Ya.

Vamos a la cocina, pongo dos bolas de helado muy generosas en unos cuencos y me las llevo a la sala de estar.

El helado está delicioso: chocolate buenísimo con un jarabe de chocolate aún más rico de relleno. Me unto los labios a propósito y sonrío como una payasa.

–Está riquísimo –digo.

Robbie se ríe.

–Muy divertido.

Pero la sonrisa desaparece demasiado rápido; baja la mirada hacia el cuenco y deja la cuchara a un lado sin haber probado nada.

Me limpio los labios con la lengua y me los seco con el dorso de la mano.

–¿Estás bien?

–Sí –murmura–. Pero no he venido para hablar de mí. –Me mira, frunce el ceño–. ¿Qué tal tú? ¿Estás bien?

–Sí –asiento–. Estoy bien.

–Nunca me habías hablado de tu hermana. Siempre has sido muy valiente al respecto. Y yo no he parado de contarte mis problemas. Debes de... Quiero decir... –Y me mira, de repente herido y enfadado a la vez, y se da una palmada en la rodilla–. ¿Por qué no me lo contaste?

Dejo el cuenco en la mesita de café, me siento frente a él con las piernas cruzadas y le pongo las manos en las rodillas.

–Lo siento mucho. Sé que he herido tus sentimientos al no decírtelo. Sé que te parecerá que no confío en ti lo suficiente o algo así, pero no es eso. Te lo prometo.

Robbie me mira en silencio, espera.

–Cuando murió mi hermana hubo mucha... No, hubo una enorme repercusión en los medios de comunicación. Básicamente, la prensa me acosaba. Y a mi madre y a mi padre también. Y fue horrible. Y dijeron cosas terribles, cosas increíbles de mi familia y de mí, cosas que se inventaron o que simplemente manipularon y retorcieron mucho.

Recordar aquello me hace llorar, me seco los ojos y sorbo por la nariz, trato de detener el diluvio de lágrimas.

Robbie se sienta en el suelo a mi lado y me pasa el brazo por los hombros.

–Está bien. –Suena impresionado y sé que he hecho que se sienta mal, que se va a culpar a sí mismo por hacerme llorar–. No tienes que contármelo. No importa. No me he dado cuenta. Por favor, Katherine, qué idiota que soy. No sé cómo soy capaz de meter tanto la pata.

Es una descripción del carácter de Robbie tan absurda e inexacta que me hace reír. Lo miro y me seco los ojos.

–Tú no me has hecho llorar. Cuando recuerdo aquello siempre lloro. Y lo recuerdo muchas veces. Sólo quiero explicarte por qué no te lo había contado.

–Está bien, de verdad, no tienes por qué contármelo.

Aparto su brazo de mis hombros y me siento frente a él.

–Pero quiero y voy a hacerlo. Así que calla y escucha. Por favor.

Asiente.

–En realidad no me llamo Patterson –digo–. Me llamo Boydell.

Robbie abre los ojos como platos; me reconoce. Oyó hablar de nosotros, por supuesto, se acuerda de las hermanas Boydell.

–¿Ves? Sabes quiénes somos. O al menos sabes lo que los periódicos dijeron de nosotros.

–Recuerdo el nombre. Pero no mucho más, vaya, excepto que tu hermana era una especie de niña prodigio. ¿Verdad?

–Sí.

–Joder, Katherine. No puedo creerlo. Es tan increíblemente difícil de entender.

–Lo sé.

–¿Ésa era tu hermana? No me digas. Lo que le pasó fue una gran putada. Lo que hicieron esos bastardos psicópatas es increíble.

–Sí. Y después la prensa nos hizo famosos. Famosos en el peor sentido. En un sentido destructivo, invasivo; nos hicieron de todo, cosa que aún nos trajo más infelicidad... como si no fuera todo ya suficientemente insoportable –digo–. Y había psicólogos y todo tipo de gente hablando sobre nosotros, sobre nuestra familia. Fue repugnante. Nos sentimos completamente... invadidos, violados.

–¿Como qué? ¿Qué dijeron?

–Un montón de cosas malas. Muchos artículos decían que mis padres eran demasiado dominantes y ambiciosos respecto a Rachel. Y claro que lo eran, hasta cierto punto. Pero Rachel era una niña prodigio, un genio del piano. No hay manera de que nadie llegue a ser un músico de élite si no es ambicioso, sin trabajar duro. Y los periódicos estaban muy contentos de poder entrevistarla y sacar partido de ello cuando estaba viva. Solían escribir un montón de artículos sobre la niña prodigio y todas esas cosas. La adoraban mientras estuvo viva. Pero cuando fue asesinada, todo cambió. Es como si de pronto se hubieran vuelto contra nosotros, como si se hubieran convertido en nuestros enemigos. Pasamos de ser la familia de la que todo Melbourne estaba orgullosa, a ser la familia agresiva, horrible y egoísta que todo el mundo odiaba. No es exactamente que mintieran, pero hicieron que todo pareciera malo, como que Rachel tenía que tocar el piano tres o cuatro horas al día. Y lo hacía, claro que lo hacía. Pero los periódicos lo presentaron como si mis padres la obligaran a ello. Conseguían que sonara tan feo y horrible... Y todo era distinto. Rachel amaba el piano, le encantaba trabajar duro, quería ser la mejor del mundo, lo decía todo el tiempo. Y mis padres eran ambiciosos respecto a Rachel, eso es verdad, pero la querían más que a nada en el mundo. Eran buenos con ella. Eran buenos con las dos. Éramos una familia feliz –digo, y ahora me tiembla la voz. Sollozo y me cojo la cabeza con las manos, trato de no perder el control–. Éramos felices.

–Claro que lo erais.

Respiro hondo y continúo.

–Por eso me cambié el nombre y me convertí en Katherine Patterson en vez de Katie Boydell. Y por eso me trasladé a Sidney. Y por eso mis padres también se fueron. No se lo había contado a nadie, a nadie excepto a Alice, porque ya no quería ser Katie Boydell nunca más. Simplemente no quería ser esa chica. No quería que supieras nada de mí antes de conocerme realmente. Si es que eso tiene algún sentido.

Robbie asiente, me coge la mano y me la aprieta.

–Pero he querido contártelo, Robbie. De verdad. Un montón de veces. Especialmente cuando me hablaste de tu madre y confiaste tanto en mí. Quería que entendieras lo mucho, lo muchísimo que comprendía cómo te sentías.

–Pensé que habías dado en el clavo en todo. Como si ya hubieras pensado mucho en eso antes o algo así. –Sonríe burlón–. Pensé que eras superinteligente, supersensible, Katherine, pero lo cierto es que ya habías pasado por algo así. Te había ocurrido algo mucho peor, algo mucho más duro y horrible.

Nos acabamos el helado, que ya se ha deshecho, y le hablo de la noche en que asesinaron a Rachel. Y, como cuando se lo conté a Alice, lloro y lloro, y golpeo el suelo de pura frustración. Robbie me abraza y me escucha con atención y niega con la cabeza, horrorizado. Me trae más helado y me coge la mano y me hace mil preguntas amables. Llora conmigo, y cada uno le seca las lágrimas al otro, nos reímos de nuestras desdichas compartidas, de nuestras narices goteantes y de nuestros ojos enrojecidos.

A medianoche le digo a Robbie que estoy agotada y que necesito dormir. Pero cuando me dice que se va, le pido por favor que se quede. Que duerma a mi lado. No quiero sexo, sino a un amigo. Porque no quiero estar sola, porque necesito un poco de calor, de intimidad. Y me dice que sí, que le encanta la idea, que se alegra de que se lo haya pedido.

Le doy uno de los cepillos de dientes que tengo de repuesto y nos los cepillamos juntos en el baño, escupimos en el lavabo por turnos. De alguna manera, el hecho de que hayamos llorado juntos y que nos hayamos revelado tanto de nosotros mismos nos ha convertido en más íntimos; estamos mucho más cómodos que antes el uno con el otro. Nos acostamos de espaldas el uno al lado del otro debajo de las mantas. Mi habitación está oscura, y escucho el sonido de la respiración de Robbie y disfruto del suave calor de su cuerpo a mi lado.

–Normalmente nunca dormiría con el novio de otra chica –digo–. Y a pesar de que no estemos haciendo nada, es un poco raro, ¿no? Pero de alguna manera, por alguna razón, todas esas reglas normales no parecen hechas para Alice.

–Eso es porque Alice no sigue ninguna de las reglas que pueda considerar normales. No respeta ninguno de esos límites, así que ¿por qué tenemos que hacerlo con ella? Es el fenómeno Alice. Estás un rato con ella y empiezas a comportarte mal. Quiero decir, vamos, que... –Se ríe–. ¿Qué hay de la otra noche con Ben y Philippa? ¿Y lo que dijo Alice sobre tu hermana? ¿Y cómo coqueteó con Ben? Trata a todo el mundo sin respeto, ¿no? También nosotros tenemos derecho a comportarnos un poco mal, ¿no?

–Sí. No. No lo sé. De todos modos –digo–, no estoy segura de que nos estemos portando mal. Estamos juntos y es de noche, nada más. Si no le hacemos daño a nadie probablemente no importará. –Niego con la cabeza en la oscuridad–. No. No importa. Porque somos amigos y cuidamos el uno del otro y no estamos haciéndole daño a Alice. Incluso si se entera, seguro que no le importa.

–A Alice le importará, seguro. Pero no por las razones normales. No porque me quiera tanto que no pueda soportar la idea de verme cerca de otra persona. Le importará porque ella no forma parte de esto. Le importará porque ella no es la que mueve las marionetas en esta situación.

No respondo porque no me gusta la idea de aceptar que Alice tenga tanto control sobre mí como sobre Robbie. Puedo entender que Robbie sienta que Alice lo controla. Después de todo, él está enamorado y acepta toda la basura que ella le lanza. Está a su disposición siempre que ella quiere. Pero yo sólo soy la amiga de Alice y mi percepción no está tan distorsionada por el deseo, yo no estoy locamente enamorada de ella. Pero no quiero hablar de eso esta noche. No quiero decir nada que añada dolor a la desdicha de Robbie.

–En cualquier caso –continúa él–, has utilizado la palabra «novio». Has dicho que yo era el novio de Alice. –Se ríe; y es un sonido seco, amargo, infeliz–. Pero yo no soy su novio, ¿verdad? Sólo soy alguien a quien usa cuando le apetece. Un cachorro leal para usar y abusar de él cuando y como quiere.

–Si eso es lo que sientes, Robbie...

–Sí –me interrumpe–. Eso es precisamente lo que siento. –Parece enfadado y triste–. Eso es lo que pasa. Y me digo a mí mismo una y otra vez que Alice es mala, que tengo que dejar de verla. Pero entonces oigo su voz o veo su cara y yo... –Se le rompe la voz y se calla durante unos instantes, respira, controla las emociones. Suspira, le tiembla la voz–: ¿Sabes qué? –susurra–. ¿Sabes qué es lo más raro de todo esto?

–¿El qué?

–Mi padre ha estado viéndose con alguien. Una mujer que conoció una noche en una fiesta. Joder –dice de repente–, no lo creerás, pero su nombre es Rachel.

–¿Y qué hay de raro en eso? Es un nombre muy normal. He conocido a un montón de Rachels desde que murió mi hermana.

–No, eso no es lo raro. Eso lo he recordado de repente. Pero mira, mi padre es feliz desde que está con ella. Feliz de verdad. Tan feliz como antes de que mi madre enfermara.

–Pero eso es genial, Robbie. ¿La conoces? ¿Es maja?

–No. No la conozco. No quiero conocerla. No quiero saber nada de ella.

–Oh. –Me quedo callada un minuto–. ¿Sientes que está traicionando a tu madre o algo así?

–No, en absoluto. Mi madre está muerta. Ella querría que mi padre fuera feliz.

–¿Entonces? –digo sin entenderle–. ¿Por qué no te alegras por él? ¿Cuál es el problema?

–Estoy celoso. –El tono es de autodesprecio–. Soy tan patético que estoy celoso. Sé que debería estar contento por él; él lo estaría por mí, seguro. Pero todo en lo que puedo pensar es: ¿cómo es capaz de enamorarse y tener esa relación tan fantástica mientras yo tengo el corazón hecho trizas por Alice? ¿Cómo puede ser tan feliz? Es un hombre viejo. Soy yo el que debe encontrar el gran amor de su vida. No él. Es humillante. No soporto mirarlo y ver esa ridícula expresión de amor que tiene en la cara.

–Oh, Robbie.

Me alegro de que no pueda ver que estoy sonriendo.

–¿Ves? Soy escoria. Una mala persona. Me merezco todo lo que me hace Alice.

Y no puedo evitarlo, me río. Robbie está callado y en silencio, la sensación de que no debería reírme me hace reír aún más. Trato de parar, trato de disimular el sonido de mis carcajadas, pero entonces ya no importa porque de repente Robbie también se ríe. Y nos reímos tan fuerte que la cama se sacude y nos quitamos las mantas de encima y rodamos de un lado a otro. Reímos hasta que nos duele el estómago y nos cuesta respirar, hasta casi ahogarnos. Cuando paramos tengo la cara completamente empapada de lágrimas.

–Vaya –susurro con cuidado, tratando de no echarme a reír otra vez–. Si no eres malo no puedes ser bueno.

–¿Qué? ¿Hay que ser malo para ser bueno? Eso es una tontería. No tiene sentido.

–No. –Me río en voz baja–. No, ¿verdad? Lo que quiero decir es que si ves la maldad dentro de ti, y no te gusta, y tratas de eliminarla, entonces eso es bueno. Nadie es completamente bueno de pies a cabeza. Al menos yo no lo creo. Intentar ser bueno, o al menos intentar no ser malo, es lo más parecido a ser bueno.

–Quizá tengas razón –dice.

–Quizá.

Nos hemos calmado, ahora estamos tranquilos y en silencio. Oigo la respiración de Robbie, se hace más regular. Cierro los ojos.

–Eres un encanto, Katherine.

La voz de Robbie es suave, soñolienta.

–Tú también, Robbie.

–Si te hubiera conocido antes. Antes de haber conocido a Alice –dice. Me coge la mano en la oscuridad y me la aprieta con fuerza–. Podríamos... podríamos... –No acaba la frase.

–Sí –le digo ya casi dormida–. Claro.

19

–Son geniales, ¿verdad?

Philippa mira el grupo de su hermano. Está radiante de orgullo, sigue el ritmo de la música con el pie.

–Son fantásticos –asiento, y sonrío con todo el entusiasmo del que soy capaz.

Y lo son. Son músicos expertos y llevan el repertorio muy bien ensayado; todo va como la seda. Tocan esa música fácil de escuchar, ese rock que te hace disfrutar de una banda en directo, pero yo tengo un dolor de cabeza horrible y en realidad quiero irme a casa y meterme en la cama. Philippa se ha presentado en mi casa a media tarde para sacarme de allí. Estaba tan emocionada por salir esta noche que no he sido capaz de decepcionarla. Esperaba que se me pasara el dolor de cabeza, pero ha ido a peor. Y Philippa se ha asegurado de que tuviéramos una mesa en primera fila, frente al escenario, así que la música está altísima, me retumba en las sienes, me duele.

El hermano de Philippa, Mick, toca la batería. Es muy guapo, parece reservado, muy *cool*, no lo he visto sonreír ni una sola vez en toda la noche. Tiene la piel pálida, como Philippa, y el pelo moreno y largo le cae sobre los ojos. Y de vez en cuando lo pillo mirando hacia nuestra mesa con curiosidad; seguro que se pregunta quién es esa chica extraña que está con Philippa.

Y aunque la música está bien, me alegro cuando dejan de tocar para hacer un descanso. El silencio repentino hace que note la cabeza un poco mejor. Mick habla con el resto de los miembros de la banda durante un rato, después viene y se queda de pie al lado de nuestra mesa.

–Hola, Pip –dice, y toca a Philippa en el hombro.

Me mira con una expresión casi hostil. Yo le sonrío pero él aparta la mirada. Habla con Philippa otra vez.

–Hola. –Philippa le coge la mano–. Te presento a Katherine. Te hablé de ella, ¿recuerdas?

–Sí. –Mick asiente, sigue sin sonreír, y me mira durante una décima de segundo–. Hola.

No estoy de humor para aguantar semejante hostilidad, y no tengo ningunas ganas de ser amable con él.

–Hola –digo, fría, y me doy la vuelta y miro hacia la barra.

–A Katherine le duele la cabeza –le explica Philippa.

Me vuelvo hacia ella y frunzo el ceño, sorprendida. Yo no le he dicho que me duele y no estoy muy segura de cómo lo sabe, y además me molesta un poco que crea que tiene que justificar mi estado de ánimo. Es su hermano el que ha sido maleducado. Y yo le he respondido de la misma manera. Philippa se inclina hacia delante y me pone su mano encima de la mía.

–Mick puede quitártelo.

–¿Quitarme el qué?

–Tu dolor de cabeza –asegura Mick. Ahora me mira–. Eso si quieres.

–¿Qué? –Niego con la cabeza; de repente estoy segura de que quiere ofrecerme drogas–. Oh, no, gracias. –Levanto mi vaso de limonada–. Mañana tengo que estudiar. Tengo los exámenes finales.

–No va a darte drogas, tonta, si eso es lo que has pensado. –Philippa se ríe; me ha leído la mente–. Puede quitártelo con un masaje. Funciona, de verdad. Mick es total. Confía en mí. Dale una oportunidad.

Me imagino a ese hombre tan extrañamente hostil masajeándome los hombros, tocándome la piel, y casi me echo a reír de lo absurdo que me parece. Niego con la cabeza.

–No. Ya se me pasará. Gracias, de todos modos.

Pero antes de que me dé cuenta de lo que está pasando o de que tenga tiempo para reaccionar, Mick se ha sentado en la silla de enfrente y me ha cogido la mano derecha entre las suyas. Me la sostiene con una de sus manos y con los dedos de la otra presiona la zona blanda y carnosa que hay entre el índice y el pulgar; los mueve en pequeños círculos. Luego sube el pulgar hasta mi muñeca, y después lo baja hasta la palma de mi mano a la altura del dedo medio.

Estoy a punto de echarme a reír y apartar la mano, de resistirme a esos métodos, pero Mick me aprieta la mano más fuerte que antes y me dice:

–Todavía no. Dame una oportunidad. –Y entonces sonríe.

Nunca he visto a nadie que al sonreír se transforme tanto. Se le anima toda la cara; lo que antes era hosco, oscuro y cerrado ahora es cálido, abierto, amable. Tiene una sonrisa amplia, los dientes rectos y blancos, y los ojos de un marrón intenso, enmarcados por unas pestañas larguísimas. Es guapo. Extraordinariamente guapo. De repente me doy cuenta de que es el hombre más guapo que he visto en mi vida.

De forma sorprendente, la tensión que me oprimía las sienes está desapareciendo. Es como si cada pequeño círculo que dibuja presionando la piel de mi mano disolviera el dolor de cabeza, lo borrara. Lo miro a la cara mientras él está concentrado en lo que hace. Ya no me mira, ya no sonríe, sino que me mira la mano, ceñudo.

Y entonces me pellizca la piel entre el índice y el pulgar con tanta fuerza que me duele.

–¡Ay! –Aparto la mano–. Eso duele. –Él me mira con curiosidad, espera–. Se me ha pasado. –Me llevo la mano a la sien y niego con la cabeza con incredulidad–. Se me ha pasado por completo.

–Fantástico, ¿verdad? Te lo dije, ¿no? ¿Has visto qué hermanito más listo tengo?

Philippa mira a Mick con orgullo, pero Mick me mira a mí.

Sigue sin sonreír, pero ahora me doy cuenta de que tiene la mirada cálida, y un poco divertida. Me mira durante tanto rato que empieza a incomodarme un poco, noto que el corazón me late deprisa, que se me sonrojan las mejillas.

–Sí. Se me ha pasado. Gracias. –Aparto la mirada y me vuelvo hacia Philippa–. Voy por otra bebida –digo, y levanto el vaso y me bebo de un trago lo que queda. Me pongo en pie–. ¿Otra más, Philippa? ¿Tú quieres algo, Mick?

–No, gracias –dice Philippa.

–Yo quiero una cerveza –pide Mick.

–Claro –digo, y me dirijo hacia la barra.

–Espera –dice. Me vuelvo. Me sonríe y me alegro de no estar tan cerca de él como antes, de que no pueda oír los latidos de mi corazón, de que no vea el ligero temblor de mis manos–. Di que es para los que tocan. Es gratis.

–Vale –digo.

–Espera –me llama otra vez, y ahora se ríe–. Quiero una VB, ¿vale?

–Muy bien –le contesto.

Y después me voy a la barra. Camino rápido. Ansiosa por escapar a su control.

Cuando ya he pedido las bebidas, vuelvo la cabeza y lo miro por encima del hombro. Él y Philippa están muy cerca el uno del otro, hablan. Él asiente y gesticula hacia el escenario, mueve mucho los brazos, como si estuviera tocando la batería. Me siento aliviada: está claro que hablan de música y que no se preguntan por qué me comporto de una manera tan extraña.

No es la primera vez que tengo esa sensación en el pecho. Sé lo que es sentir mariposas en el estómago, sé qué significa que me ponga nerviosa cuando Mick me mira. Hacía mucho tiempo que no sentía nada parecido. Al menos desde Will, desde la noche en que murió Rachel, la noche en que dejé de pensar en los chicos. Y no puedo evitar sorprenderme por la respuesta física de mi cuerpo hacia esa atracción; el corazón desbocado, las manos temblorosas, el ardor en las mejillas que delata mis sentimientos antes incluso de que sea consciente de ellos. Es como si mi cuerpo me conociera mejor que yo.

En cuanto me sirven la limonada me bebo medio vaso de un trago. Está helada y me duele la garganta, pero tengo sed. Respiro hondo, me obligo a calmarme, para no temblar o ruborizarme o tartamudear. Y después, con tanta tranquilidad como puedo, me dirijo de nuevo a la mesa.

–Hablamos de música. –Philippa me mira como si se disculpara mientras les sirvo las bebidas–. Perdona.

–Está bien. –Le quito importancia. Me siento–. Me encanta hablar de música. Mi familia... Quiero decir, siempre solíamos hablar de música.

Y me callo. De pronto me quedo sin palabras. La muerte de Rachel, mi historia, ya no es un secreto, pero para mí es casi imposible hablar de su muerte tan tranquilamente, decir cosas como: «Oh, sí. Mi familia solía hablar mucho de música. Antes de que mataran a mi hermana, claro. Su muerte nos destrozó la vida, y desde entonces ya casi no hablamos de música. Pero estoy familiarizada con el lenguaje, y comparto vuestro gusto por la música. Venga. Hablemos».

Philippa se da cuenta de mi repentina incomodidad y cambia de tema con amabilidad.

–Oh, Dios mío –exclama en voz muy alta, mientras pone la mano sobre el brazo de Mick–. ¡Nunca dirías a quién vi el otro día!

Mick la mira, arquea las cejas.

–A Caroline –continúa ella–. Caroline Handel. Y, en serio, Mick, no te imaginas cómo ha cambiado. Si la vieras, alucinarías. Parece una persona diferente, bien vestida, elegante. Tiene la pinta de haberse convertido en un pez gordo de alguna gran empresa. El cambio es increíble.

–¿Sí? –Se encoge de hombros, indiferente.

Y aunque Philippa se esfuerza –y supongo que lo hace por mí– para que Mick hable de otra cosa, a él parece no interesarle el encuentro de Philippa y la chica llamada Caroline, y en cuanto ella acaba su historia, él se vuelve hacia mí.

–Así que tu familia solía hablar de música... ¿Y cómo es que ahora ya no? ¿Qué ha cambiado?

–¡Mick! –El tono de Philippa es cortante–. No seas tan grosero. No puedes preguntarle esas cosas.

–¿El qué? –Mick la mira, desconcertado–. ¿Qué cosas? –Me mira y levanta la botella de cerveza–. ¿Ha sido una pregunta grosera? Espero que no. Pero lo siento si lo ha sido. No estoy borracho ni nada parecido, sólo le he dado un sorbo a esto.

–No –respondo–. Philippa, no te preocupes. Está bien.

Y justo en ese momento tomo una decisión. Voy a hablarles de Rachel; puede que no sea el lugar más apropiado, o el momento, o las circunstancias, aunque no existe un lugar idóneo para hablar de la muerte. Pero es parte de mi historia, una parte permanente de mi vida que lo define casi todo. Si no hablo de ello, y al hacerlo lo relego de algún modo a su legítimo lugar en el pasado, estará ahí para siempre, en la sombra, esperando para darme caza.

–Mi hermana fue asesinada –digo. Philippa asiente. Continúo–: Puede que te parezca extraño que te cuente esto ahora –continúo rápidamente. Levanto y vuelvo a dejar el vaso, dibujo círculos en el agua que hay en la mesa–. Pero de repente me parece realmente importante decirlo, explicárselo a la gente. Verás, he tratado de escondérselo a todo el mundo desde hace mucho tiempo. Desde que dejé Melbourne. Y ahora que lo he sacado fuera, bueno, ahora que lo sabes, siento que tengo que explicarlo... –Miro a Philippa y sonrío–. Explicárselo a mis amigos, eso es. Siento que tengo que explicarles a mis amigos lo que ocurrió. Porque no es sencillamente algo que pasó y ya está. Es algo, y no sé si va a sonar muy raro, algo muy definitivo. Algo que me cambió. Completamente. –Miro a Mick–. Y si no quieres oírlo lo entenderé. Pero quiero contárselo a Philippa. Y si tú también quieres oírlo, eres bienvenido. –Él asiente, no dice nada–. Fuimos a una fiesta.

Dejo el vaso en la mesa, me pongo las manos en el regazo, respiro hondo y empiezo.

Y esta vez ni lloro ni sollozo. Unas pocas lágrimas me humedecen los ojos pero me las seco con impaciencia. Philippa y Mick escuchan, tranquilos, ninguno de los dos dice una palabra. Y cuando termino, Philippa se levanta, rodea la mesa y me abraza con fuerza.

–Gracias por contárnoslo –dice.

Miro a Mick. En los ojos le brillan lágrimas contenidas. Me mira y sonríe, media sonrisa, una sonrisa de compasión y tristeza, una sonrisa que muestra que está confuso y que no tiene ni idea de qué decir. Es la respuesta perfecta, y yo le devuelvo la sonrisa, agradecida.

20

–Para –le pido–. Espera. Todavía no. No aquí. No quiero que sea así.

–Vale. –Will se echa a un lado y se sienta. Me baja la camiseta con cariño y suspira–. Yo tampoco quiero que sea así, Katie. Lo siento.

Me incorporo, le paso el brazo por el cuello y le beso en la boca.

–No lo sientas. No hay nada que perdonar. –Miro a nuestro alrededor. Estamos fuera, debajo de un árbol. El suelo es duro y rugoso, está lleno de viejas raíces, piedras y tierra. Me siento sucia y cansada, noto las secuelas de haber bebido demasiado alcohol–. Me gustaría mucho más perder la virginidad en una cama. Una cama bonita, limpia, suave. Y también me gustaría estar sobria.

–A mí también. En serio. –Sonríe–. Me vas a volver loco pero yo también prefiero que sea más bonito. Y creo que sería mejor que los dos estuviéramos lo suficientemente sobrios como para poder recordarlo después.

–Joder. ¿Qué hora es? –Le cojo la muñeca a Will y le doy la vuelta para poder verle el reloj. Pero está demasiado oscuro para ver algo–. ¿Esto no tiene luz?

–Sí. –Se acerca la muñeca a los ojos y presiona un botón–. Son las ocho pasadas. Casi las ocho y media.

–Joder. –Me levanto y me sacudo la ropa–. Joder. Joder. Joder. Es muy tarde. Sólo teníamos que quedarnos una hora. Cuando lleguemos a casa estaremos de mierda hasta el cuello.

Vamos. –Cojo a Will de la mano y lo ayudo a levantarse–. Tengo que ir a buscar a Rachel. Tenemos que irnos. Ahora.

Pero allí dentro no la encontramos. Buscamos entre la gente que bailaba, pero ella no estaba por ninguna parte. Buscamos entre los grupos de gente apoyada en las paredes. Encontramos a Carly y le preguntamos si la había visto pero negó con la cabeza, se encogió de hombros y miró a su alrededor, inexpresiva. Estaba totalmente bebida y fue a acurrucarse al lado de un chico que no reconocí. Encontrar a Rachel no era una de sus prioridades.

–Vamos afuera. –Will me cogió por el brazo–. Enfrente. Donde los coches, quizá.

–Vale. Yo busco por delante y tú por la parte de atrás. Hay que darse prisa. Nos vemos aquí.

Empezaba a preocuparme. Era tarde y mamá y papá seguro que ya estarían en casa. Se preguntarían dónde estábamos, se preocuparían. Nos íbamos a meter en un buen lío. Y si Rachel estaba borracha, si se daban cuenta de que olía a alcohol, o al menos de que había bebido, se pondrían furiosos. Nos castigarían.

Como muchos de los chicos de la fiesta ya eran mayores de edad y podían conducir, estaba lleno de coches aparcados enfrente del almacén. Habían aparcado en filas, así que la zona entera parecía un aparcamiento de verdad.

Cuando llegué no podía ver ni oír nada, pero después oí voces masculinas. Risas. Vasos que chocaban contra otros vasos. Me dirigí hacia el ruido y encontré a un grupito de gente alrededor de un coche. Tenía todas las puertas abiertas y la luz interior iluminaba un poco el exterior. Dos chicos estaban apoyados contra las puertas del coche. Uno más estaba sentado en el asiento de delante. Otro en el de atrás, con Rachel.

Ella tenía un vaso en la mano que parecía que estuviera a punto de caérsele; lo agarraba casi sin fuerzas, tenía la muñeca doblada hacia abajo. Estaba recostada contra el asiento con los ojos entornados.

–Hola –saludó el chico sentado en el asiento mientras me acercaba–. ¿Qué podemos hacer por ti?

Sonreí.

–He venido a buscar a mi hermana. –Me incliné dentro del coche y le puse la mano en la rodilla–. Rach. Tenemos que irnos. Es muy tarde.

–Katie. –Rachel abrió los ojos y sonrió. El gesto hizo que moviera el vaso, y le cayó cerveza en las piernas. No pareció darse cuenta–. Katie, Katie. Me lo estoy pasando muy bien. Les he estado hablando de mi... mi... mi... ¿cómo se dice? –Se rió, simuló que tocaba el piano con los dedos en las piernas–. ¡Mi... mi... música! ¡Eso es! ¡Mi música! –Su voz era confusa, sus gestos, lentos y exagerados–. Quieren venir a mi concierto. ¿Puedes creerlo?

Miré a los chicos. Todos iban vestidos al estilo que las chicas de la escuela llamaban «bogan»: camisas de franela abiertas encima de camisetas ajustadas. El único que me devolvió la mirada fue el que estaba sentado en el asiento del conductor. Era bastante mayor que los demás, al menos tenía veinte años, uno de esos chicos guapos y corpulentos. Un hombre, no un chico. Ni por un segundo me creí que le interesara la música clásica.

–Genial –dije, y le cogí el vaso a Rachel–. Y por eso tenemos que irnos. Si no nos vamos, no habrá ningún concierto.

Cogí a Rachel de la mano y traté de tirar de ella para sacarla del coche. Pero resultaba difícil; era un peso muerto, incapaz de colaborar, y pensé que si tiraba de ella con más fuerza la haría caer del coche y tendría que arrastrarla.

–¿Cómo vas a llevarla a casa? –preguntó el hombre del asiento del conductor.

Me observaba con curiosidad, con un cigarrillo entre los labios.

–Andando. No está lejos –mentí.

El hombre se rió.

–Yo soy Grant. Y sé que tu casa está jodidamente lejos.

Todo está lejos de aquí. De noche. En la oscuridad. –Señaló a Rachel con la cabeza–. Cuando estéis ahí afuera...

Me encogí de hombros.

–Rachel –la llamé en voz alta–. Vamos. Tenemos que irnos. Se ha hecho muy tarde.

Ella simplemente se rió y se ladeó un poco, pero sin hacer ningún esfuerzo por moverse. Sonrió atontada y cerró los ojos como si fuera a dormirse.

–Dios mío –exclamé y miré a Grant, acusadora, aunque sabía que si alguien tenía la culpa de aquello, era yo. En primer lugar nunca debería haberla traído. Y nunca debería haberla dejado sola–. ¿Cuántas cervezas se ha bebido?

Grant negó con la cabeza y arqueó las cejas con expresión inocente.

–No lo sé. Yo no le he visto más que un vaso. Seguro que no está acostumbrada. ¿Sean? –Se volvió hacia un chico gordo y con la cara sudada, el que estaba sentado al lado de Rachel–. ¿Sabes cuántas se ha bebido?

–No. –Sean se rió. La risa sonó fea y sibilante e hizo que se le moviera la tripa. Le habló a Grant. Ni siquiera miró en mi dirección–. ¿Cómo coño quieres que lo sepa? Ya estaba borracha cuando se ha metido en el coche.

–Qué pesadilla. –Me eché las manos a la cabeza–. ¿Cómo voy a llevarla a casa?

Hablaba más para mí misma que para ellos, pero Grant respondió de todos modos.

–Eso es lo que te he preguntado, amiguita –dijo–. Podemos llevaros. Pero como tú quieras, no es asunto mío.

–Oh, no –lo rechacé–. Pero gracias de todos modos.

–Como quieras –dijo él–. Pero al menos os costará una hora llegar a cualquier sitio si os vais andando. Y ahora está jodidamente oscuro. Y un taxi os costará por lo menos cien pavos. –Se encogió de hombros–. Yo ya sé lo que haría si fuera tú.

Lo miré mientras pensaba. Caminar hasta casa con Rachel era casi imposible. Tendría que esperar a que se serenara un poco –y podría tardar horas–, y a mamá y a papá les entraría el pánico. Probablemente hasta llamarían a la policía. No podría dejarlos en casa sentados y preocupados, así que tendría que pedir prestado a alguien un teléfono móvil y llamarlos, decirles que estábamos bien. Pero me harían un montón de preguntas, insistirían en venir a buscarnos. Y eso sería mucho peor. Si veían dónde estábamos, si veían a todos estos chicos borrachos, el estado del cobertizo, todo el alcohol y los cigarrillos y las drogas, se quedarían de piedra. Y seguro que harían algo catastrófico, como tratar de parar la fiesta y decirle a toda la gente que se fuera a sus casas. Hasta llamarían a la policía para que vinieran a trincar a unos cuantos.

Era inevitable que descubrieran que habíamos estado bebiendo, pero era mejor regresar a casa y aguantar el chaparrón, era mejor evitar el terrible destino que nos esperaría después de que vinieran hasta aquí y vieran todo esto.

–De acuerdo –acepté finalmente–. Eso sería fantástico. Gracias. Porque no sé qué más hacer. ¿Te importa? Vivimos en Toorak.

–Toorak, ¿eh? –resopló Grant. Lanzó la colilla del cigarrillo por la ventanilla, se puso otro en la boca, lo encendió y le dio una calada larga. Sacó el humo por la nariz mientras hablaba, miró el cigarrillo entre sus dedos–: Toorak. Sí. Bonito lugar, ese. Muy bonito. –Me miró y asintió–. No tengo ningún inconveniente. No me importa pasar por allí. De todos modos estábamos a punto de marcharnos. ¿Verdad, Sean?

–Sí. –Sean se rió otra vez, una carcajada tonta que hizo que le temblara la tripa de nuevo–. Estábamos a punto de mandar a tomar por culo esta puta mierda de fiesta.

–Perfecto –dije–. Vale. ¿Puedo volver un momento y decírselo a mi novio? –De repente tuve una idea–. ¿Por qué no viene él con nosotros? ¿No os importa? Se bajará en nuestra casa también. Se irá a la suya desde allí.

–No. Lo siento. No podemos hacer eso, amiguita. –Grant negó con la cabeza–. No cabe en el coche. Estamos yo, Sean,

Jerry y Chris. Y vosotras dos. Somos tres delante y tres detrás. Lleno hasta la bandera.

–A menos que ella se quiera quedar aquí con nosotros. Coge al novio y a la hermana y déjala a ella aquí –sugirió Sean riéndose.

Esta vez se las arregló para no mirarme y para que además sonara como si yo ni siquiera estuviera presente.

–Cállate, Sean. Gordo de mierda –ordenó Grant con un tono tan brusco y despreciativo que esperé algún tipo de reacción por parte de Sean.

Pero éste sonrió como un bobo, le puso la mano en el hombro a Grant y apretó. Fue un gesto extrañamente afectuoso.

–Pásanos el tabaco, colega –dijo.

Grant lanzó al regazo de Sean un paquete de cigarrillos.

–Voy a decirle que nos vamos. No tardaré nada. –Puse la mano en la pierna de Rachel y la sacudí–. ¿Rach? Vuelvo en un minuto. Estos chicos nos van a llevar a casa. ¿Vale? ¿Rach?

–¿Llevarnos a casa? –Abrió los ojos e hizo un puchero con los labios. Tenía la voz cada vez más pastosa y los ojos le daban vueltas mientras hablaba–. ¿Tenemos que irnos ahora? Qué pena. Me lo estaba pasando tan bien.

–¿Vale? –Miré a Grant–. Vuelvo en un segundo.

–Tranquila. –Sonrió y le dio otra calada al cigarrillo–. No nos iremos sin ti.

Corrí adentro de la nave y encontré a Will casi de inmediato. Hablaba con un grupo de gente cerca de la salida trasera.

–No la encuentro por ninguna parte –dijo cuando me vio–. Ahora precisamente les estaba preguntando a estos chicos si la habían visto.

–Está bien –dije–. Ya la he encontrado. Está muy, muy borracha. Tengo que llevármela a casa. Alguien se ha ofrecido a llevarnos.

–¿Ah, sí? ¿Quién?

–Un chico que se llama Grant. Está bien. De verdad. Rachel está sentada en su coche y no puedo sacarla. Está demasiado borracha para moverse. –Sacudí la mano, impaciente, y lo besé en la mejilla–. Tengo que irme. Me preocupa que vomite o que se desmaye o algo así.

–Vengo con vosotras.

–No. No. Está bien. No te molestes. –Le sonreí, le apreté la mano, me puse de puntillas para besarle en los labios–. Quédate aquí con tus amigos. Tómate otra copa a mi salud.

Me volví y corrí hacia el coche.

Los chicos ya estaban dentro cuando llegué; me esperaban. Me metí detrás, al lado de Rachel y cerca de la puerta. Mi hermana tenía la cabeza inclinada hacia atrás, los ojos cerrados, la boca entreabierta. Se la cerré con la mano, le toqué la mejilla.

–¿Rach? –dije–. Nos vamos a casa.

Me incliné sobre ella y le puse el cinturón de seguridad.

Abrió los ojos durante un instante y trató de sonreír.

–Vale –dijo.

–¿Quieres un poco de cerveza?

Sean me pasó una lata abierta de VB por encima de Rachel. Miraba hacia abajo, evitaba cruzar su mirada con la mía

–Oh, no, gracias. Ya he tenido suficiente.

–Joder –dijo él acercándomela más–. Al menos aguántala, ¿quieres? La he abierto para ti a propósito.

Cogí la lata y me la acerqué con cuidado a la boca, dejé que el líquido frío me mojara un poco los labios y no me tragué ni una gota. Tenía sed y estaba cansada, y quería un vaso de agua y la comodidad de la cama.

Gracias.

Traté de sonreír a Sean, pero él ya se había dado la vuelta.

–Muchas gracias por llevarnos –le dije a Grant.

–Está bien. Pero no sé ni cómo te...

–Oh, Dios mío. Lo siento. He sido muy grosera. Soy Katie. Katie Boydell.

–Katie. Vale. Bueno.

No me presentó a los otros chicos y por un momento pensé en presentarme yo misma; darles una palmadita en el hombro y decirles hola, tenderles la mano. Pero el ambiente era demasiado incómodo y ellos no estaban haciendo ningún esfuerzo por ser amables –parecían muy tensos y todos miraban hacia adelante–, así que no me molesté en presentarme.

En cambio, me puse a mirar por la ventanilla; el paisaje pasaba borroso por delante de mí. Me quedé en silencio. Pensé en lo que les diría a mis padres. Tendría que decirles la verdad, ser completamente sincera. Se darían cuenta de inmediato de que Rachel estaba borracha, incluso tendrían que ayudarme a llevarla adentro. Oirían y verían el coche en cuanto llegáramos. Me los imaginé corriendo afuera, la cara de mamá al principio desencajada por la preocupación, cambiando con rapidez al enfado, y el silencio frío, más reprobador que cualquier palabra; y la decepción de papá, negando con la cabeza, asombrado. «Pero Katherine –diría–, ¿cómo has podido? Confiábamos en ti.»

Sería terrible, pasaríamos un fin de semana penoso, y seguro que Rachel y yo tendríamos que pagar por nuestro mal comportamiento. Y sin embargo, no me arrepentía. Incluso entonces, cuando lo divertido ya se había acabado y todo lo que teníamos por delante eran recriminaciones y castigos, tenía una pequeña semilla de alegría en mi interior que nada ni nadie podía quitarme. Estaba enamorada de Will. Él me quería. Y era tan especial, tan amable y bueno. Y quería guardarme esa sensación para mí sola, el tesoro de mi amor por él, y eso me mantendría reconfortada y feliz pasara lo que pasase. Cuando estuviera sola en mi habitación, castigada (como ya sabía que ocurriría), pensar en Will, el recuerdo del rato que habíamos pasado juntos esa noche, la promesa de lo que estaba por venir, sería suficiente para hacerlo soportable, e incluso valdría la pena.

Estaba tan ensimismada pensando en Will, recordando el tacto de su piel y pensando una y otra vez en todo lo que me había dicho, que tardé un poco en darme cuenta de que el paisaje al otro lado de la ventanilla era completamente desconocido para mí. Me fijé bien en los árboles y en los edificios que veía, traté de localizarlos, traté de reconocer algo. Pero no pude. No tenía ni idea de dónde estábamos.

–¿Grant? –dije–. Vivimos en Toorak, ¿recuerdas? No sé si por aquí vamos bien.

–Vivimos en Toorak, ¿recuerdas?

Tardé un momento en entender lo que había dicho Grant, en darme cuenta de que estaba imitando mi voz, burlándose de mí. Antes de que tuviera tiempo de preguntarme por qué de repente era tan maleducado, se rió y lo dijo otra vez.

–Vivimos en Toorak, ¿recuerdas? –Puso una voz ridículamente aguda, remarcó las sílabas–. Qué suerte tienen algunos, ¿eh? Nosotros no podemos permitirnos el lujo de vivir en Toorak. –Se rió con maldad–. Algunos tenemos que vivir en un tugurio de mierda, ¿sabes? Algunos vivimos en el culo del mundo, en el vertedero, en las cloacas o en la cárcel. Unos pueden oler las rosas mientras que otros tenemos la cara metida en la mierda, ¿sabes? Es así. ¿No tengo razón, Sean? Así funciona el puto mundo.

Sean se rió, fue una carcajada corta, nerviosa y muy forzada. Me volví a mirarlo, para sonreírle, pero se negó a devolverme la mirada. Miraba hacia delante y bebía de la lata de cerveza. Cuando lo miré me di cuenta de que, en realidad, debajo de aquella grasa tenía una cara atractiva, unos ojos azules llamativos, una piel bonita. Sería guapo si adelgazara. Y entonces pensé que era muy extraño que le temblara tanto la mano, tanto que se le derramaba la cerveza al beber de la lata. Le sudaba la frente, y de pronto pensé que Sean tenía miedo. Y por un momento sentí pena por él y me pregunté por qué estaría asustado.

Fue entonces cuando me di cuenta de que Rachel y yo estábamos en peligro.

Me entró miedo de inmediato. Se me hizo un nudo tan espeso en la garganta que me costaba respirar. Sentí que se me retorcían las entrañas, que las manos empezaban a temblarme y que se me desbocaba el corazón. El aire de hostilidad de todos aquellos chicos en el coche, la manera en que no querían mirarme o reconocer mi presencia, era de repente algo tan obvio que casi resultaba palpable. Me pregunté cómo no me había dado cuenta antes. En mi desesperación por llevarme a casa a Rachel me había descuidado, había sido estúpida. Había pensado que eran simplemente groseros, pero ahora sabía que su frialdad era mucho más siniestra.

Sabían lo que iba a pasar. Y yo no sabía qué habían planeado, o adónde nos llevaban, pero estaba claro que tenían un plan. Y estaban todos de acuerdo. Y podían hacer lo que quisieran.

«Han drogado a Rachel», pensé. Y en cuanto lo pensé supe que era verdad. Y habían intentado drogarme a mí también. Por eso querían que me bebiera la cerveza. Rohypnol. Había oído hablar de ello, habíamos sido advertidos por la policía en la escuela. «Comprad siempre vuestras propias bebidas –nos habían dicho–: Nunca os bebáis nada de lo que no estéis seguros al cien por cien».

Pero Rachel era muy confiada, muy infantil. Nunca se lo habría imaginado.

No querían mirarme o hablar conmigo por temor a sentir compasión por mí. Estaba claro que Grant era el cabecilla. Se le veía relajado y confiado, tarareaba mientras conducía con el brazo apoyado en la ventanilla abierta. Los otros chicos parecían todos nerviosos, tensos, pero Grant no. Quizá porque sabían que lo que iban a hacer estaba mal. Quizá porque les dábamos pena.

–Por favor. ¿Puedes llevarnos a casa? ¿Por favor? –dije tratando de mantener la voz firme.

–Te estoy llevando a tu casa. Por favor, qué criatura más desagradecida. Pero antes daremos un rodeo. Tenemos que ocuparnos de un asunto.

Me miró por encima del hombro, sonrió y me guiñó un ojo; parodiaba cruelmente un gesto que otra persona hubiera hecho para tranquilizarme.

Quizá Grant simplemente disfrutaba asustando a la gente y conducir de un lado a otro era una especie de juego. Quizá después de disfrutar de su maldad un rato nos llevaría a casa o se limitaría a abandonarnos por ahí, sanas y salvas. Eso era lo mejor que podía esperarme, el mejor escenario que podía imaginarme. Pero había muchas imágenes distintas en mi cabeza, escenarios más escalofriantes, alternativas que parecían más probables –violación, tortura– y de repente se quedaron petrificados, porque me eché a llorar ruidosamente, a hipar y a sollozar tanto que el cuerpo se me sacudía descontroladamente y me venían arcadas. Me puse la mano en la boca para tratar de calmarme –no quería que ninguno de ellos se irritara, que tuviera una razón para ir por mí–, pero Grant se dio la vuelta y me miró, negó con la cabeza y chasqueó la lengua como si estuviera decepcionado.

–¿Qué te pasa, princesa? –preguntó–. ¿Las cosas no van como creías? ¿La niñita de papá no va a salirse con la suya?

–Lo siento –murmuré, irracionalmente, mientras me apretaba la boca con más fuerza, y me volví a mirar por la ventanilla el paisaje desconocido–. Lo siento.

Grant se rió por la nariz y dio un golpe en el volante con la mano.

–¿Lo siento? –repitió en voz alta, agresivo–. ¡Pero qué bien educada que es! –Se volvió a mirarme y se burló–: Tu madre estará orgullosa.

Y cuando se volvió a mirar la carretera dio un bandazo con el volante; el coche se había desviado hacia el otro carril, y por un momento las luces de un coche que venía de cara brillaron en el parabrisas, me deslumbraron. Al pasar tocó el claxon durante unos cuantos segundos.

–¡Jódete! –gritó Grant enseñando el dedo medio por la ventanilla, a la oscuridad–. ¡Jódete!

Y por un instante deseé que nos estrelláramos –los que iban delante correrían más peligro– y entonces consideré la posibilidad de tratar de distraer a Grant para que se estrellara. En un choque frontal contra otro coche, o contra un árbol, Rachel y yo teníamos más posibilidades de sobrevivir. Podía ser una alternativa mejor que quedarnos a merced de Grant, que estaba claramente mal de la cabeza.

Pero no, era muy difícil. Demasiado arriesgado. Y si fallaba, cosa que era probable, las cosas empeorarían para mí y para Rachel.

Lo único que podía hacer era esperar. Esperar y ver adónde nos llevaban y lo que habían planeado para nosotras. Tratar de escapar a la primera oportunidad. Y eso no me habría parecido tan difícil, tan terriblemente imposible, si Rachel hubiera estado despierta. Pero estaba completamente dormida, o inconsciente, respiraba lenta y profundamente, y cuando le puse la mano en la rodilla y apreté tanto como pude, pellizcándole la carne, ella ni siquiera se movió.

21

Mick toca durante otra hora más y aprovecho la oportunidad, mientras él está en el escenario, para mirarlo. Observo como se le mueven los hombros, rítmicamente, mientras toca, la fuerza de sus manos y muñecas mientras mueve las baquetas. De vez en cuando me pilla mirándolo, y sonríe, pero está actuando y es perfectamente normal que yo lo mire, y me siento lo bastante segura como para sonreírle abiertamente. En cuanto terminan, viene y se queda de pie al lado de nuestra mesa.

–¿Qué hacéis después, chicas? –pregunta.

–Marchamos a casa –responde Philippa–. A la cama. Mañana Katherine tiene que ir al instituto.

Es tarde y Philippa tiene razón, tendría que irme a casa y meterme en la cama, pero no quiero irme.

–Oh. –Niego con la cabeza–. No os preocupéis por mí. Estoy bien. Me encuentro mucho mejor y ahora tengo más energía, y de todos modos...

–Podríamos ir a algún sitio –me interrumpe Mick; me mira a los ojos y me doy cuenta de que quiere que la noche siga tanto como yo–. Vamos a comer algo. Conozco un par de buenos sitios donde podemos cenar.

–Vale –acepto–. Suena genial. Me muero de hambre.

Philippa se mira el reloj y después se vuelve hacia mí. Frunce el ceño.

–Es casi medianoche. Pensaba que querías irte temprano.

–No –niego con la cabeza–. En realidad, no.

–Lo siento, pero yo estoy hecha polvo. –Philippa se echa el

bolso al hombro–. Dejémoslo para la próxima vez. Tengo que irme a casa y meterme en la cama. Estoy a punto de convertirme en una calabaza. Y eso os asustaría, creedme.

Se levanta, besa a su hermano en la mejilla y le desea buenas noches. Y espera a que yo también me levante y me vaya con ella, y hay un momento extraño en el que yo no sé qué hacer ni qué decir, no sé cómo dejarle claro que no quiero irme. Pero Mick me salva.

–Podríamos ir tú y yo. –Me habla a mí, está serio otra vez, no sonríe–. Si quieres. Luego te llevo a casa sana y salva.

–Vale, sí, buena idea –le digo de carrerilla, nerviosa de repente, y torpe, temerosa de lo que pueda pensar Philippa. Me levanto y cojo el bolso–. Me encantaría.

Philippa frunce el ceño, nos mira con curiosidad y exasperación a la vez.

–¿Qué estáis...? –dice, y entonces abre mucho los ojos y una sonrisa de complicidad se abre paso lentamente en su cara. Mira a Mick y luego me mira a mí, y noto como se me encienden las mejillas. De repente ella se echa a reír, inclina la cabeza hacia atrás–. Ya sabía que os gustaríais –dice–. Lo sabía.

Contengo la respiración y espero que Mick lo niegue, que se ría de la idea de que le gusto, pero me mira y sonríe tímidamente y yo le devuelvo la sonrisa y sé que es verdad y sé que con nuestras sonrisas estamos diciendo un millón de cosas inexpresables. Durante un instante, los tres nos quedamos allí de pie, callados y sonriendo, torpes y felices a la vez.

–Entonces, bueno –acepta Philippa–. Mejor me marcho. –Se vuelve hacia Mick–. Llévala a casa sana y salva. O te mato.

–Oh, calla ya, Pip –replica él.

–¿Ya sabes que conduce una moto? –me pregunta con las cejas arqueadas.

No lo sabía, pero no me sorprende.

–Mola –digo, alegre, relegando al fondo de mi mente la idea de que mis padres se horrorizarían de pensar en mí yendo de paquete en una moto–. Me gustan las motos –miento.

Philippa abraza a Mick y luego a mí, y me da un apretón de más antes de soltarme. Me lo tomo como una señal de que aprueba todo esto, y siento un torrente de ternura por ella. Es tan generosa, tan cálida y tan abierta. Tan buena amiga.

–Sólo tengo que ayudar a recoger un poco –dice Mick cuando ella ya se ha ido–. No tardaré. ¿Quieres esperarme aquí?

Me ofrezco a ayudarle. Me lleva al escenario y me presenta a los otros miembros de la banda y paso los diez minutos siguientes ayudándoles a recoger, enrollando cables eléctricos y devolviendo vasos vacíos a la barra.

Cuando acabamos y el escenario está despejado y los instrumentos metidos en la furgoneta del cantante, Mick desaparece un momento tras el escenario y vuelve con dos cascos y una chaqueta de cuero.

Cuando llega me coge de la mano con fuerza; tiene la mano grande y caliente y la aprieta contra la mía. Entonces se dibuja una sonrisa en su cara, amplia, feliz y sincera, y yo me río.

–Vamos –dice.

Caminamos sin hablar. No sé adónde me lleva ni tampoco me importa. Es extraño lo cómoda que me siento a solas con él, con este hombre al que acabo de conocer, pero me parece natural cogerlo de la mano. Correcto. Nuestras manos encajan perfectamente. Hay algo natural entre nosotros, algo casi mágico, y cuando lo miro a los ojos tengo una sensación familiar, una sensación de seguridad. Como de estar en casa.

–Aquí está –dice cuando llegamos a la moto. Deja los cascos en el asiento y me da la chaqueta–. Puedes ponerte esto.

La chaqueta me va un poco grande, pero es suave y huele bien, y ponérmela hace que me sienta como una chica totalmente diferente, alguien salvaje e impetuoso, valiente.

Y cuando nos ponemos los cascos y me siento detrás de Mick –mis brazos alrededor de su cintura, mi pecho apretado a su espalda con fuerza– y él se adentra en la noche, y se desliza rápidamente a través de las calles, creo de verdad que soy esa chica.

22

Grant salió de la carretera en una zona boscosa.

–Bueno –dijo, y se quitó el cinturón de seguridad, se volvió y me sonrió–. Ya hemos llegado. Es hora de divertirse un rato, ¿eh? ¿Estás lista?, ¿Katie? ¿Katie, Katie? ¿Amiguita Katie?

No respondí, sólo lo miré, fría. No había nada que pudiera decirle, y estaba tan asustada, y el odio que sentía hacia Grant era tan enorme, que casi no era capaz de hablar. Estaba temblando, me temblaban los brazos, las manos, las piernas y hasta la cabeza. Me castañeteaban los dientes y tenía que esforzarme por mantener los labios cerrados, por apretar los dientes para que dejaran de hacer aquel ruido espantoso. Y el esfuerzo me dio algo en qué concentrarme, algo hacia lo que desviar la energía en vez de ponerme a gritar, saltar por encima del asiento y atacar a Grant, que era lo que toda la adrenalina de mi cuerpo me pedía que hiciera y que, estaba segura, sólo empeoraría mucho más las cosas.

Y, a pesar de mis continuos golpes y pellizcos desde que habíamos arrancado, Rachel no se movía, ni parpadeaba, ni mostraba ningún otro signo de estar consciente. De alguna manera envidiaba su abandono.

–Vamos. –Grant le dio un codazo al que estaba sentado a su lado, puso los ojos en blanco en señal de exasperación; entonces se inclinó por encima de él y le gritó al chico que estaba al lado de la puerta–. Sal fuera, ¿quieres? ¿Os vais a quedar aquí sentados toda la noche esperando a que os diga lo que tenéis que hacer?

–Está bien.

El chico abrió la puerta del coche y salió, y el segundo chico salió tras él enseguida.

Grant también se bajó y dio un portazo que balanceó el coche. Y después Sean, tan nervioso que podía oír el silbido de su respiración, también cerró la puerta de su lado de un portazo. Rachel y yo estábamos solas en el coche. Atrapadas, rodeadas.

–Rach. –Le puse la mano en la rodilla y la sacudí con todas las fuerzas que tenía–. Despierta. ¡Rachel! Despierta. –Noté la histeria en mi voz–. Por favor, Rach. –Gritaba, no me preocupaba que ellos me oyeran–. Por favor.

La puerta de mi lado se abrió y noté el aire frío de la noche. Y entonces Grant, inclinado frente a mí, me miró con lascivia.

–No puede oírte, amiguita. Pierdes el tiempo. –Se miró la muñeca desnuda como si estuviera mirando un reloj–. Oh. Diría que al menos pasará más de una hora antes de que se despierte del todo.

Entonces me puso la mano en la rodilla y apretó un poco en un falso gesto de cariño que hizo que la piel se me erizara y que sintiera tanta repulsión como si me hubiera rozado una araña venenosa. Quería gritar, darle patadas y golpearlo. Pero me mordí el labio, bajé la mirada y me obligué a no mover las manos.

–¿Qué es lo que quieres, Grant? –pregunté. Mi voz sonó hasta tranquila–. ¿Qué quieres de nosotras?

Él se quedó pensativo. Le dio una calada al cigarrillo y me echó el humo a la cara. Volví la cabeza y tosí en la mano.

–Oh, joder. Lo siento, nena. ¿Tú no fumas?

–No.

–Quizá deberías empezar ahora. Me gustan las chicas que fuman. Es sexy. ¿No crees? Es sofisticado.

Le dio otra calada al cigarrillo y, de nuevo, me echó en la cara el humo asqueroso de sus pulmones.

Cerré los ojos, aguanté la respiración. Pero entonces me puso la boquilla del cigarrillo contra la boca y apretó con fuerza para obligarme a separar los labios. Volví la cabeza.

De repente, por sorpresa, tiró de mi cabeza hacia atrás y sentí una punzada de dolor en el cuero cabelludo. Me había agarrado del pelo y tiraba con fuerza; sólo podía mirarlo desde abajo, en una postura forzada.

–Escucha, zorra –dijo; tenía la cara tan pegada a la mía que podía sentir los arañazos de sus mejillas mal afeitadas–. No me vuelvas la puta cara, ¿vale? No me gusta. ¿Vale?

Me soltó y yo asentí. Empecé a llorar.

–Oh –dijo y suspiró–. No, otra vez no. Mira. –Abrió más la puerta del coche y se sentó a mi lado, con una pierna dentro del coche y la otra fuera, con el pie apoyado en el suelo–. Todo será mucho más fácil si colaboras, ¿vale? Si simplemente haces todo lo que te digo y cuando te lo digo. ¿Vale, amiguita?

Tenía esos aires de arrogancia que sólo da la ventaja de la fuerza y del número –el poder de los matones–, y casi me dieron ganas de reírme de él, de escupirle en la cara. Pero mi temor a que me agrediera de nuevo, mi deseo de mantenerme tan viva e indemne como fuera posible era más fuerte que mi deseo de golpearle.

–Vale –dije–. Vale.

–Buena chica. Ahora fuma un poco. No te hará daño. Venga. –Apretó el cigarrillo entre mis labios de nuevo–. Ahora chupa.

Aspiré lo más superficialmente que pude, guardándome el humo en la boca, y empecé de inmediato a toser y a resoplar. Grant se rió, meneó la cabeza como si se divirtiera por las travesuras de un niño y se puso el cigarrillo en los labios. Se levantó.

–Vamos –dijo–. Es hora de salir.

–¿Adónde vamos? –pregunté mirando a Rachel, angustiada–. ¿Y qué pasa con Rachel? No quiero dejarla sola.

Grant miró de nuevo hacia el coche y suspiró; balanceaba el cigarrillo en la comisura de la boca mientras hablaba.

–¿Qué te he dicho, Katie? No me estás escuchando, amiguita. Haz lo que te digo cuando te lo digo y todo saldrá bien.

Y entonces se detuvo, cogió el cigarrillo entre el pulgar y el índice, le dio la vuelta y miró pensativamente la punta incandescente.

Comprendí lo que iba a hacer un instante antes de que lo hiciera. Y entonces ya gritaba, y la piel de mi pierna, justo por encima de la rodilla, se consumía, se quemaba, y el dolor resultó insoportable. Apretó aún más el cigarrillo contra mí y yo grité. Y moví los brazos involuntariamente, lo empujé, lo abofeteé, lo golpeé, lo embestí.

Me agarró los brazos con tanta fuerza que me dolió. Él era mucho más fuerte que yo, y no podía ni resistirme ni empujarlo, apenas podía mover los brazos bajo su control.

–Cállate –ordenó con tanta brutalidad que me salpicó la cara con saliva–. No hagas preguntas. No hagas ni una puta pregunta más. Sólo haz de una puta vez lo que te he dicho que hagas, zorra.

Y el miedo, la ira y el odio que yo sentía –porque entonces lo odiaba, y si hubiera podido matarlo lo habría hecho con mucho gusto– eran tan fuertes que me olvidé del dolor de la pierna, apenas podía sentirlo ya. Quería gritarle, notaba que se me levantaba el labio por la fuerza del odio, por el esfuerzo de no expresarlo: «¿Cómo te atreves? –quería decirle–. Estúpido, necio, grotesco cabrón ignorante. ¿Cómo te atreves? Te vas a arrepentir de esto. Lo vas a pagar. Y si tengo la oportunidad, si me das la espalda, si tengo la ocasión, te mataré. Te abriré la cabeza con una piedra, y te golpearé y golpearé y golpearé hasta hacerte papilla el cerebro. Te machacaré hasta que no quede nada de tu estúpida cara de cobarde, nada de tu mente patética, mezquina y triste».

–¡Vamos! –gritó de repente. Di un respingo y me protegí la cara con las manos–. ¡Sal del puto coche! ¡Ahora!

Me moví a lo largo del asiento y salí.

Sean y los otros chicos estaban de pie no muy lejos del coche. Podía oírlos murmurar y reírse. Se reían falsa, forzadamente. Estaban nerviosos, era evidente, y sus voces demostraban una bravuconería artificial. Los tres movían los cigarrillos con rapidez, trazaban arcos de luz naranja en la oscuridad, o se los llevaban a la boca.

Grant tiró de mi brazo con fuerza y me arrastró más allá de los otros.

Estaba oscuro y tropecé varias veces; y cada vez que yo tropezaba él me tiraba del brazo aún con más fuerza y gruñía de fastidio. A mí me costaba caminar con normalidad, estaba tan aterrorizada que me temblaban las piernas y perdía el equilibrio. Estaba haciendo un gran esfuerzo por no dejarme caer al suelo y empezar a gritar, pero en vez de eso me puse a llorar en silencio; las lágrimas me caían por las mejillas, me resbalaban por el cuello.

Y entonces apareció un edificio delante de nosotros. Una especie de almacén pequeño. Vi las chapas de hierro onduladas de las paredes que reflejaban la luz del cigarrillo de Grant. Él empujó la puerta, que crujió ruidosamente, y me empujó adentro. Y luego oí el crac de un cerrojo. Me había encerrado.

Dentro estaba todo negro. Olía a humedad, a suciedad, un olor que me recordó la bodega de mi abuelo, un lugar que siempre me había dado miedo. Cuando oí que Grant se alejaba, caí de rodillas y empecé a gemir de terror.

–Oh, Dios –susurré en la oscuridad–. Por favor, por favor, no me dejes aquí. Por favor.

Mi instinto me decía que me pusiera a gritar, a chillar y golpear y dar puñetazos contra las paredes, que me quejara tan alto y tan violentamente como pudiera. Pero sabía que eso no serviría de nada, sabía que nadie me oiría. Sólo haría que Grant se enfadara más y me hiciera más daño. O que le hiciera daño a Rachel. Puse todo mi empeño, toda mi energía y autocontrol en ahogar los sollozos, en quedarme lo más callada posible.

Coloqué las manos sobre el suelo y noté el polvo, la humedad, el frío, y me apoyé con fuerza. Me puse a gatas y dejé la cabeza colgando durante un instante. Respire hondo, una y otra vez, y traté de calmarme. Hubiera sido tan fácil ponerme a gritar y a chillar, tan fácil. De alguna manera hasta hubiera sido un alivio sucumbir a la histeria. Pero necesitaba mantener la cabeza fría, necesitaba pensar. Después de todo, todavía estaba viva, Rachel todavía estaba viva y aún no había ocurrido nada irreversible. Y la mejor, y no la única, defensa que tenía era mi cerebro. Grant y sus amigos eran más fuertes, pero yo tenía que creer que era más lista, y si mantenía la calma tendría una posibilidad de ser más lista que ellos y escaparme.

Pasé las manos por el suelo, tratando de encontrar los bordes del almacén, para hacerme una idea de lo grande que era y dónde estaban las paredes. Quería ver si había alguna fuente de luz, un sitio por donde escaparme.

Mantuve una mano contra la pared y me arrastré por el suelo. Me movía despacio en la oscuridad, me daba miedo chocar contra algo agudo o afilado, o golpearme en la cabeza. Pero me sentía mejor si me movía, si hacía algo. Me sentía mejor si tenía un plan, aunque fuera poco probable que lo llevara a cabo con éxito.

El almacén era más grande por dentro de lo que me había parecido por fuera. Cuando llegué al rincón y seguí por la segunda pared toqué algo. Era blando y tenía una textura extraña. Retrocedí con horror y me llevé las manos a la boca para reprimir un gemido.

Mi primer pensamiento fue que era alguna clase de animal, pero no oí ni noté que se moviera, no respiraba. Poco a poco alargué la mano para tocarlo otra vez.

Era blando pero áspero. No era un animal sino algún tipo de tejido. Un saco. Probablemente lleno de semillas o de heno. Toqué alrededor y descubrí que había montones y montones de esos sacos apoyados contra la pared.

Me arrastré a lo largo y ancho del almacén, pero no encontré agujeros o espacios entre las paredes y el suelo, no había una manera obvia de escapar. Me senté y traté de pensar, y mientras miraba a mi alrededor, me di cuenta de que los ojos se me habían acostumbrado a la oscuridad. Aparte de los sacos de semillas, el almacén estaba completamente vacío. La única fuente de luz provenía del marco de la puerta. Pero sabía que estaba bien cerrada; había oído a Grant echar el cerrojo antes de marcharse.

Podía mover los sacos. Sabía que la posibilidad era remota, pero podía haber algún tipo de agujero o vía de escape detrás de ellos. El hierro ondulado puede doblarse; lo único que necesitaba era una pequeña grieta entre el muro y el suelo y sería capaz de arrastrarme por ella y salir de allí.

Los sacos pesaban mucho y era difícil moverlos, pero el miedo y la rabia que sentía me dieron fuerzas que normalmente no habría tenido. No me importaba cuánto me dolieran los brazos o la espalda: la necesidad de escapar, de vivir, me mantenía en movimiento. No tuve que desplazar mucho los sacos, sólo los apilé como ya estaban, pero a un metro de la pared. Por mucho que quisiera quitarlos de en medio enseguida, dejarlos en cualquier lado, no quería que Grant se diera cuenta de que los había movido cuando volviera.

Y tuve mi recompensa. Cuando empecé con la última fila, vi un reflejo plateado que provenía del suelo. Luz. Empecé a moverme mucho más deprisa, de repente estaba más angustiada y asustada que un momento antes. Me dolía el vientre y tuve la repentina urgencia de ir al lavabo. La posibilidad de escapar aumentaba mi miedo, me hacía consciente del peligro que corría, de lo aterrorizada que estaba en realidad. Pero apreté los músculos y me aguanté; no tenía tiempo para pararme.

Cuando moví los sacos lo suficiente como para caber entre ellos y la pared, me puse a gatas y miré por la rendija. La pared estaba ligeramente doblada hacia arriba por el final y dejaba un espacio de unos diez centímetros de alto y casi un metro de ancho. Tenía que ser capaz de doblarlo un poco más, abrir la grieta lo suficiente como para pasar la cabeza y luego el cuerpo.

Me levanté, puse el pie contra el hierro y empujé lo más fuerte que pude. No se dobló. Tenía que apoyar todo el peso de mi cuerpo. Me senté en el suelo con la espalda contra los sacos y empujé con los pies con todas mis fuerzas. El hierro se movió. Un poco.

De nuevo, ante la idea de poder escapar, sentí la histeria en la garganta. Ahogué un sollozo, sacudí la cabeza y me concentré. Empujé otra vez. Empujé con tanta fuerza que me dolió. La pared se dobló aún más.

Ahora la grieta ya parecía lo suficientemente grande como para poder pasar a través de ella. Me tumbé boca abajo y empujé la cabeza primero, de lado, de manera que arrastré la mejilla por el suelo, sentí los bordes afilados de las piedras contra la piel. Pasar los hombros era mucho más difícil, pero me empujé con las manos y con los pies y me obligué a hacerlo. Pasar el resto del cuerpo iba a ser fácil, y me arrastré por el suelo, sin importarme que las aristas de hierro me arañaran la espalda, me rasgaran la ropa, me cortaran la piel, hasta que estuve libre. Me puse de pie.

Y cuando ya estuve fuera, todavía se me hizo más difícil controlar la histeria. Era libre, al menos por ahora, y quería tan desesperadamente que Grant no me encontrara que por un momento me quedé paralizada de puro terror. Pero puse todo mi empeño en respirar, en mover las piernas y caminar hacia la esquina del almacén y mirar.

Las puertas del coche estaban abiertas y del interior salía suficiente luz como para ver que Rachel estaba en el suelo allí al lado. Tumbada de espaldas, tenía la falda remangada alrededor de la cintura. Grant estaba arrodillado entre sus piernas. Se movía adelante y atrás, dentro de ella. Rachel se quejaba suavemente a cada empujón. Los otros chicos estaban apoyados en el coche, mirando.

Aquellos bastardos la estaban violando. A mi hermanita.

Tuve que agacharme y taparme la boca con la mano para ahogar un grito. Quería correr hacia ellos, golpearlos, arañarlos, matarlos y mutilarlos. Pero tuve que esforzarme para quedarme quieta, para pensar. No había manera de que yo pudiera con ellos, no había manera de hacerles daño.

Un odio furibundo tan poderoso que noté su sabor fuerte y amargo me subió por la garganta. Me arrastré por el suelo y cogí una piedra, la apreté en la mano con tanta fuerza que se me clavó en la piel. Pero me alegré del dolor que me infringía, de su nitidez.

Desesperada, miré alrededor en busca de algo, de cualquier cosa, y no estaba segura de qué esperaba encontrar, pero entre los árboles y en la distancia vi luz.

Miré a Rachel, y justo cuando lo hice, Sean volvió la cabeza. Parecía que me mirara directamente. No sé si me vio realmente. Nunca lo sabré. Ya estaba todo sumido en la oscuridad, y quizá no me vio, pero no esperé a comprobarlo. Me entró pánico.

Me di la vuelta y eché a correr. Hacia la luz.

23

Vamos hacia Circular Quay y después hacia Rocks. Mick me lleva a un pub donde dice que sirven buena comida hasta tarde. Los dos nos morimos de hambre y pedimos mucho de todo –filetes, patatas fritas y ensalada– y comemos con entusiasmo. Cuando nuestras miradas se encuentran a través de la mesa, nos sonreímos.

Cuando acabamos la cena y nos recogen la mesa y nos estamos bebiendo una Coca-Cola cada uno, Mick me besa. Es inesperado y sorprendente, pero totalmente maravilloso a la vez. Se levanta, se inclina por encima de la mesa y aprieta sus labios contra los míos. No es un beso apasionado, tiene la boca cerrada, pero es tierno y suave y dura mucho más que un beso de hermano. Es un beso que hace que todo sea más seguro, un beso que demuestra que se siente atraído por mí y yo por él.

–¿Por qué estabas tan distante cuando me has visto por primera vez? –pregunto–. He pensado que me odiabas. En realidad, he pensado que eras horrible. Agresivo y grosero.

–Porque me sentía raro. Cuando te he visto por primera vez... En cuanto te he visto, he sabido que iba a pasar algo entre nosotros. Lo he sabido. De inmediato. –Sonríe, parece tímido por primera vez–. Me pones nervioso.

Los dos estamos alegres y felices, sorprendidos por el placer inesperado de habernos encontrado, y cuando salimos del pub y vamos hacia la moto, Mick me pregunta dónde vivo.

–No quiero irme a casa –digo.

–¿Ah, no?

–No.

Vamos a casa de Mick. Comparte piso con un estudiante que se llama Simon, y que esta noche ha salido. Hacemos té y nos lo tomamos en la habitación de Mick. La cama es un simple colchón en el suelo, pero está bien hecha, ordenada y limpia, el edredón bien puesto, las almohadas colocadas en una pila en la cabecera. Tiene libros amontonados contra la pared de al lado de la cama, una guitarra apoyada un poco más allá.

Nos sentamos en la cama uno al lado del otro con la espalda sobre las almohadas, las piernas cruzadas, nuestras rodillas se tocan. Hablamos de música, de nuestros grupos favoritos, de nuestras canciones favoritas. Nos tomamos tres tazas de té cada uno, y compartimos una barra de chocolate de la nevera, que está casi vacía. Son casi las tres de la mañana; Mick se tumba de lado en la cama, me mira, reposa la cabeza en la almohada.

–Túmbate –dice–. Tienes que estar cansada.

Yo me deslizo hacia abajo para que estemos uno al lado del otro, cara a cara, muy cerca.

Mick me toca la cara con los dedos, traza una línea mejilla abajo, pasa por la barbilla, baja hasta el cuello.

–Eres hermosa –dice.

Nos besamos, juntamos los cuerpos, las bocas, con fuerza. Y encajamos tan bien, con tanta naturalidad, que pronto nos falta el aliento, nos urge el deseo.

Lo aparto. De repente siento unas ganas repentinas de hablar, de contarle mi historia.

–No he hecho esto desde... la última vez que besé a un chico... la última vez... –Me callo, respiro hondo, continúo–: Se llamaba Will. William Holloway. Fue la noche en que mataron a Rachel.

Mick espera, asiente, escucha.

–No hicimos nada aquella noche –prosigo, y recuerdo la cara de Will, lo mucho que le quería, lo doloroso y difícil que resultó verle después–. Íbamos a hacerlo, creo. Teníamos grandes planes para perder la virginidad juntos. Pero aquella noche todo se fue al traste. Estábamos muy incómodos uno con el otro. Creo que nos sentíamos avergonzados. Cosa que parece ridícula cuando alguien ha sido asesinado. Pero no podíamos mirarnos a los ojos sin sentir aquello. Vino a verme unas cuantas veces. Se sentaba allí, rígido y triste, mientras yo lloraba. Al final le dije que no quería verlo nunca más. Se sintió muy aliviado. –Me río con tristeza–. Tenías que haberle visto la cara. Fingía estar triste porque habíamos roto. Pero no veía el momento de salir pitando por la puerta.

–Me imagino que es una escena muy dura para una chica de dieciséis años.

–Pues sí –digo–. En realidad no le culpo. Yo también me sentí aliviada. Era horrible ver lo apenado que estaba por mí. Pero era demasiado bueno y amable para dejarme.

–¿Y desde entonces?

–Nada –digo–. Nadie.

–Entonces tengo suerte. –Sonríe, me besa la frente–. Pero podemos tomárnoslo con calma. No hay prisa. Puedo esperar. No quiero presionarte.

Pero yo sé lo que quiero, y la idea de esperar mucho más me resulta tan frustrante que sólo hace que me sienta más segura. Niego con la cabeza y sonrío tímidamente. Lo cojo de la mano y le paso el brazo por mi cintura, me acerco hasta que nuestros cuerpos se tocan, me aprieto contra él, presiono los labios contra su boca.

–Katherine –dice cuando hemos acabado.

Estamos tumbados de lado, cara a cara, y cada uno respira el aire del otro.

–Mick –digo.

–Me gusta tu nombre. Te pega tanto... Katherine. Katherine. Katherine y Mick.

Y cuando dice mi nombre así, al lado del suyo, todo se

vuelve distinto. En realidad nunca me había gustado que la gente me llamara Katherine, todo este tiempo echaba de menos que me llamaran Katie. Echaba de menos ser Katie.

Pero ya no soy Katie, soy Katherine, y esta noche, por primera vez en mi vida, no quiero ser nadie más.

24

Corres y corres y corres. Corres más deprisa, mucho más, como nunca. Tropiezas y chocas, te caes y te hieres las manos y las rodillas, te levantas inmediatamente, sigues corriendo.

–Por favor, por favor –sollozas–. Ayudadme. Por favor. Que alguien me ayude.

Estás aterrorizada por la posibilidad de tenerlos detrás, de que te persigan, de que se acerquen más a cada paso. La respiración irregular te retumba en los oídos, es ensordecedora, pero te imaginas que los oyes detrás de ti y corres aún más rápido. No te vuelves para comprobarlo, estás tan aterrada que no puedes hacer otra cosa que correr. A pesar del dolor en los costados, del cansancio, del dolor en las piernas, te obligas a correr, te esfuerzas por no frenar, por no volverte, por no sucumbir a la histeria y dejarte caer al suelo.

Y a medida que te acercas a la luz se hace evidente que proviene de una casa, como esperabas. Y cuando estás más cerca, ves que la ventana está abierta a la brisa de la noche, la luz del porche encendida, un coche aparcado en el camino. Hay alguien en casa.

Corres por el camino, te caes en el porche de la entrada, te levantas y corres hacia la puerta. Golpeas y golpeas con los puños. Das patadas. Tratas de gritar.

Después de un momento la puerta se abre. Una mujer está allí de pie; parece enfadada por la brusca intrusión. Pero se fija en tu aspecto, en tu miedo evidente, en la urgencia de la situación, cambia la expresión del rostro a una de alarma y preocupación. Se queda con la boca abierta, se pone una mano en el pecho, alarga la otra y te coge por el brazo.

–¿Qué pasa? –dice–. ¿Qué ha pasado?

En el tiempo en que tarda en llegar la policía y organizar el rastreo, los chicos se han ido. La han dejado allí, de espaldas sobre el suelo, como a un animal. Uno de los policías te asegura que ella parece estar en paz, que la expresión de su rostro frío es de serenidad y calma. Dice que es como si en realidad no supiera lo que estaba ocurriendo.

Ella no sabía que la dejaste allí. Sola con ellos.

SEGUNDA PARTE

25

Alice ya está sentada en un rincón de la cafetería cuando llego. Bebe de una taza de café.

–Hola.

Me siento frente a ella. Sonríe.

Pone los ojos en blanco.

–He intentado llamarte durante todo el fin de semana. ¿Por qué nunca coges el móvil?

Está irritable, pero nada de lo que haga puede hacer cambiar mi estado de ánimo. Nada puede, estoy demasiado feliz.

–¿Por qué? ¿Qué querías? –pregunto amablemente, ignorando su temperamento.

No me molesto en explicarle qué pasó, dónde estuve. No digo ni una sola palabra acerca de Mick. Aún es algo tan nuevo, tan hermoso, que quiero guardármelo para mí misma.

–Sólo quería contarte algo. Estoy con otro hombre.

Se inclina hacia delante, arquea las cejas, aparentemente su enfado de hace un momento ha desaparecido.

Pienso de inmediato en Robbie. Tiene que estar destrozado.

–Oh. –Levanto la carta de la cafetería, miro a ciegas el cartón plastificado–. ¿Es algo serio?

–¿Si es algo serio? Dios, podrías fingir un poco más de felicidad por mí.

Dejo la carta en la mesa y la miro.

–Lo siento. Pero entonces, ¿qué pasa con Robbie? ¿Ya lo sabe? Tiene que estar hundido. En realidad, el te...

–Robbie *el Teletubbie* –me interrumpe–. Nunca le he prometido nada. En serio, Katherine. Nunca lo he hecho. Nunca. En realidad siempre le he dejado perfectamente claro que no había nada serio entre nosotros. Sólo estábamos juntos en su cabeza. De todos modos, Robbie tendrá que aguantarse. No tiene elección. No es mi dueño.

–Supongo que no.

Y me doy cuenta de que a la larga eso es probablemente lo mejor que puede pasar. De algún modo, sólo puedo alegrarme por Robbie. Esto lo obligará a enfrentarse a la realidad: a Alice no le importa él. Le dolerá, pero necesita olvidarla y encontrar a alguien distinto, alguien que sepa apreciar lo fantástico que es.

–¿Y? –digo–. ¿Quién es él? ¿Cómo es?

–Es guapo. Es maravilloso, perfecto, sexy. Me siento como si estuviera en el paraíso. Pienso en él cada minuto del día.

Sonrío. Sé exactamente cómo se siente.

–¿Cómo se llama?

Pero Alice no responde, en cambio, se lleva la taza a la boca y me mira por encima del borde.

–Es mayor.

–¿Mayor?

–Sí, muy mayor.

–¿Cuánto?

–Adivina. Adivina cuántos años tiene.

–¿Treinta y cinco?

–No. Más.

–¿Cuarenta?

–Más.

–¿Cuarenta y cinco?

–Más.

La miro.

–¿Me tomas el pelo?

–No. Vamos. Estás cerca.

–¿Cincuenta?

–Cuarenta y ocho.

–Joder, Alice. Eso es mucho. Es un viejo. ¿No le molesta que tú sólo tengas dieciocho?

Alice sonríe.

–Puede que crea que tengo veintisiete.

–¿Le has mentido?

Se encoge de hombros.

–He estirado un poco la verdad.

–Pero es casi treinta años mayor que tú. Es un viejo. ¿No es eso un poco raro?

–No. No lo es. Te sorprenderías. Es genial. Es muy inteligente, Katherine, e increíblemente comprensivo. Es como si todo este tiempo yo hubiera estado buscando a un hombre mayor; ya sabes, es un millón de veces mejor. Es tan maduro, tan abierto, tiene tanta confianza en sí mismo y es tan independiente... Y no se comporta conmigo como un cachorrillo enamorado, cosa que resulta un alivio. –Se ríe–. Y es muy bueno en la cama, tiene mucha experiencia. Está increíble y jodidamente dotado.

Trato de concentrarme en la carta. Ni siquiera tengo hambre –la excitación de estar de nuevo enamorada me ha quitado el apetito–, pero no quiero que Alice tenga la sensación de que la juzgo, de que desapruebo su relación. Hasta ahora, cuando estaba con ella me sentía como la hermana mayor, una hermana gruñona que siempre la regaña.

Ni siquiera estoy segura de que la nueva relación de Alice tenga que molestarme. Los dos son adultos, después de todo, y siempre y cuando ninguno resulte malparado, la diferencia de edad no importa. Es sólo que, con Alice, las cosas nunca son tan simples como parecen al principio.

–No estará casado, ¿verdad? –pregunto, y no puedo evitarlo, en tono de sospecha.

–No. –Alice me saca la lengua–. No lo está. Zorra.

–Lo siento. Vale. No está casado. Eso es bueno. –Y entonces sonrío–. Así pues, ¿qué hay de malo en él? ¿Cómo es que siendo tan viejo no está casado?

–Estuvo casado. Su mujer murió.

–Oh, no. ¿De verdad? Es terrible.

–Supongo. –Alice se encoge de hombros–. Pero no para mí.

El camarero viene a la mesa y yo pido café y un bocadillo. Alice sólo se pide otro café.

–¿No comes? –pregunto.

–No. No tengo hambre. –Se inclina hacia delante y pone la mano encima de la mía, me la aprieta–. Creo que estoy enamorada, Katherine. Nunca me había sentido así. Nunca. No como. No duermo. Tengo sobredosis de adrenalina. No tengo ni idea de cómo voy a pasar los putos exámenes finales así. Ni siquiera soy capaz de leer una revista, imagínate a Shakespeare. Todo lo que hago es esperar a que me llame. Cuando no estoy con él es como si viviera a medias, en una especie de limbo extraño. ¿Sabes?, en realidad creo que es el amor de mi vida.

Y aunque me siento casi de la misma manera con Mick, me sorprende no tener la urgencia de contárselo a Alice, no tengo ningún deseo de explicarle todos los maravillosos sentimientos nuevos que corren por mis venas, lo mucho que han cambiado las cosas desde la última vez que la vi. De hecho, estoy sorprendida de darme cuenta de que quiero guardármelo todo para mí, a salvo, oculto. Mío.

Sonrío y la escucho mientras me lo cuenta todo: dónde se conocieron, cómo acabaron juntos. Pero no le cuento nada sobre Mick. Nada.

26

Tengo diez días libres para estudiar antes de que empiecen los exámenes finales, y después diez días de exámenes más antes de que me libre para siempre del instituto; y esos veinte días me parecerán los más largos de mi vida. Y no es pensar en los exámenes lo que encuentro tan desagradable, ni siquiera los exámenes en sí, sino mi autoimpuesta separación de Mick. No hay manera de que me concentre en los apuntes cuando estamos juntos, así que acordamos que lo mejor era no vernos. Sólo durante veinte días. En ese momento me pareció algo razonable. Fácil, incluso. Pero no verlo es más duro de lo que me esperaba, y lo echo tanto de menos que es casi como sentir un dolor físico.

Me acomodo en el escritorio de casa, tengo todos los libros y apuntes a mi alrededor. Vivien está a punto de hacer un viaje de negocios a Europa durante un mes. Pero ahora está en casa, lleva unas cuantas semanas sin viajar, algo excepcional en ella, y se ocupa de todas las tareas de la casa mientras yo estudio. Cocina platos deliciosos, comida sana, e insiste en hacer ella todas las tareas de limpieza, así que estoy libre para estudiar sin interrupción. Cada día paro a eso de las cinco y voy a dar un paseo para despejar la cabeza, luego cenamos y me voy a la habitación a empollar unas cuantas horas más.

Normalmente estoy demasiado cansada y con el cerebro en blanco para trabajar más allá de las nueve, y cuando ya me he duchado y me he puesto el pijama, me meto en la cama y llamo a Mick al móvil. Siempre estoy un poco nerviosa antes de llamarlo, tengo miedo de interrumpirle, de que esté enfadado o antipático, o que por alguna razón no esté contento de oírme. Pero siempre que llamo responde casi inmediatamente con mi nombre, Katherine, y siempre parece aliviado, feliz, como si hubiera estado esperando escuchar mi voz tanto como yo la suya.

Cada noche me pregunta en qué he estado trabajando, cómo me siento, si estoy preparada para los exámenes. Me cuenta lo que ha hecho ese día, cómo ha ido el ensayo con la banda. Si por la noche tiene concierto siempre suena un poco más optimista, distraído. Mis noches favoritas son las que también está solo en casa, en la cama, y hablamos durante una hora o más. Hasta que la voz se nos vuelve más lenta por el sueño y sus tiernas buenas noches son lo último que oigo antes de cerrar los ojos.

La tarde de mi último examen, Historia Antigua, está esperándome cuando salgo de la sala de exámenes. No me imaginaba que fuera a estar ahí y noto que me sonrojo a medida que me acerco a él. Me siento tonta con mi uniforme escolar, fea e infantil, y soy plenamente consciente de que algunos estudiantes nos miran. Pero Mick sonríe, me coge de la mano, tira de mí y me abraza. Y en brazos de Mick de pronto me da igual lo que piensen los demás. Ya no me importa mi aspecto. Me ama y eso es lo que importa. Vamos directos a casa de Mick, a su habitación, y cuando me envuelve entre sus brazos y me besa, me siento inundada por él. Perdida.

Unas cuantas horas más tarde, cuando ya ha oscurecido y me despierto de un sueño profundo, satisfecho, Mick me trae un bocadillo y una taza de té y me mira mientras como. Tengo hambre y como rápido, y cuando acabo Mick se tumba a mi lado y me hace el amor otra vez. Y cuando acabamos, tumbados el uno al lado del otro, cara a cara, me echo a llorar.

–¿Qué te pasa? –Mick frunce el ceño, apoya la cabeza en el codo–. ¿Qué te pasa?

–Que esto es demasiado bueno. Demasiado. Soy muy feliz. Me da miedo.

Se ríe, me besa.

–No seas boba. Tienes que permitirte ser feliz, Katherine.

–¿De verdad? No estoy segura, a veces creo que...

–No –niega con la cabeza y me besa de nuevo, así que no puedo hablar. Su voz es urgente, casi asustada–. Shhhh. No digas nada. No llames al mal tiempo. Eres feliz. Soy feliz. ¿Qué tiene de raro? La gente es feliz continuamente. Es normal. Es bueno. No pienses en cosas malas. Simplemente no lo hagas.

–Vale –digo–. Bueno.

Y en la cara de superstición de Mick veo su propio miedo. Me guardo mis preocupaciones para mí misma y finjo creer que merezco la felicidad tanto como cualquier otro.

Esa noche voy a dormir a casa porque Vivien se va a Europa y quiero desayunar con ella y decirle adiós.

–¿Te lo pasaste bien anoche? –me pregunta ella a la mañana siguiente, mientras se come los huevos revueltos que me he empeñado en hacer.

–Sí. Fue fantástico.

Y debe de notar algo en mi voz, una pizca extra de felicidad o excitación, porque me mira con curiosidad y arquea las cejas.

–Qué bien, ¿no?

–Sí. –Y miro mi plato, deseando que no se me enciendan las mejillas tanto como me parece–. Está muy bien haber acabado. Ser libre.

No le cuento nada sobre Mick. No puedo. Tengo miedo de que hablar de él demasiado pronto me dé mala suerte, que lo desencadene todo. Y aunque estoy segura de que ella nunca revelaría un secreto, aún no estoy preparada para que lo sepan mis padres.

–Pareces mucho más feliz últimamente –comenta mientras me abraza antes de irse–. Mucho más feliz.

–Pues sí, supongo que sí –digo.

Mick tiene un concierto esta noche. Tocará con la banda desde las diez hasta la una en un pub cercano. Pasamos el día juntos en su casa y se va a eso de las ocho. Yo me quedo, me ducho, me visto y espero a Philippa. Llega a las nueve y media, con Danni, un amigo suyo de la universidad. Me traen un ramo de flores, un regalo por haber acabado los exámenes finales.

–Buen trabajo por haber superado todos estos años de tortura –dice Philippa; se inclina hacia mí y me besa en la mejilla.

–Se acabó el instituto –exclamo–. Y para siempre. Es difícil de creer.

–¿Y? –pregunta Danni–. ¿Cómo crees que te ha ido?

–Bien, supongo. –Me encojo de hombros–. Pero por ahora estoy contenta de que se haya acabado todo.

–Apuesto a que Mick también está feliz. –Philippa sonríe, me da un codazo–. Te ha echado de menos desesperadamente. Se consumía como un cachorrillo enfermo de amor.

Aunque Mick ya me ha dicho lo mucho que me ha echado de menos, oírselo decir a Philippa hace que me parezca más real, más valioso.

La banda ya está tocando cuando llegamos y nos sentamos a la mesa. Tengo una bebida fría en la mano y miro a Mick descaradamente. Él toca, concentrado, tiene una expresión contenida, seria y cerrada como cuando lo vi por primera vez. Danni y Philippa hablan, tratan de incluirme en la conversación, pero yo estoy distraída, espero a que Mick se fije en mí. Danni y Philippa se ríen. Philippa me aprieta la pierna, está feliz por mí, feliz por su hermano.

Al fin se vuelve hacia nosotros. Sonríe cuando me ve, con aquella enorme y transformadora sonrisa, y el corazón se me desboca de amor agradecido. Quiero saltar al escenario y besarlo, abrazarlo, tenerlo cerca. Pero casi es igual de bueno verlo tocar, saber que está pensando en mí, que he hecho que se le ilumine así la cara y que me vendrá a buscar cuando acabe.

Mientras la banda toca la última canción del primer pase, Mick me mira, y en cuanto termina corre desde el escenario y viene a la mesa. Saluda a Philippa y a Danni, me coge de la mano y me arrastra al escenario. Me lleva detrás, está oscuro.

Me empuja contra la pared, estrecha su cuerpo contra el mío, me sujeta la cabeza por detrás, juega con mi pelo con los dedos.

–Has venido –dice.

–Sí –respondo con un tono suave como una pluma, casi sin aliento, con amor y deseo y alegría incrédula.

–Te he echado de menos.

Y noto en su voz la misma felicidad loca.

–Sí.

Y hay muy poco más que decir, sólo sí. Sí.

Entonces aprieta su boca contra la mía, explora con la lengua, sus labios son tiernos, siento el olor suave de su aliento, ahora familiar. Y lo siento contra mi cuerpo, siento su deseo, y yo también lo deseo y me aprieto contra él, le demuestro que siento lo mismo. Pero ya no tengo la sensación de urgencia de que acabe la noche. Ahora valoro cada momento, disfruto de la anticipación de lo que vendrá después, saboreo la certeza de que estaremos juntos más tarde. De que lo mejor aún está por venir.

En ese momento, en la máquina de discos suena una canción que conozco bien.

–Rachel solía escuchar esto. –Me aparto un poco y me río, muevo el cuerpo al ritmo de la música. Es una canción alegre, contagiosa, es imposible no prestarle atención–. Le encantaba. Siempre se ponía a bailar cuando la escuchaba.

Mick me coge la mano.

–Vamos, entonces.

Volvemos al escenario y saltamos a la pista de baile repleta de gente. Bailamos con las manos entrelazadas con fuerza, nos acercamos y nos separamos una y otra vez. Nos besamos de vez en cuando, nos saboreamos, salados, dulces, juntamos los cuerpos. Nos separamos y Mick me hace girar hasta que me mareo y tiene que sostenerme mientras me muero de risa. Bailamos una canción tras otra hasta que estamos acalorados y sudados y las palmas de las manos se nos ponen pegajosas. Pero no nos importa, no queremos parar. Ninguno de los dos puede dejar de sonreír.

La música está tan alta que no oigo el timbre del teléfono móvil, pero noto la vibración contra mi cadera. Un mensaje. No le presto atención, ya lo leeré más tarde, pero unos minutos después vibra de nuevo. Me saco el móvil del bolsillo, lo levanto para enseñárselo a Mick. Me besa. Me voy al baño para poder oír los mensajes.

Es Alice.

«Katherine. Llámame.» Parece que estaba a punto de llorar. «¿Dónde estás? Últimamente nunca te encuentro. Por favor, llámame. Por favor. Necesito verte, de verdad.»

La llamo a su móvil.

–Katherine. Gracias a Dios –responde ella.

–¿Qué pasa? ¿Estás bien?

–No, la verdad es que no.

–¿Ha pasado algo malo?

–Estoy aburrida. No tengo nada que hacer. Mi madre está ocupada y no puede verme esta noche.

Pongo los ojos en blanco. Sólo ella puede hacer que el aburrimiento parezca algo urgente. Y aunque yo no quiero dejar a Mick, le digo:

–¿Quieres que venga? ¿Te traigo un poco de chocolate?

–No sé lo que quiero –solloza–. ¿Dónde estás? Suena divertido. Hay mucho ruido de fondo.

–He salido. Estoy en un bar. En el hotel William. Estoy en el lavabo. La música está demasiado fuerte para oír nada.

–Oh. –Se calla. Y después–: ¿Con quién estás?

–Con Philippa. Y un chico que se llama Danni. Y el hermano de Philippa. –Evito nombrar a Mick–. Pero puedo dejarlos aquí. Venir a tu casa. Traerte algo para animarte.

–No. No. No quiero estropearte la noche. Saldré un rato. Te veo allí.

–Pero aquí hay un ruido increíble. –Y mientras hablo me

doy cuenta de que no quiero que venga. Quiero a Mick y Philippa, mis nuevas amistades, mi nuevo amor, lejos de Alice. Tengo miedo de que ella lo estropee todo, lo ensucie de alguna manera–. No podremos hablar.

–No importa –dice–. No quiero hablar. Quiero divertirme.

Vuelvo al bar y me siento en la mesa con Philippa y Danni. La banda ya está otra vez en el escenario y Mick me mira desde detrás de la batería mientras me siento. Philippa y Danni, que están escuchando la música y siguen el ritmo con los pies, me sonríen. Les devuelvo la sonrisa. Pero ahora me siento diferente, la sensación de euforia ha desaparecido de mi estado de ánimo. La idea de que Alice está de camino hacia aquí hace que me sienta cansada, un poco angustiada.

Alice lleva el vestido más corto que he visto en mi vida. Es de lentejuelas plateadas y casi ni le tapa la ropa interior. Lleva botas hasta las rodillas. Está fantástica, sexy, impresionante, y me fijo en que todo el mundo se vuelve a mirarla mientras se dirige a nuestra mesa.

Coge una silla y se sienta a mi derecha. No mira ni parece reconocer a Philippa o a Danni, y se pone de lado para quedar frente a mí.

–Hola –dice. Se me acerca tanto que puedo oírla. Lleva la cara maquillada, luminosa, está guapa–. Esto es un antro, ¿no? Vamos a algún lado. Solas tú y yo.

Antes de que tenga la oportunidad de responderle, Philippa se inclina por encima de la mesa y le propina a Alice un suave codazo.

–¿No vas a decir hola?

Tiene que gritar mucho para que se le oiga por encima de la música.

–Hola, Philippa.

–Éste es Danni –le presenta Philippa.

–Hola –grita Danni–. ¡Dios, me encanta tu vestido! ¡Estás supersexy! ¡Y esas botas! ¿Dónde compras la ropa?

Los piropos de Danni evidentemente le gustan a Alice, porque el lenguaje de su cuerpo cambia al instante, exageradamente. Se vuelve hacia Danni y le sonríe. Y los dos se enfrascan hasta tal punto en una conversación sobre ropa que Alice se olvida de sus ganas de irse a otro lado. Arrastra la silla más cerca de Danni y se inclina hacia él. Están animados y absortos el uno en el otro. Philippa me mira, pone los ojos en blanco.

Alice y Danni se pasan el resto del concierto hablando uno muy cerca del otro. Philippa y yo nos sentamos hombro con hombro y escuchamos la música; no hablamos, pero cada vez que nos miramos nos sonreímos. La sonrisa de Philippa está llena de orgullo por su hermano.

Cuando termina el pase, Mick vuelve a nuestra mesa otra vez. Se queda de pie a mi lado, se inclina y me besa en el cuello.

–Voy a pedir algo de beber –dice–. ¿Vienes conmigo?

Me coge de la mano mientras me levanto y retiro la silla. Me fijo en que Alice levanta la mirada con curiosidad. Deja de hablar y me mira con los ojos muy abiertos mientras me voy.

Cuando volvemos a la mesa, Alice está reclinada hacia atrás en la silla; ha cruzado los brazos en el pecho. Sonríe.

–¿Entonces? ¿Tú y Mick? –Me mira cómplice–. Philippa ha sido tan amable de ponerme al corriente.

Trato de comportarme con la mayor naturalidad posible, aunque sé que Alice probablemente está molesta, enfadada y ofendida de que se lo haya ocultado. Noto que se me encienden las mejillas.

–Alice, éste es Mick –digo–. Mick, Alice.

Mick sonríe.

–Hola.

–¿Tocas la batería? –pregunta Alice.

–Sí.

–Me encanta la batería, me parece adorable. Aunque en realidad no puedo hacer ningún comentario sobre tu manera de tocar. No sabía nada de ti. Lo siento. Nadie me dijo que conocías a Katherine. Ni siquiera sabía que eras el hermano de Philippa.

Mick no responde; en cambio, me mira; es evidente que se pregunta quién es esa chica tan extraña, por qué parece un poco agresiva. Se lleva el vaso a la boca y bebe un trago largo de cerveza. Me coge de la mano y tira de mí hacia él. Me lleva a la pista de baile.

Bailamos apretados, hunde la cara en mi cuello. Nos mecemos al ritmo de la música, de un lado a otro, nuestros cuerpos en perfecta armonía. Respiro en él, dejo que su olor, la sensación de su cuerpo, el ritmo de la música, llenen mis sentidos.

Bailamos hasta que Mick tiene que volver al escenario para el pase final. Cuando vuelvo, Alice ha cambiado de sitio. Se ha sentado con dos hombres en la mesa de detrás de nosotros. Está animada, habla y gesticula con mucha energía. Los dos hombres parecen encantados, cautivados, ambos están inclinados hacia ella, los dos compiten por su atención. Me asombra la facilidad con la que ella puede olvidar a su novio, el verdadero amor de su vida, pero me siento demasiado feliz para preocuparme por Alice, y ahora mismo sólo me hace reír. Intento captar su mirada, pero ella no mira en mi dirección, no se fija en mí, está demasiado ocupada en sus nuevas conquistas.

A la hora de cerrar salimos todos juntos. Alice va del brazo con los hombres de la mesa. Caminan por delante de nosotros. Ella habla muy alto, está feliz. Se vuelve y me mira.

–Me voy con Simon y Felix –anuncia con voz cantarina, lo suficientemente alto como para que la oiga todo el mundo que está alrededor nuestro.

–Vale. –Me río.

Alice, Felix y Simon se van a la parada de taxis y se ponen en la fila de la gente que espera. La moto de Mick está aparcada apenas un poco más abajo y pasamos por su lado para ir a buscarla.

–Oooh, mira, parecemos bailarinas de cancán –dice Alice muy alto mientras mira lo larga que es la fila.

Algunas de las personas que hacen fila se ríen. Oigo a alguien que murmura con tono cansado: «Oh, por Dios, que se calle».

Y entonces ella empieza a levantar las piernas y a cantar la melodía del cancán. Los dos hombres que están con ella soportan su peso mientras ella levanta las piernas cada vez más alto. Y cada vez que lo hace se le ve un poco más de la parte superior de los muslos bien torneados, su ropa interior.

–Ta-ta ta-ta-ta-ta-ta-ta ta-ta-ta-ta-ta-ta –canta, disfrutando de la atención, indiferente a las miradas de irritación y de desaprobación de algunas personas que esperan en la fila.

Cuando llega un taxi, Alice y sus dos nuevos amigos saltan dentro.

–Adiós a todos –grita a la multitud mientras el taxi se aleja de la acera–. Pasáoslo bien. Adiós.

–¿Quién es esa chica? –pregunta Mick con una expresión divertida en el rostro.

–Una amiga mía –digo–. Y me pregunto por qué tengo la sensación de estar mintiendo.

27

–Ha sido muy divertido, mami. Muy divertido. –Sarah me mira–. Tiene las mejillas y la nariz rojas de frío, pero le brillan los ojos–. ¿Puedo hacerlo otra vez? ¿Yo sola?

–Claro que sí –digo.

Y la miro agarrar el trineo con una mano y echar a caminar trabajosamente de vuelta a la cima de la colina. No es muy empinada, pero sí lo suficientemente larga como para ganar un poco de impulso en el camino hacia abajo e ir bastante rápido. La primera vez, Sarah ha gritado durante toda la bajada y me preocupaba que estuviera asustada, pero resulta que gritaba de emoción.

Había olvidado lo pesada y lenta que me siento cuando llevo la ropa para la nieve. No me gusta mucho el frío, nunca me ha gustado. Prefiero la ingravidez del verano, la sensación de libertad y la alegría y la vitalidad que me inspira. El invierno me hace sentir triste, me recuerda a la muerte. Pero no quiero influenciar a Sarah con lo que a mí me gusta y no me gusta. Quiero que tenga sus propias experiencias, que tome sus propias decisiones, y por medio de su entusiasmo llego a sentir algo de la magia y la maravilla de este mundo de frío y hielo.

Después de que se haya lanzado colina abajo cuatro o cinco veces, justo cuando la piel de la cara empieza a escocerme, justo cuando empiezo a pensar que puede que utilice el cebo del chocolate caliente para convencer a Sarah de que tenemos que hacer un descanso y entrar un rato, lo veo.

Robbie.

Está de pie al final de la pista de esquí. Lleva la chaqueta azul brillante que visten todos los instructores y está enseñándoles a unos alumnos un movimiento de frenada. Está igual, siempre tan guapo. Se ríe, echa la cabeza hacia atrás de una manera que me resulta inmediatamente familiar.

Está tan cerca que cuando se ríe veo salir de su boca las nubecillas de aliento al aire helado. Veo la blancura de sus dientes, las venas del dorso de sus manos.

Verlo me impresiona tanto que no puedo hacer nada más que quedarme ahí de pie, quieta, con el corazón desbocado, la mirada baja, y tratar de recuperar un cierto equilibrio. No sé si debo gritar su nombre, o llamar su atención. Por un instante me pregunto si debería alejarme enseguida y fingir que no lo he visto, dejarlo en paz.

Decido continuar con mi día, no hacer ningún esfuerzo especial por acercarme a él. Si me topo otra vez con Robbie, dejaré que sea él quien decida qué hacer. Llamo a Sarah y la convenzo de que bajemos juntas una vez más. Mientras la llevo de la mano y empezamos a subir la pendiente para llegar otra vez a lo alto de la colina, me doy cuenta de que Robbie me ha visto.

Está allí de pie, me mira, tiene el cuerpo rígido, está tan impresionado como yo un momento antes.

28

–No puedes irte.

Mick me agarra de la mano, tira de mí hacia su cama.

Me siento en el colchón a su lado, me tumbo y lo beso en los labios, en las mejillas sin afeitar, en el cuello.

–Tengo que irme –digo–. Es el cumpleaños de Robbie. Le prometí que me lo llevaría a cenar por ahí. Y, además, tengo que volver a casa de Vivien a limpiar un poco. El piso está hecho un desastre. No puedo dejarlo así. Me matará.

–Pero está en Europa, ¿no? ¿Cómo lo va a saber?

–No lo va a saber. Pero yo sí, y eso me hace sentir mal.

–Pero ¿qué haré yo? –Se pone a hacer pucheros, en broma–. ¿Sin ti?

–Dormir. –Me río–. Necesitas dormir.

Ninguno de los dos hemos dormido mucho la noche anterior, y Mick tiene otro concierto por la noche, tarde.

–Pero no puedo. No sin ti.

–Claro que puedes. Antes dormías sin mí perfectamente. De hecho, la mayor parte de tu vida has dormido sin mí.

–¿De verdad? No puedo recordarlo. Además, eso era antes de conocer la diferencia.

Tira de mí hasta que me pone encima de él; el edredón hace de barrera entre nuestros cuerpos.

–Mick –digo–. Por favor. No sabes lo difícil que es tener que irme. Lo estás convirtiendo en imposible. Ya te veré más tarde en el concierto. Después de cenar. No tardaré.

–¿Lo prometes?

–Lo prometo.

–Entonces vale.

–Vale.

Pero cuando le beso me atrapa con los brazos, me agarra tan fuerte que no puedo moverme.

–Lo que digo... es verdad. No sé lo que hacía antes. Antes de conocerte. No puedo recordar qué era lo que me importaba o lo que esperaba. Sea lo que fuere, se ha ido. Todo lo que me importa ahora eres tú. Es una locura, en realidad, y hasta un poco estúpido. Pero nunca había sentido esto por ninguna otra chica. Nada como esto.

Y el corazón se me hincha de alegría, de la emoción de oír que todos mis locos sentimientos son correspondidos. Hundo la cara en su cuello, escondo las lágrimas que me llenan los ojos de repente.

–A mí también me pasa –digo–. A mí también.

Vuelvo a casa y me pongo a limpiar el piso. Lo hago con rapidez, barro una habitación tras otra, retiro las cosas, quito el polvo y paso la aspiradora. Tardo unas cuantas horas y cuando acabo y compruebo los mensajes en el móvil, hay uno de Vivien que me dice que ya ha llegado a Roma y que se lo está pasando genial. También hay un mensaje de mi madre, sólo para saludarme, y otro de Robbie, que me pregunta si aún quiero ir a cenar con él.

Llamo primero a mis padres. Hablé muy poco con ellos la tarde que acabé los exámenes finales y, aunque me felicitaron, sé que querían saber más detalles, tener una conversación larga. Hablo con mamá primero y luego con papá, y tardo casi una hora en hacerles un resumen completo de los exámenes. Me preguntan cuándo será la próxima vez que vaya a verlos y yo les digo que pronto. No menciono a Mick.

Cuando acabo de hablar con mis padres, llamo a Robbie al móvil.

–Claro que quiero que salgamos –digo en cuanto responde–. Es mi regalo de cumpleaños, ¿te acuerdas?

–Vale. –Se ríe–. Genial. Pero probablemente seremos sólo tú y yo. No sé nada de Alice.

–Entonces te tendré para mí sola. Soy una chica con suerte.

No lo digo porque esté contenta de que ella no venga. Sino porque no soportaría ver a Robbie y Alice juntos cuando sé que ella se está viendo con otros. Eso me haría sentir cómplice de su engaño. Me sentiría cruel y deshonesta, y la situación sería totalmente humillante para Robbie. No estoy del todo segura de si quiero contarle lo de Alice o no. Solo sé que no quiero hacerlo esta noche. No en su cumpleaños.

–Y mi padre organiza una fiesta el sábado por la noche. ¿Queréis venir? ¿Tú y Mick?

–Claro. Pero llegaremos tarde. Mick tiene concierto. Pero será divertido. Así podréis conoceros.

–Fantástico –dice.

Pero no hay mucho entusiasmo en su voz. Suena vacía. Infeliz. Sólo puedo suponer que su tristeza tiene algo que ver con Alice, y me gustaría, una vez más, que se olvidara de ella, que se diera la oportunidad de conocer a otra chica.

Quedamos en el restaurante a las siete, y cuelgo. Elijo la ropa que me voy a poner –vaqueros, botas, camiseta rosa–, me voy al baño y me preparo un baño caliente. Me estoy un buen rato en el agua. Cierro los ojos y pienso en Mick y en la suerte que tenemos de gustarnos por igual, en la suerte que tenemos de que ninguno de los dos se parezca en nada a Alice.

Cuando llego al restaurante, Robbie ya está sentado a una mesa y casi se ha acabado la bebida. Está ocupado leyendo la carta y da un respingo cuando me siento frente a él.

–Hola –saludo–. Debes de haber llegado temprano.

–Sí. –Sonríe–. Tenía hambre. No podía esperar.

Hablamos un poco sobre lo que hemos hecho cada uno. Yo le hablo de Mick, y de mi nueva amiga Philippa, y de lo feliz que estoy. Él me sonríe y parece realmente contento, y dice que se alegra por mí y que me merezco lo mejor. Y está relajado y alegre y pienso que quizá lo de Alice vaya a estar bien después de todo, y que su nueva relación puede acabar siendo algo bueno. Al final, él tendrá que enfrentarse a la verdad.

Robbie pide la comida y, cuando llega, las raciones son mucho más grandes de lo que esperábamos. Es difícil llegar a ver el fondo del plato, nos esforzamos por seguir comiendo cuando ya estamos llenos, nos reímos tontamente cuando Robbie hincha las mejillas de aire.

–Esto es exagerado –dice frente a la cantidad de comida que aún queda en la mesa–. Aquí había para diez personas.

–Sí. –Cojo otro trozo de pollo con los dedos y me lo meto en la boca–. Dios, Robbie, estoy atiborrada pero no puedo parar. Tienen que llevarse todo esto antes de que explote. No creo que sea capaz de moverme durante una hora o más. No te importa quedarte aquí toda la noche, ¿verdad?

Y miro a Robbie, espero que se ría y que sigamos bromeando alegremente, pero está mirando más allá de mí, a algo o a alguien detrás de mí, y ya no hay ni una sola pizca de humor en sus ojos; de hecho, tiene la cara rígida, contraída en una extraña expresión de confusión y miedo.

Me vuelvo para mirar detrás de mí y no veo más que mesas llenas de caras que no me resultan familiares. Miro a Robbie.

–¿Qué pasa? –Me inclino hacia delante y pongo la mano encima de la suya–. ¿Robbie? ¿Qué te pasa?

Pero ni siquiera me ve. Retira la mano y se levanta. Empuja la silla con torpeza, se apoya con fuerza en la mesa como si fuera a coger impulso, entonces echa a andar hacia lo que sea que esté buscando.

–¿Robbie? ¿Qué estás...? ¡Robbie!

Me levanto y lo sigo. Me siento estúpida, estoy llamando la atención en un restaurante repleto de gente. No sé qué está pasando, es como si de repente Robbie no pudiera verme u oírme, y tengo miedo de que esté sufriendo algún tipo de crisis, algún tipo de colapso mental.

Pero entonces se detiene en la barra frente a un hombre. Y el hombre le sonríe, contento, y abre los brazos en señal de bienvenida. La expresión de Robbie sigue siendo fría, el cuerpo tenso, la actitud extrañamente agresiva.

–¿Qué coño estás haciendo? –dice Robbie agresivamente–. ¿Qué intentas hacerme? Di ¿Qué haces con ella? ¿Dónde está? ¿Adónde se ha ido?

El hombre abre mucho los ojos; está sorprendido.

–¿Dónde está quién, Robs? –pregunto–. ¿Qué te pasa? ¿De qué estás hablando?

–¡Acabo de veros juntos, papá! –grita Robbie, y miro de cerca al hombre y reconozco los ojos, la línea de la barbilla: es el padre de Robbie–. ¡Os estabais besando! Acabo de verla aquí. Contigo. ¡Coño, os acabo de ver juntos!

–Robbie. –Le pongo la mano en el brazo, trato de calmarlo–. ¿Qué...?

Pero me aparta bruscamente y se acerca mucho más a su padre.

–Te he visto con ella. Os he visto.

Y aunque grita, y su voz bulle de ira, está tan angustiado y tan agitado que le tiembla todo el cuerpo y está a punto de echarse a llorar.

Pero su padre mantiene el tipo y mira a Robbie amablemente.

–Chico, cálmate. Sólo ha ido al lavabo. Puedes conocerla en cuanto vuelva. Esto no tiene que ser un problema. Ya verás como ella te gusta.

Y entiendo lo que ha pasado. Robbie ha visto a su padre con una mujer, con su nueva novia, por primera vez. Su enfado es una especie de lealtad equivocada e inapropiada hacia su madre.

Robbie se ríe con amargura, un sonido antinatural e infeliz que emerge de lo más profundo de su garganta, y mira a su padre con desprecio.

–¿Conocerla? ¿Qué quieres decir con conocerla? ¿Es una especie de retorcido regalo de cumpleaños o algo así?

Le pongo a Robbie la mano en la espalda.

–Vamos, Robbie. No hagas esto. Por favor. ¿Por qué no volvemos a la mesa? Deja a tu padre solo.

Y el padre de Robbie me sonríe, agradecido.

Entonces la veo. Alice. Ha salido del lavabo y camina hacia nosotros. Camina rápido, con la cabeza gacha, una leve sonrisa en la cara, y por un breve momento feliz y equivocado me imagino que está allí por Robbie, que después de todo ha decidido venir para celebrar su cumpleaños. Por un momento hasta me alegro de verla, espero que su presencia distraiga a Robbie del enfrentamiento con su padre.

Pero entonces Robbie y su padre se vuelven a mirarla.

–Ajá –dice el padre de Robbie con falso entusiasmo–. Ya está aquí Rachel. Te la presentaré.

«¿Rachel? –pienso–. ¿Rachel?» Y aunque apenas soy capaz de ordenar mis pensamientos o de comprender qué está pasando, el subconsciente parece unir todos los puntos por mí, y en un instante sé exactamente qué está pasando aquí, sé exactamente quién es la misteriosa novia del padre y sé exactamente qué es lo que acaba de ver Robbie.

Y en ese momento Alice levanta la mirada. Se detiene y mira a Robbie y a su padre. Deja de sonreír y por un breve instante parece impresionada, asustada, como si estuviera a punto de dar media vuelta y echar a correr. Pero duda sólo un segundo, y entonces se aparta el pelo de la cara, fuerza los labios en algo parecido a una sonrisa y sigue adelante.

El padre de Robbie coge a Alice por el brazo y la atrae a su lado. La cara de Alice es absolutamente inescrutable, y aunque parecía sorprendida cuando nos ha visto antes, ahora se muestra a gusto, hasta divertida, como si toda la situación fuera sólo un juego y nosotros los juguetes.

–Robs, ésta es Rachel. Rachel, éste es mi hijo, Robbie.

El padre de Robbie trata de comportarse como si todo fuera normal, pero me doy cuenta de que está muy confundido y molesto por la extraña conducta de Robbie. Está claro que no sabe quién es Alice en realidad.

Robbie no emite un solo sonido, y no da señal alguna de haber oído las palabras de su padre. Se limita a mirar a Alice. Su cara, transformada por la ira y el dolor, es casi irreconocible.

–Oh, vamos, Robbie –dice Alice–. No estés tan serio. ¿Dónde está tu sentido del humor?

El padre de Robbie mira a Alice, y luego a Robbie, y luego a Alice de nuevo. El tono íntimo de la voz de Alice lo ha confundido.

–¿Qué? ¿Vosotros ya...?

No tiene tiempo de acabar la respuesta. Robbie emite un sollozo terrible, ruidoso, se da la vuelta y echa a correr en dirección a la salida del restaurante.

–¡Robbie! ¡Espera!

Empiezo a seguirle, pero enseguida me doy cuenta de que corre demasiado rápido. Y me he dejado el bolso en la mesa, y ni siquiera hemos pagado la cena. Veo como se marcha, y de mala gana me vuelvo hacia Alice y el padre de Robbie. No quiero quedarme y enfrentarme a esta horrible situación. Prefiero ir por mi bolso, salir de allí e ir a casa de Mick. No quiero hablar con Alice. No quiero ver su cara ni oír su voz. No quiero oír cómo el padre de Robbie la llama Rachel.

El padre de Robbie parece sorprendido. Está pálido, tiene los ojos muy abiertos, llenos de lágrimas.

–¿Qué es lo que está pasando aquí? –pregunta mientras me acerco–. ¿Tienes alguna idea?

Me miro los pies, no digo nada.

–Lo siento. –Suspira, y puedo notar como le tiembla la voz–. He sido muy grosero. Ni siquiera me he presentado. Tú debes de ser Katherine. Robbie me ha hablado mucho de ti. Yo soy Greg. Y ésta es Rachel.

Greg y yo nos estrechamos las manos, pero me niego a mirar o a reconocer a Alice. Y cuando ella se pone a hablar miro hacia otro lado.

–Creo que debería irme –dice Alice.

–Qué idiota soy –se disculpa Greg–. Pensé que sería una buena manera de que os conocierais. Sabía que Robbie vendría aquí esta noche. No te lo dije. Y tampoco se lo dije a Robbie. Pensé que estaría bien que... No lo sé. Quería que nos encontráramos todos como por casualidad. No tenía ni idea de que reaccionaría así, normalmente es un buen chico, sólo que... Lo siento, Rachel, tendría que habértelo dicho.

–No. Por favor. No te disculpes –dice ella con una voz diferente de la de siempre.

Suena mayor, más comedida, y me sorprendo de lo buena que es fingiendo. Pero bajo la falsa naturalidad de esa voz también puedo notar la urgencia y la impaciencia. No ve el momento de irse. Ella ha creado este lío y ahora quiere dejarme aquí para que lo arregle yo. Y considero la posibilidad de escupir toda la verdad antes de que tenga la oportunidad de marcharse, obligarla a quedarse, a confesar y a enfrentarse a las consecuencias, y luego dejar que lo solucionen entre ellos. Pero no confío en que ella sea sincera o justa con Greg, y nada de esto es culpa suya. Él también ha sido engañado, manipulado. Se merece una explicación.

–Me voy contigo –declara él.

–No, no –dice ella–. Prefiero irme, en serio. Quiero estar sola un rato.

Y yo miro hacia otro lado cuando se despiden el uno del otro. No soporto la idea de ver la ternura inocente de Greg hacia ella, su simpatía. Y oír que la llama Rachel hace que quiera ponerme a gritar.

Cuando ella ya se ha ido, convenzo a Greg de que me acompañe un momento a la mesa. Nos sentamos uno frente al otro. Estoy callada y me miro las manos. No sé cómo empezar, no sé cómo hay que empezar a romperle el corazón a alguien.

–No puedo creerlo –dice él rompiendo el silencio–. Justo cuando las cosas empezaban a ir tan bien. Probablemente ha sido una estupidez tratar de montar un encuentro así, pero Robbie no puede esperar en serio que yo nunca... –Deja de hablar y se vuelve a mirar con nostalgia la puerta por donde acaba de escapar Alice. Suspira–. Lo más probable es que no vuelva a ver a Rachel nunca más después de esta escena.

Lo miro.

–No se llama Rachel.

Y aunque los nervios casi pueden conmigo, lo digo con voz firme, con más seguridad de lo que me esperaba.

–¿Qué? –Se inclina hacia atrás en la silla, cruza los brazos en el pecho, se pone a la defensiva–. ¿Qué has dicho?

Y entonces le cuento todo lo que puedo, tan rápida y coherentemente como puedo. Al principio no me cree. Niega con la cabeza y dice: «Imposible». Pero al final deja de protestar y se queda callado, triste.

–Sabía algo de Alice, por supuesto –dice–. Pero no mucho. Robbie nunca nos presentó, está claro. Siempre he tenido la sensación de que era algo así como un simple ligue. Si nos hubiera presentado... Todo esto es culpa mía. Tendría que haberle insistido. Si yo hubiera puesto más interés... Pero creí que hacía lo correcto. Que estaba respetando su intimidad. –Se lleva las manos a la cabeza–. Esto no puede ser. ¿Cómo puede haber ocurrido una cosa así?

–No es culpa suya. No lo es. Es culpa de Alice. Ella lo ha montado todo.

–Pero ¿por qué? –dice–. ¿Por qué?

Me quedo en silencio. No tengo respuestas.

–Me dijo que tenía veintisiete años –se lamenta en voz baja, casi susurrando–. La creí. Parecía tan segura de sí misma, tan madura. No puedo creerlo... ¿Dieciocho? Dios mío. La creí, me lo creí todo. Empezaba a quererla –dice.

29

No le digo a Mick nada de Alice, no quiero contaminar el tiempo que paso con él pensando o hablando de ella, así que me espero hasta la tarde siguiente, cuando se va a tocar, para llamar a Robbie. Así no hay manera de que oiga la conversación.

Greg responde al teléfono.

–Se ha ido, Katherine. –Parece cansado, derrotado.

–¿Se ha ido? ¿Adónde?

–A Europa. A Suiza. Ha cogido un avión esta tarde. Se ha ido a buscar trabajo. Algo relacionado con el esquí. Tenemos parientes allí.

–¿Y qué hay de la fiesta? –pregunto como una estúpida, como si una fiesta importara algo–. ¿Y qué pasa con su trabajo?

Greg se ríe.

–No habrá ninguna fiesta, cariño. Y estoy seguro de que el restaurante se las arreglará. Tienen mucho personal.

Greg me asegura que Robbie estará bien, que es fuerte, listo. Me sugiere que le dé un poco de tiempo para recuperarse, para superar toda esta humillación, y que le escriba por e-mail. Antes de colgar me dice que no me preocupe, que todo se arreglará.

Y aunque todavía estoy horrorizada por el comportamiento de Alice, y el recuerdo de la noche anterior me provoca un nudo en el estómago, no puedo evitar alegrarme de que Robbie haya visto la verdad por fin. Ahora no hay manera de que vuelva a aceptar a Alice. Y él está en Europa. A miles de kilómetros. Está a salvo. Libre.

Apago el móvil y decido dejarlo así por un tiempo para que Alice no tenga manera de dar conmigo. No quiero pensar en ella, y mucho menos hablar con ella. No quiero oír sus explicaciones, sus excusas.

Dejo el móvil apagado una semana y el tiempo pasa con una relativa felicidad; voy a los conciertos de Mick, duermo. Pero Alice está constantemente en el fondo de mi mente y por desagradable que sea, sé que al final tendré que hablar con ella. Sería fácil evitarla hasta que se cansara de intentar contactar conmigo, sería fácil no hablar con ella nunca más. Pero yo aún no he dicho lo que me toca, no he expresado mi enfado, no he defendido a Robbie. En todo caso, estoy segura de que ella tratará de contactar conmigo y que seguirá intentándolo hasta que lo consiga, y lo que yo quiero es terminar con todo esto de una vez.

Así que una tarde, cuando Mick ha salido a comprar cerveza, busco el móvil y lo enciendo.

No lo he tocado durante toda la semana pasada y no he comprobado las llamadas, así que cuando lo conecto hay catorce mensajes de voz y un montón de texto. No me molesto en escucharlos ni en leerlos. Estoy segura de que la mayoría son de Alice y que probablemente estará enfadada o molesta porque no me he puesto en contacto con ella. Pero ya no me importa lo que pueda decirme. Sólo quiero llamarla una última vez para decirle lo indignada que estoy. Marco su número deprisa, antes de que pierda los nervios.

Responde casi de inmediato

–Es la misteriosa desaparecida. Por fin. ¿Sabes?, nunca habría pensado que eras una de esas chicas que pasa de su amiga en cuanto encuentra a un hombre. Pero nunca se sabe con las chicas calladas. –Se ríe–. Eso es lo que dicen, ¿no?

Pongo los ojos en blanco. Sólo Alice puede tener el valor de darle la vuelta a una situación como ésa, cuando ella es la culpable de todo el daño que se hace a sí misma.

–Lo siento, Alice. Pero he estado un poco enfadada. Contigo. No sabía qué decirte.

–¿Enfadada? –suena irritada, desdeñosa–. Por Dios. ¿Es por lo de Robbie y su padre? ¿Es por eso?

–Hablé con Greg aquella noche –digo–. Después de que te fueras.

–Claro. Supuse que lo harías.

–Sí, hablamos.

–Así que hablaste con él. Sí. Genial. Vale, ya ha quedado claro. ¿Y qué? ¿Qué quieres decir?

No sé si está siendo obtusa de forma deliberada, pero me encuentro un poco ridícula, de repente no estoy segura de mí misma.

–Lo que hiciste es algo increíblemente cruel, Alice.

–Por favor, Katherine, no tenía ni idea de que estaríais allí, ¿vale? Ni idea. Fue idea de Greg –dice. Su voz es impaciente, brusca, como si ya le aburriera el tema y le molestara tener que justificarse–. ¿Cómo iba a saber lo que había planeado Greg?

–No es por la cena, Alice. No seas ridícula. No puedo creer que pienses que eso es una especie de justificación. Tu relación con Greg es cruel. No sólo esa noche, no sólo por el hecho de que fueras sorprendida. No puedo creer que lo hicieras. No puedo creer que te hayas portado tan mal con Robbie, que ha sido tan bueno contigo.

Guarda silencio durante un momento. Suspira.

–Vale. Ya es suficiente. Ya entiendo tu punto de vista. ¿Me toca una reprimenda?

–No, en realidad, no, ya no hay razón para continuar, ¿verdad? Simplemente no te importa. Pero todo esto es horrible, Alice. Muy triste.

Alice se ríe. Es un sonido sucio, frío, carente de humor.

–No lo pillo –dice por fin–. Realmente no entiendo qué es lo que tengo que hacer contigo. ¿Por qué te molesta mi relación con Greg, o mi relación con Robbie, que para el caso es lo mismo?

Y por un momento me tiene atrapada, confundida, pienso si estaré exagerando, si debería meterme en mis propios asuntos. Pero no, pienso. No tolerar a una amiga una conducta tan atroz es algo muy razonable.

–Porque lo que hiciste fue deliberadamente cruel, Alice. Destructivo y terrible. Robbie está hundido. Se ha ido a Europa. ¿Lo sabías? Todo por tu culpa. Y tú has destrozado la relación de Robbie con su padre –continúo–. Robbie es uno de mis mejores amigos. Me sorprende que creas que no debería estar enfadada.

–Oh, cállate ya, déjame en paz. No, yo no he destrozado su relación. Lo han hecho ellos. Ninguno de ellos sabía nada de todo esto, así que en realidad no se han hecho nada el uno al otro. Y probablemente esto los acercará aún más en el futuro. Y a Robbie le sentará bien una temporada en Europa. Necesita ordenarse la cabeza. Ese chico tiene un montón de ira acumulada. Y es ridículamente posesivo. Y, además, los dos deberían alegrarse de haberse librado de mí, sobre todo si soy tan mala persona como parece que crees.

–Pase lo que pase entre Robbie y su padre, no cambia lo que hiciste. Estuvo mal, Alice, completamente mal. ¿Y por qué le dijiste a Greg que te llamabas Rachel? ¿Por qué ese nombre? Me cuesta mucho creer que sea una pura coincidencia.

–No me gusta tu tono de reprimenda. No eres mi madre, no eres mejor que yo, no necesito tu opinión. –De repente baja la voz, suena fría y seria, muy diferente de la especie de pereza e indiferencia con la que hablaba hasta hace un momento–. Te digo muy en serio que no quiero volver a hablar de esto nunca más, Katherine. Me aburre. Me aburre mucho. ¿Quieres que salgamos el viernes por la noche o no? Dímelo. Estoy organizando una cena en Giovanni's.

–No –digo, y aunque estoy indignada y atónita por la falta de remordimientos que demuestra, por su descaro, la voz me sale sorprendentemente normal–. No, gracias.

–¿Y qué tal el sábado por la noche, entonces?

–No. Sí. Quiero decir, no, Alice, no quiero salir contigo. Estoy enfadada. Estoy asombrada. ¿No te das cuenta de lo serio que es todo esto? Estoy muy enfadada, indignada. Por favor, deja de invitarme a salir.

–¿Indignada? ¿Estás indignada?

–Así es, lo estoy, para serte sincera. Estoy indignada y avergonzada.

–Oh. –Se ríe–. ¿También estás avergonzada? ¿Te avergüenzas de mí?

–Me avergüenzo de ti, sí –digo en voz baja.

–¿No crees que ya tienes bastantes cosas por las que avergonzarte de ti misma, Katherine? –Y sé exactamente qué va a decir antes de que lo diga. Pero no cuelgo, me aprieto el teléfono contra la oreja y escucho, me obligo a escuchar las palabras–. Puede que yo haya hecho cosas malas, pero al menos no dejé sola a mi hermana para que la violaran. ¿He hecho yo algo así, eh? Al menos no soy la cobarde que salió corriendo y dejó que asesinaran a su hermanita.

30

Esa misma noche más tarde, Mick, Philippa y yo pedimos una pizza para cenar. En cuanto nos sentamos a la mesa a comer, Philippa me pregunta si he visto a Alice últimamente.

–No. Pero he hablado con ella esta tarde.

–¿Y?

Se lo explico a los dos mientras comemos, les explico lo que les hizo a Robbie y a Greg, y les cuento la conversación por teléfono que hemos tenido esa tarde.

–¿Lo dices en serio? –Mick deja la porción de pizza que estaba a punto de comerse, se limpia las manos en los vaqueros–. Es obsceno. Increíble. ¿Qué clase de persona podría hacer algo así?

–Una enferma –dice Philippa–. Una desfasada, una persona muy infeliz.

–¿Y qué pasa con Robbie? ¿Por qué estaba con ella? ¿También está loco?

–No del todo –apunta Philippa.

–Robbie es un encanto –digo–. Una de las personas más buenas que puedas conocer. Un caballero de verdad. Un gran amigo.

–Entonces, por qué...

–Porque está enamorado de ella –lo interrumpo–. Y no entenderías lo encantadora que puede llegar a ser ella hasta que la conoces de verdad. –Hablo con intención, quiero que Mick lo comprenda, que no crea que soy tonta o que juzgue a Robbie equivocadamente–. Yo me puse muy contenta cuando se convirtió en mi amiga. Me sentí halagada, quiero decir; es muy divertida, todo el mundo quiere estar con ella. Podría ser amiga de quien quisiera. Y desde que murió Rachel yo había estado sola durante demasiado tiempo. Me sentía muy sola, supongo. Alice fue como un soplo de aire fresco. Era divertida. Estar con ella era increíble.

Mick y Philippa me miran con compasión y me doy cuenta, demasiado tarde, de que me he ido por las ramas. Que he empezado a justificar mi propia amistad con Alice en vez de la de Robbie. Pero es todo lo mismo, en realidad. Yo, Robbie: los dos estábamos hechizados.

–¿Por qué no me lo contaste? –Mick parece herido–. Cuando te diste cuenta de todo esto, ¿por qué no me dijiste nada?

–No lo sé. –Me encojo de hombros–. Sencillamente no quería pensar en ello. Tú y yo estábamos tan felices... No quería estropearlo.

–No podía estropearse nada. Ni siquiera la conozco.

Mick frunce el ceño. Parece molesto, ofendido por habérselo ocultado, y estoy a punto de explicarme cuando interviene Philippa.

–No seas tan susceptible. –Le da un codazo suave, juguetona–. Te lo está explicando ahora, ¿no? Y tienes razón, no conoces a Alice, así que cállate. –Pero entonces me mira y pone voz de estar enfadada pero de broma, imitando a Mick–. Pero sé quién es. ¿Por qué no me lo dijiste? No es nada justo. Estoy total y permanentemente ofendido. Me negaste la oportunidad de decirte «ya te lo dije».

–Te la negué, ¿verdad? –Le sonrío, y me dirijo a su hermana–: Pero, eh, todavía puedes decirlo. Tenías razón. Yo estaba equivocada.

–¿Razón sobre qué? –pregunta Mick confundido.

–Sobre Alice –responde–. La lista de tu hermanita me advirtió hace meses. Me dijo que Alice era un caso psiquiátrico.

–De todos modos, sé quién es –dice Mick–. Es aquella chica del hotel William, ¿verdad? ¿La del vestido corto?

–La guapa –confirma Philippa–. Sí. La del vestido corto que ningún hombre podía dejar de mirar.

–No es tan guapa. –Mick hace una mueca, niega con la cabeza y yo, infantilmente, me alegro–. Para mí no. Demasiado llamativa, demasiado creída. No es mi tipo en absoluto.

–Bueno. –Philippa le pone los ojos en blanco a Mick y se vuelve hacia mí–: Entonces supongo que le habrás dicho que ya no quieres jugar más. Espero que le hayas dicho que se largue y que te deje en paz para siempre.

–Sí, ya he hablado con ella –aseguro–. Bueno, lo he intentado. Es muy buena ignorando lo que no quiere oír.

–Pero por lo menos se lo has dicho –dice Philippa, y sonríe–. Por fin has recuperado el sentido común. Ves las cosas como yo. Tengo que admitir que estoy más que contenta. Ésa no se merece ser tu amiga. Y no quiero decir nada del pobre Robbie. Espero que no estés triste por él. No crees que la vayas a echar de menos, ¿verdad?

–No. –Me tapo los ojos con las manos–. Todo este drama... Ya no lo soportaba más. Ella es tan jodidamente agotadora. Sonará mal, pero estoy contenta de no tener que verla nunca más. No quiero saber nada de ella, no quiero verla, no quiero hablar con ella. He apagado el móvil y voy a tenerlo así durante un tiempo.

–Fue muy agresiva al teléfono, ¿verdad? –dice Mick–. Esa chica es peor que la peste.

–Sí. –Philippa asiente, coge otra porción de pizza–. La peste. Exacto. –Y después mira mi plato; casi no he tocado mi porción de pizza–. No estás comiendo. ¿No te gusta?

–Sí, me gusta –digo, pero hablar de Alice me ha hecho sentir rara, y la pizza no ayuda: tiene demasiado aceite, demasiadas especias–. Me siento fatal. Pensar en lo que Alice le hizo a Robbie me pone enferma. Tendríais que haber visto la cara de él. Fue una escena alucinante. –Aparto el plato–. Necesito un poco de agua.

–Voy por un vaso. –Mick se levanta de un salto y me mira

con el ceño fruncido–. No dejes que esta tía te haga sentir mal. No vale la pena. Olvídala. No le debes nada.

Philippa mira a Mick mientras se dirige a la cocina. Y después se vuelve y me sonríe, susurra:

–Te quiere de verdad.

–Lo sé –digo, y le devuelvo la sonrisa, pero de repente me siento tan cansada y mareada que tengo que luchar contra la urgencia de tirarme sobre la cama y cerrar los ojos.

–Nunca ha estado así con una chica. Nunca. Normalmente se muestra bastante indiferente. Siempre bien educado, pero indiferente, por decirlo así. Y, si está bien decir algo así de mi propio hermano, era un rompecorazones. Siempre rodeado de chicas.

Estoy realmente fascinada por lo que me dice Philippa, no hay tema que ahora pudiera interesarme más, pero me cuesta mucho concentrarme.

–Seguro que sí –digo.

Puedo sentir la bilis que me sube por la garganta.

–¿Te encuentras bien? –pregunta Philippa–. Estás pálida como si hubieras visto a un fantasma.

–No.

Y de repente tengo que levantarme y dejar la mesa. Corro al baño y llego justo a tiempo para vomitar lo poco que me he comido de la pizza.

31

Mick tiene cinco días libres y pasamos la mayor parte del tiempo juntos. Él ensaya su música y yo voy a comprar la comida, pero el resto del tiempo nos quedamos encerrados en casa. Hablamos, Mick me cuenta cosas de su infancia, sus sueños de futuro, el amor por la música. Yo también le hablo de mi infancia, de la vida antes de que Rachel muriera, de la vida después. Cada uno siente curiosidad por las cosas del otro, y aunque casi no nos movemos de la habitación de Mick, no hay un solo momento en los cinco días que me aburra o esté inquieta o desee estar en otro sitio.

El último día libre de Mick llamamos a Philippa y quedamos para desayunar en una cafetería cercana. Ella ya está sentada a una mesa cuando llegamos. Lleva un vestido amarillo y se ha hecho una cola de caballo. Está guapa y radiante, y me imagino en cambio la pinta que debo de tener yo con esta camiseta arrugada y los vaqueros.

Está alegre, y sus ganas de hablar, su energía, hacen que me dé cuenta de que me siento muy mal, y de que estoy así desde hace unos cuantos días. Normalmente me gusta hablar con Philippa, pero hoy, escuchar el torrente de cosas que me explica y responderle con el nivel de interés necesario puede con todas mis energías. Estoy deseando volver a casa de Mick y meterme en la cama.

Cuando llega lo que hemos pedido, tostadas y café, noto un sabor amargo, que ya me resulta familiar, en la boca; la bilis me sube por la garganta.

–Oh, Dios. –Me levanto, me tapo la boca con la mano–. Lo siento, chicos.

Corro al lavabo, me inclino sobre la taza y vomito. Pero aún no he comido y no echo más que un hilillo de bilis.

–Katherine. ¿Estás bien? –me pregunta Philippa justo detrás de mí. Me pone la mano en la espalda–. Pobrecita.

Me pongo de pie, voy al lavabo y me enjuago la boca, me lavo la cara. Me miro al espejo y me sorprendo de lo pálida y demacrada que me veo al lado de Philippa, y por un momento me pregunto si tengo algún tipo de enfermedad terminal. Quizá mi destino sea morir joven, como Rachel.

–El otro día también te encontrabas mal –recuerda Philippa–. ¿Te habrás intoxicado con algo que has comido? ¿Algún tipo de virus?

–No lo sé.

Me encojo de hombros, trago un poco de agua, espero no vomitarla también.

–Deberías ir al médico.

Asiento.

–Puede que sean mareos matinales. –Se ríe–. Quizás estás embarazada.

Embarazada. Aunque está bromeando, en cuanto Philippa lo menciona estoy segura de que eso es precisamente lo que me pasa. Explicaría muchas cosas: las náuseas que vienen y van, el cansancio paralizante, el dolor y los pechos hinchados. Y por mucho que lo intento, no recuerdo cuándo tuve la última regla.

–Joder –digo.

–Joder, ¿qué? –Nos miramos en el espejo. Al ver mi expresión, Philippa abre los ojos como platos–. ¿Qué? Oh, Dios mío. ¿Estás embarazada? ¿Lo dices en serio? ¿De verdad? ¿Puede que estés embarazada?

–Joder. Joder. –Niego con la cabeza–. No lo sé, pero...

–¿Cuándo tuviste la última regla?

–Ése es el problema. No me acuerdo. Oh, Dios, Philippa, lo cierto es que ni siquiera recuerdo haber tenido la regla desde que estoy con Mick. Debería recordarlo, ¿no? Quiero decir, debería recordarlo porque él se habría dado cuenta. No habríamos podido... –Trato de pensar. Pero estoy segura de que no he tenido el período en meses. Si lo hubiera tenido habría sido evidente en el momento de meterme en la cama con Mick, habría tenido que explicárselo cuando él intentara hacerme el amor, y yo lo recordaría–. ¿Cómo he podido no darme cuenta? ¿Cómo puedo ser tan desastre?

Philippa tira de mí, me envuelve en un abrazo.

–No te preocupes. Todo saldrá bien. De todos modos, puede que no estés embarazada, quizá sólo es una falsa alarma. El estrés puede cortarte la regla. Lo he leído en algún sitio.

–Pero yo no he estado especialmente estresada.

–¿Y qué hay de lo de Alice? ¿Y de los exámenes finales?

–Oh, Dios, ojalá. Pero no creo. Estaba feliz, Philippa, no estresada –digo. Y de repente me doy cuenta de los extraños cambios que he notado en mi cuerpo últimamente, lo rara que me he sentido–. Por eso los sostenes me quedaban tan pequeños. Hasta los vaqueros me van ajustados.

–Puede que te hayas engordado un poco.

–No –niego con la cabeza–. ¿Qué voy a hacer? Oh, Philippa, pobre Mick, ¿qué va a pensar?

–¿Pobre Mick? No seas tonta. Él no es un niño. Ya sabe que a los bebés no los trae la cigüeña. Pobre tú, tú eres la que tiene los pechos como sandías. –Me mira los pechos y abre los ojos como platos. Se lleva la mano a la boca para ocultar una sonrisa–. Ahora que me fijo, se te han puesto enormes.

Miro hacia abajo, me los cojo con las manos y los sopeso. Están pesados, llenos, duros.

–Madre mía. Son enormes. ¿Por qué no me he dado cuenta antes?

–¿Quizá porque te hallabas demasiado ocupada haciendo el amor?

–Parece evidente que sí.

Me inclino sobre el lavabo. Me miro al espejo. Estoy pálida, pero aparte de eso no me veo diferente. Mi cara no ha cambiado, ni mis ojos. Parece imposible que haya una nueva vida creciendo en mi interior sin que se me vea en la cara, sin que ni siquiera lo supiera. Sin mi consentimiento.

–Un bebé –digo, y muevo la cabeza–. Philippa. Esto es demasiado... cómo puedo... pero si ni siquiera he cumplido los dieciocho.

Ella asiente.

–Aún eres una adolescente.

–¿Qué voy a hacer?

–No lo sé. –Se encoje de hombros, suena solemne–. No lo sé, Katherine.

Me miro el vientre, paso los dedos por encima. Es tan difícil de creer. Una nueva vida. Dentro de mí.

De repente Philippa me agarra del brazo y se pone a hablar casi sin respirar.

–¿Vas a tenerlo? ¿Sí? Sería genial en muchos sentidos, si lo piensas. Sería tan, tan, tan hermoso. Y Mick sería un papá increíble. Y yo me convertiría en tía. Os haría canguros. En serio. Siempre que quisieras, te ayudaría tanto como pudiera. Sería la mejor tía del universo. Y podrías ir a la universidad. Mis padres os ayudarían, adoran a los críos. Y tus padres también ayudarían, ¿verdad?

Pensar en mis padres me hace soltar un gemido. Me llevo las manos a la cara.

–¡Philippa! Para. Por favor. No digas eso. Ni siquiera estoy segura. Y primero tengo que decírselo a Mick. No puedo tomar decisiones como ésas ahora.

–No. Claro que no. Perdona. –Se calla un minuto y entonces dice–: Vamos a comprar un test de embarazo. Hay una farmacia de camino a casa de Mick.

Asiento y me vuelvo hacia el lavabo. Philippa tiene razón, por supuesto, debería comprar un test de embarazo de camino a casa, asegurarme lo antes posible, hablar con Mick. Pero es algo que quiero hacer sola. No en compañía, no con público.

Me miro las manos mientras me las lavo y me pregunto cómo le voy a decir que quiero estar sola sin herir sus sentimientos. Pero cuando suspiro y levanto la mirada es como si me leyera la mente.

–Mira –me dice–. ¿Por qué no vas tirando hacia casa de Mick? Compra un test de camino. Yo me quedo aquí con él un rato más hasta que acabemos el desayuno. Te haces la prueba y cuando llegue él podrás explicárselo. Si es que hay que explicarle algo. –Sonríe–. Yo no vendré. No creo que vayas a necesitarme.

–Vale. –Sonrío agradecida–. Eso es lo que haré. Gracias.

–Pero luego cuéntamelo, ¿de acuerdo? –me pide–. ¿Pronto? ¿Mañana?

Volvemos a la mesa y le digo a Mick que me encuentro mal y que me voy a casa. Él se levanta de un salto, preocupado, y dice que viene conmigo. Pero Philippa y yo lo convencemos de que se quede y se acabe el desayuno.

–Solamente son tres minutos andando –me río–. Tonto. Estaré bien.

Cuando me despido y me dirijo hacia la puerta de la cafetería, Mick parece preocupado. Le sonrío para tranquilizarlo y echo a andar. El aire fresco de fuera me sienta bien; la atmósfera de la cafetería era sofocante, olía demasiado a beicon y a café. Normalmente son olores que me despiertan el hambre, pero hoy me parecen demasiado fuertes, me producen náuseas.

No sé si estoy embarazada o no. Pero todo parece indicarlo: las náuseas, el extraño cansancio que siento, los pechos hinchados. Y ahora estoy segura de que no me ha venido la regla desde la primera vez que me acosté con Mick. Y aunque hemos tenido cuidado, hemos usado condón la mayoría de las veces, una o dos veces lo hemos hecho sin, y pensaba que no pasaría nada si Mick no acababa dentro de mí. Está claro que me equivoqué.

Entro en la farmacia y recorro los pasillos en busca del test.

Nunca había tenido que comprar uno y no estoy muy segura de qué es lo que tengo que buscar o dónde, así que voy a ciegas, hasta que aparece una chica y me pregunta si puede ayudarme.

–Sí. ¿Los test de embarazo?

Una parte de mí espera que se sorprenda, que me suelte un sermón sobre sexo seguro y métodos anticonceptivos, pero ella ni siquiera duda, ni demuestra ninguna reacción visible ante mi pregunta.

–Claro –dice–. Están por ahí.

Mientras me explica las diferencias entre los distintos test, y me acompaña a la caja donde mete el paquete en una bolsa de papel marrón, se muestra educadamente neutral. Pero no puedo evitar preguntarme en qué estará pensando.

Tenemos más o menos la misma edad y me imagino que debe de alegrarse de no ser ella la que esté pasando por esto, de no tener este problema, tan presumida y con esos aires de superioridad vestida con esa bata blanca.

Estoy a punto de salir cuando alguien me toca en el hombro.

–Hola, Katherine. –Oigo una voz fuerte a mis espaldas y noto que me sonrojo mientras ella se coloca delante de mí y me doy cuenta de quién es. Alice–. ¿Qué diablos le va a parecer a Helen? –dice.

Aprieto el paquete contra el pecho, a la defensiva. Me siento extrañamente intimidada, incluso asustada, y tengo que luchar contra la repentina urgencia de echar a correr. No hay calor en su expresión y es duro de creer, es duro estar frente a ella así, cuando habíamos sido tan amigas.

Alice mira el paquete y lo señala con la cabeza.

–Has sido una niña mala, ¿eh?

Estoy a punto de decirle algo, negarlo, explicarme, justificarme, pero me callo. No le debo nada a Alice. Mi vida personal ya no es asunto suyo. Me encojo de hombros y echo a andar, pero de repente me pone la mano en el hombro y se inclina hacia delante, se pone a un palmo de mi cara.

–No creas que te vas a salir con la tuya –murmura, agresiva–. Ya sé que la gente como tú cree que las personas como yo somos prescindibles. Ya lo sé. Pero no te vas a librar de mí tan fácilmente.

–¿Librarme de ti? –Intento reírme, pero me sale un sonido hueco, poco convincente–. ¿Es una especie de amenaza? ¿Es que me estás siguiendo?

Ella sólo sonríe.

–Déjame en paz, Alice –digo, y me obligo a mirarla a los ojos–. Déjame en paz o...

–¿O qué? –Arquea las cejas en una expresión exagerada de sorpresa–. ¿Llamarás a la policía? ¿Eh? ¿Es eso? ¿Eso es lo que harás?

–Bueno, sí, claro. Si vas a portarte como una loca, entonces voy a tratarte como a una loca.

–Oh, sí, desde luego. Pero eso ya lo sabía. Mira, te conozco. Te conozco mejor de lo que crees. Pero en realidad aún no te he hecho nada, ¿verdad? No tienes nada que decirle a la policía, ¿verdad? No tienes a quién echarle la culpa esta vez. –Y sonríe con falsa dulzura, ladea la cabeza, y finge una voz inocente–. Y somos amigas, de todos modos, ¿no? ¿Amigas para siempre?

Niego con la cabeza y paso por su lado.

–Vete, Alice –digo–. Vete ya. No tengo ni idea de qué estás hablando. Necesitas algún tipo de ayuda. Necesitas que te vea alguien. Estás enferma.

–Puede que sí –conviene. Se ríe mientras me voy a toda prisa–. O quizá seas tú la enferma, Katherine. ¿Lo has pensado alguna vez? Puede que seas tú.

Sigo adelante y me obligo a no mirar atrás, no hasta que llegue a la esquina de la calle de Mick. Me detengo y miro detrás de mí. Al principio no la veo y me entra el pánico, tengo miedo de que se esconda, de que me esté siguiendo, pero entonces la veo. Está un poco más allá de la farmacia. Habla con un hombre alto y guapo, coquetea, no hay duda, y parece totalmente concentrada en ello.

Seguro que es una precaución ridícula, pero no quiero que sepa dónde estoy, así que giro en la esquina y corro tan rápido como puedo hacia el piso de Mick. Meto la llave en la cerradura, me tiemblan las manos, y doy un portazo detrás de mí. Una vez dentro me calmo enseguida –todo es familiar y normal, reconfortante y seguro– y no puedo evitar echarme a reír por la histeria que he sentido un momento antes. Me recuerda a cuando era pequeña y me asustaba la oscuridad. Siempre echaba a correr, atemorizada, aterrada, hacia donde estaban mis padres –la luz, la comodidad y seguridad de su compañía– y me tranquilizaba de inmediato. Como aquella oscuridad, Alice no puede hacerme daño de verdad. No si no la dejo. Puede que esté llena de secretos y misterios ocultos, pero no tiene un poder real. No puede.

Voy al baño y me miro al espejo. Respiro deprisa por la carrera, y estoy pálida. Tengo una pinta terrible. Un nudo de angustia me atenaza el estómago y tardo un momento en recordar que tengo que hacer algo más importante que preocuparme de Alice. Algo real. Algo serio. Algo que puede afectarnos a mí y a Mick para el resto de nuestras vidas. Y no tiene nada que ver con Alice.

Abro el paquete y orino en el test como dicen las instrucciones. Lo dejo en la repisa del baño sin mirarlo. Me voy a la sala de estar y me siento en el suelo, me balanceo adelante y atrás, adelante y atrás, hasta que creo que ha pasado el tiempo suficiente. Vuelvo al baño y cojo el test. Hay dos líneas claras y paralelas de color rosa.

Compruebo las instrucciones otra vez. Dos líneas es un resultado positivo. Estoy embarazada.

Lanzo el test lejos de mí, como si quemara, como si fuera peligroso, y lo veo chocar contra el suelo. Aterriza boca arriba. Las dos líneas, ahora de un color rosa bien definido, se burlan de mí. A pesar de que estaba segura de que daría positivo, la realidad de la prueba resulta aterradora, increíble. El corazón me retumba en el pecho, en la boca tengo el sabor de la impresión y del miedo. De repente no puedo moverme, no puedo sostenerme, y me dejo caer al suelo y me quedo en cuclillas con la cabeza apoyada en las rodillas. Me quedo así, quieta, con la mente llena de imágenes de un futuro penoso, hasta que oigo la llave de Mick en la cerradura, oigo sus pasos, me llama por mi nombre. Y enseguida está en el baño, me abraza, me pregunta si estoy bien.

No levanto la mirada, no digo una palabra –habría mucho que decir, y sería muy duro mirar a Mick a los ojos ahora–, pero señalo el test.

–¿Qué? –dice.

Le oigo recogerlo.

Y entonces vuelve y se sienta frente a mí.

–¿Estás embarazada?

Parece sorprendido e impactado, pero no hundido como me imaginaba. Tampoco enfadado.

Levanto los ojos. Asiento.

–Uau. –Se frota la cara. Oigo el roce de la barba mal afeitada bajo los dedos–. No sé qué decir.

–¿No?

Guarda silencio un momento, mira la prueba. Me mira a mí.

–Entonces, ¿tan malo es?

–Sí. Claro que es malo. Estoy embarazada, Mick. Tengo diecisiete años. –Y ahora me siento correctamente, cruzo las piernas y lo miro a la cara, nuestras rodillas se tocan–. Tengo diecisiete años, Mick. Diecisiete.

Me pone la mano en la rodilla y habla con cuidado, como si no se atreviera a molestarme.

–Vale. Es sorprendente. Pero no es el fin del mundo. Quiero decir que podemos hacer algo al respecto. Hay cosas que podemos hacer. Si tú quieres.

–Abortar. Lo sé. Ya puedes decir la maldita palabra. No soy estúpida.

–Vale. Abortar. Podemos hacerlo. Si tú quieres.

Asiento, me encojo de hombros, miro impotente por toda

la habitación, las baldosas de las paredes, las cortinas de la bañera, todo menos su cara dulce y seria.

–Pero no tienes que hacerlo –dice, y se inclina tanto hacia a mí que tengo que mirarlo–. No tienes que abortar, Katherine. No estoy diciendo que tengas que hacerlo.

–¿Cuál es la alternativa, Mick? ¿Tener un bebé? ¿Con diecisiete años? ¿Hablas en serio?

–No es algo que no haya ocurrido nunca antes. No es totalmente inaudito o imposible, ya sabes.

–Sé que no es imposible, no soy idiota. Estoy embarazada, Mick, no en estado vegetativo.

Suspira.

–No te enfades conmigo. No soy tu enemigo.

–Perdona. –Le cojo la mano–. Sólo que... No puedo creer que me esté ocurriendo esto.

–Yo tampoco.

–Joder. –Le aprieto la mano. Fuerte–. Las chicas como yo no tienen bebés, Mick. Las chicas como yo van a la universidad, estudian una carrera, se labran un futuro. Mis padres se morirán. Se pondrán histéricos.

–Puedes seguir yendo a la universidad. La gente va igual. No es como si fueras una madre soltera. –Ahora es él quien me aprieta la mano, incluso más fuerte que yo, y sonríe–. Mira, ahora olvídate de tus padres un momento. Olvida lo que la gente pueda pensar. No puedes decidir según lo que crean los demás. Eso es una tontería.

Y tiene razón. Gran parte del miedo que le tengo a este embarazo se basa en lo que pensarán los demás. Mis padres, mis amigos del instituto, mis profesores. Me imagino a mí misma con una enorme barriga y luego con un bebé berreando, y a la gente que me mira, cuchichea, siente pena por mí. Es difícil, con todas esas imágenes rondándome por la cabeza, saber realmente qué es lo que pienso, qué es lo que quiero en realidad.

–Voy a hacer un poco de té –dice Mick, y se levanta y tira de mí–. ¿Por qué no te metes un rato en la cama?

Hago lo que me sugiere y de alguna manera, a pesar de lo confusa que estoy, me duermo profundamente. Cuando me despierto, Mick está sentado en la cama a mi lado, hojeando una revista de música.

–Hola.

–Hola.

–¿Estás mejor?

Me pone la mano en la frente y yo me río.

–No tengo fiebre, tonto.

–Ya lo sé. Pero ¿tu madre no te lo hacía siempre que te ponías enferma? ¿Y no te hacía sentir mejor? ¿Como si tuvieras algo grave y pudieras librarte de una semana entera de escuela o algo así?

–Pero no estoy enferma. Estoy embarazada.

–Cierto. Pero estás triste.

Me siento en la cama.

–¿Tú crees?

–No lo sé. ¿Estás triste?

–No lo sé. ¿Y tú?

Se ríe.

–Yo lo estoy si tú lo estás. Y no lo estoy si tú no lo estás.

–No estoy segura. Por alguna razón ya no me parece algo tan malo. –Me encojo de hombros, río tímidamente–. Puede que esté soñando o algo así.

Me pellizca el brazo.

–¿Has notado eso?

–Sí.

–Pues entonces no estás soñando.

–Ahora en serio –digo–, ¿qué piensas? ¿Es tan malo estar embarazada?

–Por Dios, Katherine. No lo sé. Quizá no sea el fin del mundo. –Sonríe, dulce, lentamente, y al mismo tiempo me mira, busca en mi cara–. Pero sin duda es algo gordo.

–Sí, lo es. –Y no sé por qué unas cuantas horas de sueño han cambiado tanto mi perspectiva, pero de repente estar embarazada ha pasado de ser un terrible desastre a algo que en realidad quiero. Me río, una burbuja de entusiasmo y esperanza me llena el vientre, la garganta–. Es algo muy gordo.

–Dios mío. Un bebé.

–Sí –digo–. Un bebé.

–Nuestro bebé.

–Sí.

–No podemos matar algo que hemos hecho juntos. Es nuestro bebé. Nuestro. Un trocito de ti y un trocito de mí –dice.

–No.

–Quiero decir, a menos que quieras hacerlo de verdad. Pero ¿tú quieres? Abortar, digo. ¿Quieres?

–No. No, no quiero. –Me permito sonreír, tener esperanzas–. Creo que quiero tenerlo. Sí, creo que quiero tenerlo.

Pasamos el resto del día en un estado de *shock* semihistérico. A la mañana siguiente se lo decimos a Philippa y ella se emociona mucho, se entusiasma y nos cuenta tantas ideas y planes de futuro que nos hace reír, tímida, alegremente. No se me han pasado las náuseas, pero ahora sé cuál es la causa, y es más fácil soportarlas. Y ahora que sé que en realidad no estoy enferma, el agotamiento, mi capacidad para dormirme a cualquier hora, me parecen síntomas leves –y de algún extraño modo, agradables– que demuestran que mi cuerpo está concentrado en crear a otro ser humano.

Vamos a la biblioteca y pido prestados un montón de libros sobre el embarazo. Contienen fantásticas imágenes de embriones en varios estados diferentes de desarrollo. Tratamos de calcular con exactitud cuántas semanas tiene nuestro bebé, y buscamos la imagen correspondiente. Es increíble pensar que es probable que tenga brazos y piernas, ojos, una boca, una nariz. Un corazón que late.

Mick piensa que tenemos que buscar un piso para irnos a vivir juntos.

–Llevo soñando con una chica como tú toda mi vida. No necesito más tiempo, no necesito conocerte mejor. Solamente necesito estar contigo. –Y cuando me pregunto en voz alta si eso no es comprometerse demasiado, si no estamos yendo muy rápido, él se ríe y niega con la cabeza–. Vamos a tener un bebé, Katherine. No hay mayor compromiso que ése. Ahora ya es demasiado tarde para hacer las cosas despacio. Es demasiado tarde para hacer las cosas de forma sensata. –Y entonces me abraza, me besa–. No te preocupes. Todo va a salir bien. No te preocupes.

En medio de la noche me susurra:

–Casémonos. Vayamos a la oficina de registro. Mañana.

Me río y le digo:

–Ni hablar, sólo tengo diecisiete años, no seas loco –pero me emocionan sus ideas románticas, que esté tan enamorado como yo, que hasta piense en casarse conmigo.

Pero alquilar un piso juntos no es una idea tan alocada. En realidad tiene mucho sentido. Mick no puede trasladarse al piso de Vivien, y el suyo es demasiado pequeño. Y además no podemos esperar que su compañero de piso nos aguante a los dos y al bebé.

A la mañana siguiente me despierto temprano, antes que Mick. Me levanto y hago té. Vuelvo a la habitación con una taza y el periódico del día anterior. Me meto en la cama, abro el periódico y empiezo a buscar en los anuncios de alquileres.

–Éste puede ser guay –digo al cabo de un rato–. Un dormitorio, parqué, cocina nueva. No muy lejos de Bondi Beach. Trescientos cincuenta a la semana.

Mick abre los ojos y sonríe lentamente, a medida que se da cuenta de lo que estoy diciendo.

–Léelo otra vez –me pide–. No te he oído bien.

–Un dormitorio, parqué, cocina nueva –repito, pero casi inmediatamente después pierdo algo de entusiasmo por algo de lo que acabo de darme cuenta. Suspiro–. Voy a tener que llamar a mis padres. Querrán conocerte. No podemos organizar todo esto antes de que les hable de ti. Ellos me pagan el alquiler, el coche, me dan dinero cada mes, me mantienen.

–Por supuesto. –Mick se sienta, me pone la mano en la pierna–. Pero estaremos bien. Incluso si no quieren pagarnos el alquiler cuando vivamos juntos. Ya nos las arreglaremos de alguna manera. Buscaré un trabajo.

–No tienes que hacer eso. Ellos no son así. Nunca me dejarían sin nada. Lo harán todo por mí.

–Es comprensible.

–Pero ¿sabes?, hay algo que no aceptarían. Nunca. Ni en un millón de años.

–¿El qué?

–Tu moto. Se pondrían enfermos sólo de pensar que ya me he montado en ella.

–Ya. –Se encoge de hombros–. Mis padres también la odian. Son cosas peligrosas.

–Entonces, ¿por qué la tienes si piensas que es tan peligrosa?

–Es divertido. –Se ríe–. Me gusta la velocidad. No puedes pasarte la vida asustado por todo.

–Yo no estoy asustada por todo –replico, molesta de repente–. De todos modos, eso no es tener miedo y, además, he hecho cosas estúpidas un montón de veces. Y yo...

–Yo no he dicho que estés asustada por todo –me interrumpe–. Ni siquiera hablaba de ti. Lo he dicho en un sentido amplio, general. –Frunce el ceño, y ahora su voz es cortante, desagradable–. No te preocupes, de todos modos ya había pensado venderla.

–Bien. Deberías. Tenemos mi coche –digo, también bruscamente–. No vale la pena morir por divertirse un poco. ¿Y cuál es el gran problema? Haces que parezca un gran sacrificio deshacerte de ella.

–Es que es un sacrificio. Es mi moto. La amo.

Lo miro, incrédula.

–¿La amas?

–Sí.

–Es un objeto inanimado. No puedes amar una cosa, un montón estúpido de metal.

–Bueno, pues la amo. Venderla me pone triste. Voy a echarla de menos.

Lanzo el periódico a un lado y me levanto, pongo los brazos en jarras.

–¿Vas a echarla de menos? –repito, a punto de echarme a llorar. Sé que estoy siendo irracional, que estoy exagerando, pero no puedo evitarlo–. ¿Te pone triste venderla? –Enfadada, me señalo la barriga aún lisa–. ¿Y qué pasa conmigo? ¿Qué pasa con todo el sacrificio que tengo que hacer? ¿Qué hay de todas las cosas que me van a poner triste a mí?

Pero él no muerde el anzuelo, no quiere pelearse. Por el contrario, me tiende la mano.

–Vuelve a la cama.

–No.

–¿Por favor?

–No.

–Odio esa moto –dice–. Es fea, roja, y odio el rojo. Tú eres mucho más bonita. Y hueles mejor.

Intento seguir enfadada, mantenerme seria, pero no puedo y me echo a reír.

–Eres un idiota –digo, y vuelvo a meterme en la cama, debajo de las mantas, y me aprieto contra él–. A mí también me gusta la moto. No sé por qué he sido tan antipática. Yo también me pondré triste cuando la vendas.

–Lo sé.

–Pero si mamá y papá se enteran de que...

–Lo sé. No te preocupes. Me gustas más tú que la moto. Pero sólo un poquito más.

–Tendrás que conocerlos –insisto–. Y pronto.

–Sí. Y tú también tendrás que conocer a mis padres. Todo tiene que ser oficial.

–Lo sé –suspiro, y hundo la cara en su pecho–. ¿No te pone un poco nervioso? ¿Que ellos piensen que estamos locos por tener un bebé? ¿Por ponernos a buscar ya un piso de alquiler? ¿Por irnos a vivir juntos?

–Sí, seguro que pensarán que estamos locos. Al principio. Pero les demostraremos que se equivocan. Y cuando mis padres te conozcan te querrán.

–Y los míos a ti –digo.

Pero me gustaría sentirme tan segura como parezco. No creo que mamá y papá vayan a alegrarse de toda esta situación. Puedo imaginarme sus caras cuando se lo digamos: el reproche silencioso de mamá, la conmoción de papá. No hablarán mucho, nunca me gritarían, pero estoy seguro que se lo tomarán como una tragedia, como una especie de desastre, y las miradas de dolor en sus rostros serán un millón de veces más duras que cualquier muestra de ira. Preferiría oírles gritar.

No sólo estoy preocupada por su reacción ante mi embarazo, sino que también tengo un renovado sentimiento de culpa por Rachel. Mi vida se está desarrollando, continúa, toma forma de una manera nueva e inesperada. Y como habría dicho mi psicóloga –aprobando la situación–, sigo adelante. La muerte de Rachel ya no es tan crucial, ya no me define, y es inevitable que cuanto más viva, cuantas más cosas me pasen, más insignificantes se volverán su vida y su muerte. Olvidaré. Ya no la echaré de menos cada minuto del día. Siento que es, de alguna manera, una traición, otro ejemplo de huida, otra manera de abandonarla.

Y es algo que también les hará daño a mis padres. Cada vez que pasa algo importante en mi vida, desde acabar los exámenes finales hasta enamorarme o quedarme embarazada, se convierte en un cruel recuerdo de todo lo que nunca tendrá Rachel, de todo lo que nunca hará.

Cierro los ojos y trato de no pensar ni en Rachel ni en mis padres. Me acurruco junto a Mick, respiro el olor ya familiar de su piel. Y aunque sólo llevo despierta una hora, estoy cansada y me deslizo en un sueño dulce, inconsciente.

32

–Está muy bien –apruebo. Miro una vez más la sala de estar iluminada por el sol–. Un poco pequeño, pero es muy bonito y soleado. A Mick le gustará, ¿no crees?

El piso es pequeño pero luminoso. El suelo es de madera, las paredes, blancas. Hay un dormitorio pequeño con una sala aún más pequeña comunicada por una puerta, anunciada como estudio, que es perfecta para un bebé. Hay una sala de estar con la cocina más pequeña que he visto en mi vida, empotrada en una pared. En realidad es poco más que un fregadero, un horno y un armario. Pero es un lugar limpio y alegre. Philippa está a mi lado, me echa el brazo por los hombros.

–Le encantará –dice–. Porque tú estarás aquí con él.

–¿No crees que es demasiado pequeño?

–Es muy acogedor.

–¿Estaremos bien aquí? ¿Mick, yo y el bebé?

–Claro que sí. ¿Cuántas habitaciones necesita un bebé?

–¿Debería hacer una solicitud?

–Por supuesto. Y pregúntales si puedes venir a verlo mañana otra vez. Con Mick, aunque estoy segura de que le encantará, no te preocupes. –Y se pasea por la habitación pequeña, sonriendo–. Ya os estoy viendo. Tu pequeña familia. Será fantástico. Como un cuento de hadas. Viviréis felices para siempre. Una princesa en su castillo.

–En su castillito. Un castillo como una caja de zapatos.

Me río, pero me gusta la imagen que ve Philippa de mi futuro. Me gusta que sea optimista y que crea que voy a ser feliz.

Relleno la solicitud y se la doy al agente inmobiliario, y luego Philippa y yo bajamos la escalera comunal hacia a la calle.

–Vamos a comer algo –propone ella–. ¿Tienes hambre?

–Sí. Ahora siempre tengo hambre. Lo que pasa es que la mayoría de las cosas que me gustaban ahora me hacen vomitar.

Y cuando Philippa y yo decidimos qué podríamos comer veo a Alice.

Está al otro lado de la calle, pero no puedo esconderme, o tratar de meterme en la primera tienda sin que me vea, porque en realidad ya nos ha visto. Está quieta, nos mira con una extraña sonrisa en la cara. El corazón se me desboca. Esto no es una coincidencia. Me está siguiendo.

–¿Qué? ¿Qué pasa? –Philippa se vuelve hacia donde miro–. Joder. Alice.

Alice levanta los brazos.

–¡Katherine! ¡Espera! ¡Espera un minuto!

Y antes de que tengamos la oportunidad de irnos ya ha cruzado la calle y camina rápidamente hacia nosotras.

–¿Cómo estás? ¿Cómo te fue con el test? ¿Salió lo que te esperabas? –me habla a mí, evita mirar a Philippa.

Y sé que debería echar a andar, irme, pero me quedo allí, paralizada.

–Apuesto a que Helen está feliz de convertirse en abuela. –Cruza los brazos sobre el pecho y me mira con malicia–. Oh, pero seguro que aún no se lo has dicho, ¿no? ¿Eh? Te gustan tus sucios secretitos, ¿verdad, Katherine? ¿Eh, santurrona? –continúa–. Ah, por cierto, yo estoy bien, gracias, fantástica, gracias por preocuparte. –Me enseña una sonrisa antinatural, un gesto artificial de los labios, y después frunce el ceño de repente–. Pero tengo que admitir que estoy un poco decepcionada, ya sabes, molesta con alguien que creía que era mi amiga.

–Tenemos prisa, Alice –dice Philippa–. Tenemos que irnos.

Alice la ignora.

–Pero no debería sorprenderme en absoluto. Sabiendo lo que sé, ¿no? Las personas no cambian. Una cobarde es una cobarde. ¿No estás de acuerdo, Katherine? –Y se ríe con desprecio, inclina la cabeza hacia atrás. Pero se calla de repente y se me acerca mucho–. Pero tú eres algo más que una simple cobarde, ¿verdad, Katherine? Tú echaste a correr y dejaste que asesinaran a tu hermana. Y, ahora que lo pienso, la mataron porque te escapaste. ¿Has pensado en ello? Aquellos chicos probablemente os iban a violar a las dos. Seguro que enloquecieron cuando se dieron cuenta de que te habías escapado. Enloquecieron y mataron a la pobrecita Rachel. Así que eres algo más que una cobarde, Katherine, ¿verdad? Eres más bien una cómplice o algo así. Quiero decir, mataron a tu hermana por tu culpa, ¿no? Tú salvaste el pellejo. A expensas de Rachel. Tú sólo salvaste tu valioso pellejo.

–Cállate, Alice –la interrumpe Philippa en voz baja, fría, seria. Me agarra del brazo y me acerca a ella–. Calla de una vez la puta boca, zorra, o te daré tan fuerte que no despertarás en una semana.

Las palabras de Philippa, la inesperada agresión, me sorprenden tanto que me quedo allí de pie, mirando y con la boca abierta.

–Oh. Vale. –Alice mira a Philippa de arriba abajo, se burla. Pero ha perdido la confianza altiva que demostraba un momento antes, y ahora se le nota la inseguridad en la voz–. Así, ¿éste es el tipo de persona con la que quieres salir ahora, Katherine? ¿Escoria? Bueno, queda claro. Después de todo, Dios los cría y ellos se juntan.

Philippa me pasa el brazo por los hombros y me empuja levemente; le damos la espalda a Alice. Caminamos deprisa en dirección opuesta.

–Adiós, señoritas –grita Alice detrás de nosotras con una voz fingida–. Ha sido un placer encontraros. Nos vemos pronto, espero.

–No puedo creer que le hayas dicho eso –digo, tanto por lo despreciable que ha sido Alice como por una especie de alegre sorpresa por la inesperada valentía de Philippa.

–Lo sé. No he podido evitarlo, me sulfura. –Suspira–. Mi madre estaría avergonzada.

–Creo que ha sido maravilloso. Ha sido como si la reina Elizabeth o alguien así de repente amenazara a alguien con golpearle. Ha sido genial.

Philippa se vuelve para mirar hacia atrás.

–Ya podemos ir más despacio. Se ha ido en dirección opuesta. Alice es escalofriante, Katherine. Es una psicópata, de verdad. Da un poco de miedo.

–Lo sé. ¿Crees que me está siguiendo? Aparece cuando menos me la espero. No puede ser una coincidencia.

–Puede que sí. Supongo que no soporta que ya no quieras ser su amiga. No lo acepta. Se siente herida, probablemente le has herido el ego. –Philippa se detiene, vuelve la cara hacia mí–. Pero no te has tomado a pecho lo que ha dicho, ¿verdad? Todas esas cosas horribles sobre lo de Rachel. Sabes que todo lo que ha dicho es una patraña, ¿verdad?

–Es difícil no hacerle caso –confieso. Miro al suelo, hablo en voz baja–. Porque tiene razón. Abandoné a Rachel allí. Me fui corriendo. Y es algo que hasta la defensa contó en el juicio. Dijeron que aquellos chicos nunca habían tenido la intención de matar a nadie. Que lo hicieron porque enloquecieron. Les entró pánico cuando desaparecí.

–¿Y qué? Claro que dijeron cosas como ésa. No iban a admitir que ya habían planeado matar a Rachel. Ésa era la única oportunidad que tenía la defensa. No importaba si era o no verdad.

Me vuelvo y veo a Alice caminando en dirección opuesta.

–Pero ¿cómo ha podido saber eso ella? ¿Cómo es posible que siempre sea capaz de decirme las cosas más hirientes? ¿Cómo alguien tan obsesionada consigo misma tiene tan buen ojo?

–Porque está completamente podrida por dentro. Y es experta en hacer daño. Sabe meter el dedo en la llaga de la peor manera posible. Y, además, probablemente habrá leído los periódicos de entonces o algo así. Habrá investigado. Habrá buscado el mejor modo de hacerte el mayor daño posible. No me sorprendería nada.

–Sí. Quizá sí. Pero eso no cambia el hecho de que pueda tener razón. Yo huí. –La miro a los ojos–. Yo huí, Philippa.

–Claro que huiste. –Mira hacia atrás–. ¿Qué otra cosa podías hacer?

–Podría haber cuidado de ella mejor. Podría haber evitado que se emborrachara hasta caerse. Podría haberlo hecho bien y llevarla a casa en vez de a la fiesta.

–Podías. Pero no lo hiciste. Y...

–Exacto. No lo hice –la interrumpo–. Pero debería haberlo hecho. Debería haber hecho un montón de cosas. ¿Y sabes qué? Hay más. Algo que nunca he admitido ante nadie.

–¿El qué?

–Aquella noche yo estaba muy cabreada con Rachel. No quería que viniera a la fiesta. No la quería allí. Estaba furiosa. Yo quería estar con mis amigos, y a ella ni siquiera le gustaban las fiestas. –Y de pronto me echo a llorar inesperada, ruidosamente–. ¡Ella ni siquiera tendría que haber estado allí!

Philippa me coge del brazo y me lleva por la calle hasta un parquecito. Nos sentamos en un banco, una al lado de la otra. Me tapo la cara con las manos y lloro. Philippa me rodea los hombros con el brazo y espera.

–Lo siento –me disculpo cuando me calmo lo suficiente como para poder hablar–. Últimamente siempre lloro. Es patético.

–No digas eso. Llorar no es patético.

–No. Probablemente no –digo–. Es que está presente a todas horas. Todo lo que me pasó con Rachel. ¿Se supone que me voy a sentir mal para siempre? ¿Durante toda mi vida? ¿Es mi castigo por estar viva?

–Claro que no –niega con la cabeza–. Pero ¿qué es lo que hace que te sientas mal? Quizá deberías decírmelo. Explicármelo. En fin, ya lo sé, pero en general, por supuesto; quizá podrías ser más específica. Quizá deberías tratar de expresarlo con palabras, sacártelo de dentro o algo así.

Y a pesar de que dudo mucho que hablar sirva de algo, tengo la repentina urgencia de escupirlo todo fuera, de confesar mis pensamientos más oscuros.

–Yo estaba muy enfadada porque Rachel venía a la fiesta –digo–. Antes, a ella no le interesaban las fiestas, no iba a ninguna. No iba ni que le pagaras por ello. Pero fue como si de repente cambiara. Poco a poco se fue haciendo más sociable. Se abrió. Y no me gustó. Ella era la chica tímida. La niña buena. El genio. Yo era la chica de las fiestas, no ella. Yo era la popular... Sentía como si ella fuera a apartarme de todo aquello. Ella tenía tanto talento, era tan perfecta... Si empezaba a ser sociable lo tendría... No sé. Entonces lo tendría todo. Todo el mundo la querría aún más. Y yo me volvería invisible –hablo en voz baja, estoy completamente avergonzada–. La odiaba por eso.

Philippa guarda silencio durante un minuto, piensa, y yo me pregunto si mi confesión la ha indignado.

–Cuando Mick era pequeño era absoluta y totalmente inútil en la escuela –dice por fin–. Iba retrasado en todo: Lectura, Matemáticas, todo. Tenía que hacer un montón de clases de repaso y todo eso para no repetir curso. Yo era la cerebrito y fingía que sentía pena por él. Pero en realidad me encantaba. Me encantaba ser mucho más inteligente que él, porque él era mejor en todo lo demás. Era bueno en los deportes y era divertido y guapo y tenía muchos amigos. Y yo era aquella idiota llena de pecas y con el pelo horrible y pelirrojo que pasaba totalmente desapercibida, cosa que era completamente injusta, pero eh... –Baja los ojos, me mira la barriga–. Tu bebé lleva sus genes así que deberás tener cuidado. Pero volviendo a lo que decía, cuando a Mick le faltaba un año para acabar el instituto empezó a cambiar de repente. Se lo tomó en serio y estudió mucho. Y se convirtió en el primero de la clase en casi todas las asignaturas. –Menea la cabeza–. Estaba tan cabreada. Tan ridículamente celosa... Y yo ni siquiera estaba ya en el instituto. Pero no podía soportarlo. Aunque tengo que decirte algo. –Y ahora sonríe–. Él nunca fue delegado de curso, y yo sí.

Me río.

–La cosa es que ahora, sin embargo –continúa–, estoy muy contenta de que sea inteligente. Odiaría que no le gustaran los libros, y leer, y pensar. Sería una mierda que fuera un imbécil. No tendríamos nada en común. Sería una desgracia.

–Una desgracia terrible.

–¿Te das cuenta? Con tanta divagación sin sentido he hecho que veas las cosas mejor, ¿no? Probablemente no vuelvas a llorar nunca más. –Philippa se acerca más a mí, ahora habla más en serio–. Así que no eras la hermana perfecta. ¿Y qué? Tú no mataste a nadie. Lo que pasó no fue culpa tuya. Hiciste lo que cualquiera con dos dedos de frente habría hecho en tu situación. Escucha, ¿cómo crees que se sentirían tu madre y tu padre si os hubieran matado a las dos? ¿Con sus dos hijas muertas? ¿Habría sido mejor? Porque eso es lo que habría pasado si no te hubieras escapado, si hubieras elegido enfrentarte a ellos. Sólo habrías empeorado las cosas.

–Quizá sí –le digo–. Quizá no. Nunca lo sabremos, ¿verdad? Pero yo fui la que la llevó a la fiesta. Y tal vez si me hubiera quedado donde estaba, en aquel almacén, ellos habrían violado a Rachel y luego la habrían dejado. Puede que si yo no hubiera huido, no la hubieran matado. Quizás aún estaría viva.

–Pero si quieres creer eso, si quieres culparte por escapar o por llevar a Rachel a la fiesta, entonces, ¿qué pasa con tus padres? Ellos deben de culparse por no haber estado en casa. Tienen que culparse por dejarte a ti a cargo de tu hermana. ¿Y qué hay de aquel chico, tu novio, el que te dejó sola en el coche con aquellos tipos? Él también tiene que culparse. La culpa se extiende con rapidez... como el veneno. Y, sí, puede que todos los que estuvieron implicados sientan cierto pesar, se pregunten si las cosas podrían haber sido diferentes si hubieran hecho esto o aquello. Pero una decisión equivocada no te convierte en una asesina. Eras una niña de quince años y fuiste a una fiesta. Rompiste una regla. ¿Y qué? Hiciste lo que hubiera hecho cualquier chica de quince años. No podías saber qué pasaría. Tienes que dejar de pensar así. Es de locos. Los únicos responsables de la muerte de Rachel son quienes la mataron. Tú fuiste una víctima, Katherine. Tú y Rachel, y tus padres, fuisteis las víctimas. Te viste en una situación terrible e inesperada e hiciste lo que creíste mejor en aquel momento.

Asiento con la cabeza y sonrío y dejo que Philippa crea que me ha hecho sentir mejor, que me ha dicho algo que no había oído antes. El problema de las palabras es que a pesar de que en teoría tengan mucho significado no pueden cambiar lo que sientes en tu interior. Y lo que estoy empezando a comprender es que todo esto no tiene un final real, no hay una absolución. La muerte de Rachel y mi propia parte en ella es algo con lo que tendré que vivir para siempre. Lo mejor que puedo esperar es aprender a perdonarme a mí misma por no ser la hermana perfecta.

33

Cuando llego a casa esa tarde, Mick ya está, me espera. Abre la puerta antes de yo tenga ocasión de llamar –feliz y sonriente– y me abraza en cuanto estoy dentro.

–Nos han llamado. –Se ríe–. Tenemos el piso. Podemos trasladarnos la semana que viene.

Me coge de la mano y me lleva a la cocina, saca un taburete y me tiende un vaso de zumo de naranja recién exprimido. Ha preparado comida. Ha cortado verduras y las ha puesto en un plato –pimientos, champiñones, judías– y la pequeña cocina, que normalmente está hecha un caos, se ve muy limpia.

–He pensado que podíamos celebrarlo con algo sano. Un sofrito.

–Suena genial.

–Puede que sea un desastre, pero al menos lo he intentado. Oye, Philippa me ha dicho que os habéis topado con Alice. –Me mira preocupado–. ¿Estás bien?

–Sí –digo–. Estoy bien.

Me siento pesadamente en el taburete y apoyo los codos en la encimera.

–Philippa me ha contado que Alice te ha dicho cosas terribles. Me ha explicado que estabas enfadada.

–Lo estaba, supongo. Pero en realidad no por lo que haya dicho Alice. En realidad no. Yo sólo... bueno, no me ha dicho nada que no me haya dicho yo misma un montón de veces. Así que supongo que no ha sido Alice la que me ha enfurecido.

–¿Qué quieres decir?

–Bueno, está claro que es una mala persona y todo eso. Y trata de ser cruel deliberadamente, lo sé. Y su maldad da miedo; quiere hacerme mucho daño. Pero lo que dijo ya me rondaba por la cabeza de todos modos. Está ahí siempre. Yo abandoné a Rachel, la dejé allí y la mataron. –Levanto la mano y subo la voz cuando veo que Mick está punto de protestar–. Es verdad. Son hechos irrefutables. Yo la llevé a la fiesta y dejé que se emborrachara. Fui la responsable de eso. Y todos esos pensamientos están siempre ahí. Dentro de mí. Son una parte de mí. No ha sido Alice quien los ha puesto ahí. De hecho, creo que Alice es la única persona que ha sido completamente honesta. La única persona que se ha atrevido a decir las cosas que todo el mundo ha pensado alguna vez.

–Pero tú no podías...

–Por favor, Mick –lo interrumpo–. Sólo escucha. Aún no he acabado.

–Vale –dice–. Continúa.

–Lo siento. Es que hoy me he dado cuenta de algo. De algo bueno, me parece.

Asiente.

–Yo solía pensar que llegaría un momento en que me sentiría mejor. Como por arte de magia. Pensaba que un día me despertaría y ya no estaría triste nunca más. No me sentiría culpable nunca más. Algo así como ¡zas!, y ya lo habría superado. Y esperaba que llegara ese día. Pensaba que en cuanto llegara el día en que me sintiera bien empezaría a vivir la vida, a disfrutar de ella otra vez. –Me río, un poco avergonzada por la emoción de mi voz–. Pero de lo que hoy me he dado cuenta por fin es de que no va a ser así. Es algo que llevaré conmigo. Para siempre. Y está bien. Está bien. Lo acepto.

–Es genial, Katherine, pero ¿no crees que...?

No puedo oír lo que está punto de decirme porque de repente alguien llama a la puerta insistentemente.

–Dios. –Mick me mira y niega con la cabeza–. ¿Quién...?

–¡Katherine! ¡Katherine! ¿Estás ahí? –Un hombre grita desesperadamente al otro lado de la puerta, golpea tan fuerte que tiemblan las paredes–. ¡Katherine! ¡Abre!

–Oh, Dios mío. –Me siento, erguida y tensa, se me encienden las mejillas–. Creo que es mi padre.

–¿Qué? ¿Por qué?

–No lo sé –digo, y me levanto y echo a correr por el pasillo, abro la puerta justo en el instante que mi padre grita mi nombre otra vez.

Mamá y papá están ahí, uno al lado del otro, en la entrada. Parecen sorprendidos de verme, como si en realidad no se lo esperaran. Se miran uno al otro y luego me miran a mí. Parecen extrañamente tensos.

–¡Papá! ¡Mamá! ¿Qué pasa? ¿Qué estáis haciendo aquí?

–Oh, Katherine. –Mamá se adelanta y me abraza contra su pecho–. ¿Estás bien? ¿Estás bien?

–Sí. –La abrazo con fuerza y luego me aparto–. Estoy muy bien. Todo está genial. Pero ¿qué estáis haciendo aquí? Ocurre algo?

Y entonces mi padre me coge la barbilla, me levanta la cara y me mira a los ojos directamente.

–¿Estás segura de que todo va bien? –insiste–. ¿Estás completamente segura?

Doy un paso atrás y frunzo el ceño.

–¿Qué os pasa? –pregunto, y miro primero a uno y después al otro–. Me estáis asustando. ¿Qué hacéis aquí?

Al momento siguiente Mick se halla detrás de mí, me ha cogido de la mano, ha extendido la otra para saludar a mis padres.

–Hola. Soy Mick. ¿Quieren pasar adentro?

Papá rehúye la mano tendida de Mick y lo mira de arriba abajo con una expresión evidentemente grosera que nunca le he visto antes.

Mamá da un paso hacia delante y sonríe –pero es una sonrisa forzada, artificial, que no se refleja en los ojos– y le estrecha la mano a Mick.

–Mick. Soy Helen. Éste es mi marido, Richard. Y sí, querríamos entrar. Gracias.

Mick y yo nos hacemos a un lado para dejar paso a mis padres. Los seguimos, y Mick me mira con curiosidad a sus espaldas. Pero yo me encojo de hombros. Tengo tanta curiosidad como él por saber qué hacen aquí y por cuál es la causa de su extraño comportamiento.

Vamos a la cocina, que es luminosa y está limpia y llena de cosas preparadas para cenar. Me fijo en que mamá y papá se miran el uno al otro. Parecen tan confundidos como yo.

Mamá se vuelve hacia nosotros.

–Vamos a ser sinceros –dice–. Alice nos llamó.

–Oh –me lamento, y la aprensión que me produce su nombre hace que me sienta cansada instantáneamente–. ¿Por qué? ¿Qué quería?

–Estaba preocupada por ti, cariño –empieza mi madre, pero mi padre la interrumpe con su voz ronca.

–Alice dijo que estabas tomando drogas. Dijo que estabas viviendo con un... –señala a Mick con la cabeza–, bueno, en palabras de Alice, con un motorista drogadicto y asilvestrado. –Y entonces me mira, y parece tan pequeño y tan triste y tan asustado que casi no puedo soportarlo–. También nos ha dicho que estás embarazada.

Podría defenderme fácilmente. Después de todo, no tomo drogas y Mick no es un salvaje. Hay muchas evidencias para demostrar que no es verdad: el piso está limpio, hay comida sana, hay un par de zumos de naranja, por Dios. Pero que sepan que estoy embarazada me ha cerrado la garganta y estoy avergonzada y no puedo decir una palabra.

–Alice es una mentirosa –dice Mick, y yo lo miro, agradecida. Es decente, tiene sentido común y es honesto. Tienen que darse cuenta por fuerza–. Katherine no toma drogas. Eso es ridículo. –Mira a mi padre a los ojos con una expresión completamente abierta, con una mirada sincera y valiente–. Y yo tampoco.

Nadie dice nada durante un momento, pero mamá y papá se miran el uno al otro y es evidente que las expresiones de sus caras son de alivio. Quieren creer lo que les dice Mick, está claro.

–Pero ¿por qué Alice nos ha dicho todas esas cosas? –pregunta mamá, y ya puedo oír la esperanza en su voz.

–Porque tiene problemas –dice Mick–. Problemas mentales serios.

–¿De verdad? –Papá me mira, arquea las cejas. Toda la tensión y hostilidad de hace un momento han desaparecido–. Katherine, ¿de verdad? ¿Me lo prometes? ¿No tomas drogas?

–No, papá –niego con la cabeza, sonrío–. Claro que no. Te lo prometo. No puedo creer que hayas podido pensar que era verdad ni por un minuto.

–No sabíamos nada de ti –dice mamá–. No contestabas al teléfono en casa de Viv y no te encontrábamos en el móvil. Te dejamos unos cuantos mensajes, cariño. Por lo menos diez. Nosotros sólo... Bueno, en realidad ya estábamos empezando a preocuparnos antes de que llamara Alice.

–Oh, Dios. Lo siento, mamá. He apagado el móvil. Lo he hecho porque no quería hablar con Alice. No tenía ni idea de que os había llamado. De que os había dicho semejantes mentiras. Todo esto es una locura. Lo siento mucho. Es culpa mía. Tendría que haberos llamado, tendría que haberos dicho dónde estaba.

–Ahora ya no importa. –Mamá niega con la cabeza, y antes de que pueda parpadear de nuevo veo lágrimas en sus ojos–. Mientras estés bien, ya no importa.

Y entonces, casi simultáneamente, mamá y papá dan un paso adelante y me abrazan. Me besan en la cabeza, en las mejillas, y se ríen. Aliviados y felices. Cuando nos apartamos y nos recomponemos, los tres allí de pie, nos miramos un poco avergonzados, hasta que Mick separa las sillas de la mesa, nos dice que nos sentemos y nos da tres vasos de zumo de naranja.

–Ahora me siento tonta –dice mamá; pone la mano encima de la mía y entonces se dirige a Mick–. Debes de creer que somos horribles, apareciendo de este modo. Con todas esas acusaciones locas.

–No. Sólo enfadados. Como estaría cualquier padre.

Niega con la cabeza, mira a mi madre y muestra una sonrisa maravillosa, y por su respuesta veo que ella está encantada.

–Supongo que sí. –Y después me mira, y se ríe, me aprieta la mano antes de soltármela–. Estoy tan contenta de que estés bien, cariño. Estábamos tan preocupados. Tan asustados. No te lo puedes ni imaginar.

Y durante un buen rato, aunque provocada por las circunstancias, se nota una extraña sensación de felicidad, casi de celebración. Mick insiste en que mis padres se queden a cenar. Nos sentamos juntos a la mesa y cenamos, y papá nos explica la conversación telefónica con Alice. Y aunque me cuesta creer que haya tenido el valor de decir todas esas mentiras, y me asusta un poco que demuestre tanto rencor hacia mí, no puedo dejar de sentir una cierta compasión por ella. Sus acciones sólo han hecho que me acerque más a mis padres, y aunque nunca habría dudado de su amor por mí, me conmueve su evidente preocupación, su pánico. Me siento querida. Amada.

Pero mis padres no me preguntan si estoy embarazada –o asumen que todo lo que les dijo Alice es mentira, o están demasiado asustados para preguntar–, ni Mick ni yo lo mencionamos. Y mientras comemos, y hablamos y reímos, no dejo de pensar en diferentes maneras de decírselo: «Oh, mamá, papá, por cierto, no todo lo que os dijo Alice es mentira. ¡Estoy embarazada de verdad! ¿No estáis emocionados? ¡Vais a ser abuelos!». Pero es algo demasiado importante como para dejarlo caer en la conversación, es algo tan duro y serio y permanente que no digo nada. Cada vez que Mick habla me imagino que va a decírselo, y el corazón se me dispara. Pero no lo hace, y pasamos la cena hablando de Alice. Y de música. Y de cómo nos conocimos Mick y yo.

Cuando acabamos, Mick insiste en fregar los platos. Me mira con complicidad cuando mis padres están de espaldas y me hace una seña con las manos para que me los lleve a la sala de estar. Sé qué es lo que está haciendo. Trata de darme un poco de privacidad para que les hable de mi embarazo.

Pero cuando les pregunto si quieren venir y sentarse un rato conmigo, con la excusa de que quiero enseñarles algunas fotos de las últimas semanas de instituto, mi padre se niega. Quiere echarle una mano a Mick con los platos, me dice. Mamá se encoge de hombros y se me lleva de las manos.

–Deja que lo haga –me susurra–. Seguro que quiere conocer a tu chico.

Y aunque he ensayado muchas manera diferentes de decirlo amablemente, con tacto, al final, cuando estamos solas, lejos de las miradas de papá y de Mick, simplemente se lo suelto.

–Estoy embarazada.

–¿Qué? ¿Perdona? –Mamá se detiene, se vuelve a mirarme. Frunce el ceño–. ¿Qué has dicho?

–Estoy embarazada.

–¿Embarazada? Dios bendito. Bueno, entonces no todo era mentira.

Se da la vuelta, pero no antes de que pueda ver que le afloran las lágrimas a los ojos, que le tiembla la barbilla.

–Por favor, mamá. Por favor. Ya sé que estás decepcionada. Ya sé que esto no es lo que esperabas de mí. Lo sé. Tampoco es lo que yo quería. Pero te prometo, mamá, que estaremos bien. Te lo prometo. No te preocupes, Mick es fantástico. No está a punto de echar a correr ni nada de eso. Lo haremos bien. Lo conseguiremos. Todo saldrá bien. Iré a la universidad. Estudiaré una carrera, te lo prometo. Todo irá bien, mamá. Todo irá bien.

–¿Embarazada? –repite, como si le costara entender la palabra. Se acerca al sofá y se deja caer pesadamente–. Embarazada.

Me siento a su lado. Bajo la cabeza, me miro las manos, me toco las costuras de los vaqueros, nerviosa.

–Te he decepcionado, ¿verdad?

–No –dice–. No.

–Te avergüenzas de mí.

–No –dice–. No me avergüenzo. –Y ahora su voz es firme, indignada–. Katie. No lo comprendes. No estoy decepcionada, no es eso. No, en absoluto. Y, cariño, la palabra «avergonzada» ni siquiera forma parte de mi vocabulario. Claro que es un poco chocante que estés embarazada ahora, y es un poco difícil de asimilar. Pero por Dios, Katherine, hace sólo unas horas estábamos preocupados porque estuvieras tomando drogas. Hemos pensado seriamente que te habíamos perdido. –Suspira, niega con la cabeza–. Se me murió una hija. Estoy más allá de... Nunca pensaría de ese modo.

La miro. Estoy confundida. No tengo ni idea de en qué está pensando, no tengo ni idea de qué va a decir.

–Katie. Corazón. –Sonríe–. Probablemente no tendría que decir esto, o siquiera pensarlo, estoy segura de que viene en el manual de los buenos padres, pero tienes que entender que es muy difícil para mí decir que esto es una catástrofe.

–Oh –digo–. Entonces, ¿qué te parece?

Y se lleva un dedo a los labios, mira al techo por un momento, después me mira y sonríe. Es una sonrisa alegre, pícara, con un poco de sentido de culpabilidad.

–Creo que en realidad me siento muy emocionada, si te soy sincera, muy contenta.

Debo de parecer tan sorprendida como en verdad lo estoy porque ella se echa a reír, se acerca más a mí y me pasa el brazo por los hombros.

Habla tranquila, con confianza.

–Puede que me equivoque, o que incluso esté siendo egoísta, pero creo que es algo maravilloso. Estás aumentando nuestra familia, estás creando una nueva persona para que la queramos. Estás creando vida, cariño, estás... estás viviendo la vida. Creo que eso es maravilloso, en realidad, si te soy sincera. Voy a tener un nietecito, una nueva persona a quien amar... ¿y tengo que explicarte por qué no se me ha ocurrido que fuera algo malo? Y creo que tu chico es celestial, de verdad, un caballero absoluto. Y hablar con él es una delicia, y es muy inteligente. –Y entonces se saca un pañuelo del bolsillo y se seca los ojos, se suena–. Recuerdo perfectamente cuando me quedé embarazada de ti. Todas aquellas esperanzas inocentes, toda la emoción.

–Entonces, ¿me aseguras que no estás decepcionada? ¿No estás enfadada?

–No, de verdad.

–¿No crees que estemos locos por tener el bebé cuando casi ni nos conocemos?

–Quizá. No puedo decirlo. Pero creo que tenéis tantas posibilidades como cualquier otro de permanecer juntos. Algunas personas se casan después de conocerse durante años y acaban divorciadas. La vida no te da garantías de nada.

–Pero soy tan joven... –Y no estoy segura de por qué, pero de pronto expreso todas las dudas y miedos que no me he permitido tener. Quiero que mi madre me tranquilice más, me siento tan bien al oírla decir todas esas cosas positivas que no tengo suficiente. Quiero que me diga que todo saldrá bien–. Nadie de mi edad tiene bebés. Nadie.

–No pensaba que te preocupara tanto lo que digan o dejen de decir los demás.

–Y no me preocupa. No voy por ahí. Sólo que...

–Ya sé lo que quieres decir, cariño. Sí, es algo muy gordo, sí, perderás muchas de las libertades que tienen las chicas de tu edad. Y será más duro de lo que te imaginas. Pero se abrirá otro mundo para ti. Habrá un maravilloso cambio de dimensión en tu vida, será mágico. Ser madre es eso. –Me acaricia la mejilla–. Y tu padre y yo estamos aquí para ayudarte. Tanto como podamos. Para nosotros será un privilegio.

–Estoy tan contenta de que no estés enfadada o disgustada.

–¿Disgustada? Por el amor de Dios, no. –Sonríe otra vez–. En realidad me siento ridículamente emocionada. Emocionada por ti y por Mick. Emocionada por tu padre y por mí. Y nerviosa. Y contenta. Y quiero ser yo quien se lo diga a tu padre. ¿Puedo?

–Claro que sí.

No estoy acostumbrada a verla de esa manera, tan abierta y generosa con sus emociones, y esa sorpresa debe de reflejarse en mi cara.

–¿Qué pasa, cariño? –pregunta–. ¿Qué ocurre? Pareces divertida.

–Lo siento. Es que... pareces tan diferente. Realmente feliz. Tú y papá, los dos. Es genial, por supuesto, sólo que yo... supongo que no estaba acostumbrada a eso, nada más.

–Lo sé, cariño. –Y entonces me pone la mano en la nuca, me empuja hasta que mi mejilla descansa en su pecho. Mientras habla puedo notar el murmullo tranquilizador de su voz, el ritmo regular de los latidos de su corazón–. Lo sé. No hemos sido justos, ¿verdad? Y ¿sabes qué? Tu estúpida amiguita en realidad nos ha hecho un gran favor. Papá y yo nos preocupamos mucho cuando nos llamó y nos dijo todas aquellas cosas estúpidas sobre ti. Estábamos asustados, teníamos mucho miedo de perderte. Y entonces, cuando hemos descubierto que estabas bien –respira hondo, suspira–, ha sido como si nos dieran una segunda oportunidad. Y ya lo sé, cariño, ya sé cómo te has sentido por Rachel. Sé que te sientes culpable por lo que pasó aquel día, que te sientes culpable de seguir viva cuando Rachel está muerta. Y espero que me perdones por no haberlo mencionado nunca, por no haberte dejado claro nunca que no hay absolutamente nada de qué sentirse culpable, que es absolutamente necesario que sigas con tu vida. Tiene que haber algún tipo de final, alguna clase de... oh, no lo sé... ¿cuál es esa palabra rara que ahora tanto le gusta decir a la gente?

Me inclino hacia atrás y la miro.

–¿Cierre?

–Sí. Eso es. Cierre. Tiene que haber un cierre. Al menos para ti, cariño. Ella era tu hermana, no tu hija. No está bien que sufras para siempre. No está nada bien que eso te estropee la vida.

–Pero...

Quiero hablarle de mis nuevas conclusiones, explicarle por qué ya no necesito que me diga eso.

–No –me interrumpe. Me coge de la barbilla y me mira con ternura–. He sido injusta. Sabía que estabas sufriendo y estaba demasiado metida en mi propio dolor como para encontrar las fuerzas para hacer algo al respecto. Sabía desde hace mucho tiempo que podía ayudarte a sentirte mejor si me decidía a hablarte. Y no lo hice. Y estoy profundamente avergonzada por no haberlo hecho. Pero ahora puedo hacerlo, cariño mío. –Se aclara la garganta y continúa–. Tu padre y yo no te culpamos por lo que le pasó a Rachel. Nunca lo hemos hecho. Si acaso, nos culpamos a nosotros mismos. Y ni por un segundo te imagines que hayamos deseado alguna vez que te ocurriera a ti en vez de a ella. Os queríamos a las dos por igual. Siempre lo hicimos.

Asiento con la cabeza pero no puedo hablar. Tengo miedo de echarme a llorar. De sollozar como un bebé.

–Y aunque sea algo vergonzoso, tengo que pedirte un par de favores –dice.

–Claro, mamá, lo que sea.

–En primer lugar necesito que me perdones por mi egoísmo. Por no ser una buena madre durante todos estos años, por dejar que creyeras que tu padre y yo te culpábamos de alguna manera. Porque no es así en absoluto. Nunca lo hicimos.

Y entonces me echo a llorar. No puedo evitarlo. Todo lo que con tanta seguridad creía unos momentos antes, de pronto me parece muy lejano y sin importancia. Saber que ella no me culpa me proporciona un alivio inmediato y más alegría de lo que parecía posible. Abrazo a mi madre y lloro con grandes suspiros contra su pecho. Ella me aprieta fuerte pero continúa hablando.

–Y en segundo lugar, lo que necesito es que vivas tu vida. Que vivas la vida de la manera más feliz que puedas. Y nunca,

nunca, nunca debes sentirte culpable de ser feliz. Ni te atrevas. Si lo haces por ti, lo estarás haciendo también por nosotros. Por mí y por tu padre. Porque si tú no eres feliz, cariño mío, si no vives tu vida, entonces nosotros lo habremos perdido todo. Os habremos perdido a las dos.

Y no le digo a mi padre que estoy embarazada. Mamá quiere decírselo cuando estén solos los dos, para darle la oportunidad de digerirlo en privado durante un rato. Cree que al principio se sobresaltará y se enfadará.

–Algo completamente normal para un padre –asegura ella–. Para él siempre serás su niñita inocente, después de todo. Pero lo comprenderá, se acostumbrará a la idea, y al final estará tan emocionado como yo.

Y como ya sabía que pasaría, recibimos un buen sermón de mi padre sobre la moto antes de que se vayan. Se siente aliviado cuando le decimos que la hemos puesto a la venta, y me hace prometerle que no me montaré en ella nunca más, y hace prometer a Mick que conducirá con cuidado si es que tiene que cogerla alguna vez más.

Cuando ya se han ido, Mick y yo apagamos las luces y nos vamos a la cama. Mick está especialmente dulce y amable, me dice que me quiere una y otra vez, y nos apretamos el uno contra el otro, apoyo la cabeza en su pecho.

–Sé que hablar de Alice te pone enferma –dice–. Pero ¿estás bien? ¿No estás cabreadísima con ella?

–No –le tranquilizo–. Estoy demasiado feliz para ponerme a pensar en ella. Y aunque todo esto estaba muy lejos de la intención de Alice, me siento muy contenta de lo que ha pasado esta noche con mis padres. Mamá no había estado tan abierta emocionalmente desde hacía años, y ha sido maravilloso que fuera tan efusiva y cálida conmigo, ha sido una delicia inesperada que me tranquilizara tanto, no sólo por lo del bebé, sino también por lo de Rachel. Quiero decir, está claro que Alice está loca de remate –continúo–, y me alegro de que ya no seamos amigas. Pero ella sólo se está haciendo daño a sí misma. Se está engañando. Siento pena por ella.

–Sí –Mick bosteza–. Yo también. Es realmente un caso muy triste. Un caso desesperado.

–Sí. Y de todos modos, ¿qué puede hacernos? Como nos hemos trasladado ni siquiera sabe dónde vivimos. Y me voy a cambiar el número de móvil. No podrá llamarme. ¿Qué puede hacerme ahora?

–Nada –dice él. Se inclina, apaga la lámpara de noche, me besa en los labios en la oscuridad–. Estás completamente a salvo. No puede hacerte ningún daño.

34

Al día siguiente Mick recibe un paquete. Llega cuando está ensayando con la banda, y cuando vuelve a casa por la noche se lo enseño. No lo abre inmediatamente, como a mí me hubiera gustado, sólo lo mira con desinterés y lo deja encima de la mesita de café.

–Deberías abrirlo –digo, y lo cojo–. Puede ser algo interesante. Un regalo de cumpleaños o algo así.

–Lo dudo. Falta una eternidad para mi cumpleaños.

–Oh, venga. No entiendo cómo puedes soportar no saber qué hay dentro. Date prisa, he estado esperando todo el día. –Le pongo el paquete en las manos–. Ábrelo.

Mick se encoge de hombros, le da vueltas. Está envuelto en papel marrón claro, no lleva remitente.

–Será algo muy aburrido, seguro. Algún folleto de hacienda o algo así. A menos que... –dice, y de repente se ríe–, a menos que me lo hayas enviado tú. ¿Has sido tú?, ¿eh? Por eso estabas esperando, por eso estás tan impaciente.

–No –le aseguro–. No he sido yo, te lo prometo.

Está claro que no me cree. Niega con la cabeza y sigue sonriendo mientras abre el paquete. Dentro hay una especie de libro o de álbum de fotos. Hay una foto en blanco y negro en la tapa y algo escrito. Mick lo mantiene lejos de mí.

–«¿Sabes realmente con quién estás?» –lee en voz alta, y sigue sonriendo, pero ahora siente curiosidad.

Vuelve las páginas, lo mantiene tan lejos que no puedo ver lo que hay dentro.

–Mick –me río–. Yo no te lo he enviado. No he sido yo. No sé quién... –pero me callo cuando veo su expresión. La sonrisa desaparece, frunce el ceño, se ha puesto pálido–. ¿Qué pasa? –pregunto–. ¿Mick? ¿Qué es? ¿Qué?

–Dios mío –dice. Y de repente sé quién lo ha enviado.

Alice.

–Déjame verlo –le pido alargando la mano–. Quiero verlo.

–No. No necesitas ver esto. No. Por favor. No.

–No seas estúpido, Mick. Déjame verlo de una vez. –La voz me sale más aguda de lo que pretendía–. Lo siento –digo–. Por favor. Déjame verlo. No me ayuda que me lo escondas.

Me lo da, reticente.

–Katherine –dice, y niega con la cabeza en señal de desaprobación–. Esto es una basura. Está loca. No dejes que...

–Vale –lo calmo–. Vale, ya lo sé. Ya me sé todo eso.

En la tapa hay una vieja foto de periódico. Es una fotografía de Rachel y de mí, un retrato de familia que llegó a manos de la prensa de alguna manera, después de la muerte de Rachel. Estamos en la playa, de pie una al lado de la otra, con unas sonrisas enormes, el pelo mojado al viento. Cada una le pasa el brazo por el hombro a la otra. Se nos ve tan felices, tan inocentes...

La fotografía está rasgada por el medio de un modo deliberadamente irregular y pegada en la tapa del álbum. Encima de la imagen, hay letras, una mezcla de diferentes tamaños, mayúsculas y minúsculas, recortadas de un periódico y pegadas juntas para formar la frase: «¿SaBeS rEaLmeNte con qUién eStáS?».

La siguiente página está llena de una selección de extractos periodísticos de la época de cuando asesinaron a Rachel. Y aunque todos son evidentemente de artículos diferentes, Alice los ha pegado juntos para formar una columna larga y desordenada. También ha montado su propio titular inquietante.

¿sE hA conDEnAdo A LAS pErSoNas eQuIVocAdAs?
¿EL cUlpAble SIgUe EN liberTAD?

Pero ¿de quién es la verdadera responsabilidad aquí? Seguramente, en estos tiempos llamados ilustrados, no podemos esperar que un grupo de jóvenes de escasos recursos y poca educación carguen con toda la responsabilidad por un crimen que pone de relieve todas las carencias que hay dentro de la típica idea desafortunada del individuo del siglo XXI, de lo que constituye el derecho necesario de atención hacia los más jóvenes.

Grant Frazer es un joven del que abusaron de pequeño. Era golpeado y maltratado por su padre alcohólico regularmente, y su madre adicta a las drogas le negó su amor. No es de extrañar que creciera sin conciencia social.

Las hermanas Boydell disfrutaban de una vida de ricas privilegiadas. Tienen una casa enorme, decorada con elegancia, su jardín es un país de las hadas, con patios privados, campo de tenis y piscina.

Una educación cara no impidió que Katie Boydell se llevara a su hermana de catorce años de edad a una fiesta ilegal y no supervisada y le permitiera beber hasta caerse debajo de la mesa.

¿Quién es realmente responsable aquí? ¿De quién es la culpa en realidad?

Y después de tanto tiempo me sorprende darme cuenta de que todas esas palabras aún tienen el poder de hacer daño. Todavía siento el enorme deseo de ponerme a protestar a gritos, de defenderme, de explicarme y justificarme.

Las siguientes páginas están llenas de fotos y artículos de diferentes periódicos; los ha recortado y pegado al azar por todas las páginas y no parece haber un orden preciso en la colocación. Son las grandes letras pegadas en la parte superior de las imágenes y de las fotos lo que resulta más impresionante: «COBARDE, ASESINA, RIVALIDAD ENTRE HERMANAS, TRAICIÓN, IRRESPONSABILIDAD, CELOS».

En la penúltima página hay una fotografía de mí en color.

Es una foto real, y muy reciente, la única que no ha sacado de un periódico. Tengo la cabeza inclinada hacia atrás porque me estoy riendo. Parezco estar en un éxtasis de felicidad.

«KatHeriNE PatTerSon AhoRA. lA ViDA siN Su herMa-nA», se lee en las letras de imprenta que ha pegado encima.

La última página dice simplemente: «kAtherInE paTteR-sOn / KAtiE bOydeLL – ¿víCtImA o aSEsInA?».

–Al diablo con esto. –Mick me quita el álbum de las manos, lo cierra de golpe y lo lanza al otro lado de la habitación con tanta violencia que se estampa contra la pared y cae al suelo–. Deja de mirarlo. Es enfermizo.

No digo nada. No puedo hablar. Noto la bilis en la garganta. Me doy la vuelta y me voy a la cama, me tumbo en mi lado, me acurruco en posición fetal.

Mick me sigue y se sienta a mi lado. Me pone la mano en el hombro.

–Quizá deberíamos contárselo a la policía –sugiere, amable–. Alice ha llegado demasiado lejos. Esto es alguna clase de acoso.

–No.

–Pero tenemos que hacer que pare.

–No quiero mezclar a la policía. Tengo miedo de que todo vuelva otra vez, de que el pasado salga a relucir como un cadáver maloliente: la policía inútil y torpe, la prensa como buitres desgarrando la carne podrida. La policía no hará nada. No pueden.

Se tumba a mi lado y me echa el brazo por encima.

Al final nos dormimos, abrazados el uno al otro. Cuando me levanto por la mañana, el álbum no está.

35

Durante los días siguientes, mientras Mick trabaja, paso varias horas cada tarde preparando el traslado. Voy a casa de Vivien y empaqueto mis cosas. Ya no estoy tan cansada y disfruto organizando mis cosas, sueño con una nueva vida con Mick. El hecho de que les guste a mis padres, y que mamá esté tan sorprendentemente contenta con mi embarazo, ha disipado la mayoría de las dudas que tenía. Estamos haciendo lo correcto. Nos queremos. Va a ser maravilloso.

Le mando un e-mail a tía Vivien en el que le explico que me traslado de piso. También le digo que me comprometo a recogerle el correo y a echarle un ojo al apartamento hasta que regrese. Acabo la nota con una disculpa por las prisas. Me contesta:

> ¡No te disculpes! SABÍA que había una razón para que estuvieras tan feliz y creo que es absolutamente maravilloso que hayas conocido a alguien que te hace sentir así. Tengo muchas ganas de verte (¡¡¡y de conocer a Mick!!!) cuando vuelva a casa.
>
> Cuídate. Te quiero un montón,
>
> Tía Viv

Tardo tres tardes en acabar de empaquetar mis cosas en casa de Vivien y en limpiar todo rastro de mí en el apartamento. Quiero dejarlo impecable, reluciente, para darle las gracias a Vivien por dejarme vivir allí. Acabo a las diez y media del viernes por la noche, y me pregunto si llegaré a tiempo de ver el final del concierto de Mick. Iba a llamarme cuando acabara, el cantante lo llevaría en su furgoneta a casa de Vivien y él me echaría una mano para acabar de empaquetarlo todo. Pero no me ha llamado, así que supongo que han tenido mucho público y siguen tocando. Decido pasar a buscarlo, darle una sorpresa.

Fuera llueve y la calle está mojada y oscura, así que conduzco despacio y no llego hasta las once. El pub está tranquilo, casi vacío, el escenario desmontado.

Mick no está en la barra, así que voy detrás del escenario. Oigo su voz y me dirijo hacia una puerta de la que sale luz. Me detengo y doy un paso atrás cuando la veo dentro de la habitación. Alice.

Está apoyada en una mesa, las largas piernas cruzadas delante de ella.

–Oh, por Dios –dice, con la voz pastosa y torpe por el alcohol–. ¿Cómo puede herirle? ¿Quién puede decírselo? ¿Cómo se iba a enterar nadie?

Mick le da la espalda. Está enrollando cables eléctricos. Niega con la cabeza.

–Estás loca. No quiero tener esta conversación. Vete.

–Oh. Vamos. –Se ríe, se aparta el pelo hacia atrás provocativamente. Es un gesto inútil: Mick ni siquiera la está mirando–. Sexo libre. Eso es lo que te ofrezco. Mucho sexo sin condiciones. ¿Por qué ibas a negarte? ¿Qué clase de hombre eres?

Mick suelta una carcajada.

–Creo que la verdadera cuestión es, ¿qué clase de persona eres tú? ¿Qué clase de amiga? –Y entonces se vuelve hacia ella, me ve, se calla–. Katherine.

Alice se vuelve hacia mí. Durante un instante parece alarmada, pero se recupera inmediatamente, sonríe, levanta el brazo.

–¡Katherine!

Me quedo allí de pie, en la puerta, y la miro.

–¿Qué estás haciendo aquí?

–Oh, vi un anuncio en el periódico. Y pensé que podía acercarme y oír tocar a un amigo. –Extiende el brazo hacia Mick, sonríe–. En realidad pensé que estarías aquí, Katherine. Esperaba que nos pusiéramos al día. En los últimos tiempos es muy difícil dar contigo.

Por un momento considero enfrentarme a ella, preguntarle por qué está tan decidida a hacerme daño, pero enseguida cambio de parecer. No tiene sentido. No quiero oír su explicación, no hay una excusa racional o aceptable para lo que está haciendo, y no quiero oír sus falsas disculpas. Sólo quiero marcharme de allí.

–¿Estás listo? –Miro a Mick.

–Sí.

Deja de enrollar los cables y los lanza a un montón. Por lo general es meticulosamente ordenado, pero es evidente que tiene tantas ganas de librarse de Alice como yo.

–¡Yupi! –Alice aplaude, se levanta, se tambalea un poco–. ¿Adónde vamos?

–No sé adónde vas tú. –La voz de Mick es puro hielo. Me rodea los hombros con el brazo–. Nosotros nos vamos a casa.

–Pues me voy con vosotros. Puede ser muy divertido. Los tres juntos.

Nos sigue muy de cerca cuando salimos del bar y caminamos por la calle hasta donde está el coche aparcado.

–Tres es mejor que dos. ¿No crees, Katherine? ¿Eh?

Cuando llegamos al coche Mick me abre la puerta del pasajero, pero antes de meterme me vuelvo y me dirijo a Alice.

–Vete a casa. Vete. Y a partir de ahora déjame en paz. Sal de mi vida. Estás enferma. Me das pena. Necesitas ayuda.

Menea la cabeza, se burla, levanta el labio en un gesto de desprecio.

–¿Yo estoy enferma? ¿Yo? Qué extraño. Pensaba que eras tú la que tenías ese problema, Katie. Pensaba que eras tú, que abandonaste a tu hermana...

–¡Katherine! –dice Mick con voz firme. Ya se ha sentado frente al volante y encendido el motor–. Entra. Entra y cierra la puerta.

Y así lo hago. Mick bloquea las puertas, enciende el intermitente, mira por el retrovisor para emprender la marcha entre el tráfico. Alice me mira directamente a los ojos a través del parabrisas, y yo no puedo apartar la mirada, no puedo mirar a otro lado. Y justo cuando Mick arranca y se separa de la acera, Alice sonríe –un gesto de los labios vacío y frío– y da un paso adelante, se cruza en medio.

–¡Mick! –grito–. ¡Para! ¡Espera!

Pero es demasiado tarde y se oye un ruido desagradable, sordo, cuando Alice cae al suelo.

–¡Joder! Dios. ¡Joder!

Mick clava los frenos y sale del coche en un instante.

Yo no puedo moverme, no me atrevo a mirar. El corazón se me desboca, tengo la mirada perdida más allá del parabrisas, en los coches que van y vienen. «Se acabó –pienso–. Ha conseguido lo que quería. Lo ha estropeado todo. Se acabó. Se acabó.»

–¡Alice! –oigo que grita Mick, aterrorizado–. ¿Estás bien? ¿Estás herida? ¡Alice!

Y entonces la oigo. Oigo el sonido de su risa histérica.

36

Estoy agachada, desempaquetando las cajas en nuestra nueva cocina cuando sucede. Me levanto y noto que un pequeño chorro de líquido caliente me baja por las piernas. Al principio no sé lo que es y pienso que me he hecho pis encima. Corro al baño y me bajo los pantalones. Sangre.

Me seco lo mejor que puedo con papel higiénico y me voy directa hacia Mick. Está desempaquetando libros y los pone en unas estanterías que hemos improvisado, tararea, mueve la cabeza al ritmo de la melodía. Sonríe mientras me acerco.

–Estoy sangrando.

–¿Qué? –Se levanta de un salto–. Joder. ¿Eso es malo? Es malo, ¿verdad?

–No lo sé. Creo que sí.

–Vámonos al hospital.

Me envuelvo con una toalla, Mick coge las llaves y caminamos hacia el coche con cuidado.

Urgencias se halla atestado de gente y la enfermera nos informa de que tendremos que esperar mucho antes de que nos vea el médico.

–Pero puede perder el bebé –dice Mick–. Tiene que verla alguien ahora mismo.

–Lo siento. Tenemos un sistema de clasificación por nivel de urgencia. Y me temo que en esta primera etapa, si estás teniendo un aborto involuntario, poco podemos hacer en realidad. Todo lo que haríamos es monitorizarte. –Sonríe con amabilidad–. Pero seguro que no es el caso. Muchas mujeres sangran durante el embarazo y luego tienen bebés perfectamente sanos. Siéntate y trata de no preocuparte.

Nos vamos hacia las sillas. No hay dos sillas vacías juntas pero una mujer que está sola se da cuenta de que somos una pareja y se cambia de lugar, así que podemos sentarnos uno al lado del otro. Mick le da las gracias, y aunque ella me mira y me sonríe con compasión, yo aparto la mirada. No quiero la piedad o la bondad de los desconocidos. Si voy a tener que llorar, quiero hacerlo en privado. La sala está repleta y todo el mundo ha oído la conversación con la enfermera. Con la toalla alrededor de las piernas estoy expuesta, llamo la atención.

Me siento y cierro los ojos, apoyo la cabeza en el hombro de Mick.

Una enfermera dice mi nombre cuarenta minutos después. Le pide a Mick que espere fuera, y cuando yo me echo a llorar y me agarro a su brazo le deja entrar conmigo. Nos lleva a una cama y me pide que me siente.

–¿Cuánto has sangrado?

–No estoy segura. Me ha parecido que mucho.

–¿Una compresa entera? ¿Más?

–Quizá. Sí. Una compresa.

Escribe en un papel.

–¿Ahora sigues sangrando?

–Creo que no. No estoy segura. No noto nada.

–Bien. Si no lo notas, seguramente es que no.

Escribe más notas y después me comprueba la presión y la temperatura.

–Está todo bien. El doctor no tardará mucho en venir. Túmbate. Descansa.

Me tapa las piernas con una sábana y cierra las cortinas cuando se va.

Mick se sienta en la silla al lado de la cama y me coge de la mano.

–No tenía que haberte dejado que desempaquetaras –se lamenta. Parece triste.

–No. No ha sido eso. No he levantado nada pesado. No hay que tratar a las embarazadas como si fueran inválidas. –Le aprieto la mano–. Además, no debemos pensar en lo peor. Todavía no.

–Lo siento. No. Claro que no. Es que quiero que todo esté bien. No quiero que...

–Yo tampoco.

Me muerdo el labio, trato de no llorar.

Y entonces se abre la cortina y entra una mujer alta y delgada. Es pelirroja y me recuerda vagamente a Philippa, cosa que, irracionalmente, enseguida me hace sentir más cómoda. Empuja una máquina grande. Se da cuenta de que la miro.

–Es para una ecografía. –Se queda de pie al lado de la cama, me da unas palmaditas en la pierna–. Soy la doctora King. Vamos a tratar de echarle un vistazo al bebé, ¿vale?

Mientras mueve la sonda por mi barriga estoy aterrorizada. Miro la pantalla, que sólo muestra una serie de manchas grises y nubes y sombras sin sentido.

–Ajá. –La doctora King detiene la sonda, señala la pantalla, me sonríe–. El corazón late. ¿Lo ves? Fuerte y sano. Y el tamaño del bebé es absolutamente normal para su estadio de gestación.

Veo el latir del corazón de mi bebé y emito un gemido estrangulado, mitad risa, mitad llanto.

Mick me aprieta la mano.

–Uau.

La doctora dice que cree que todo está bien, que es probable que sólo sea un sangrado, que aunque no tiene explicación ocurre a veces. Una de esas cosas raras, dice. Le pide a Mick que me lleve a casa y cuide de mí durante unos días, y que me traiga de inmediato si vuelve a ocurrir.

–Trata de no preocuparte, no creo que sea nada serio –asegura ella–. Pero tómatelo con mucha calma durante los próximos días –concluye con una sonrisa–, sólo para asegurarnos.

Me paso los tres días siguientes en la cama. Mick va a la biblioteca y me trae un montón de libros sobre el embarazo y yo me los leo de principio a fin. Por suerte, el clima es perfecto para eso, lluvioso y frío, y me siento segura, cómoda y tranquila debajo de las sábanas de nuestra cama. Mick ensaya en la batería digital con el sonido tan bajo que casi no la oigo, y me trae el desayuno, la comida y la cena a la cama. Cuando me canso de leer me trae el televisor a la habitación; vemos culebrones y nos reímos de las tramas absurdas, de los actores, tan malos. No vuelvo a sangrar.

Cuando me despierto a la mañana del cuarto día me siento fantástica y con más energía que la que he tenido en semanas. Dejo a Mick dormido en la cama, me levanto y me hago un poco de té. Bajo al pequeño jardín comunitario que compartimos los cuatro pisos del edificio. Me he traído el té y me siento en los escalones que dan al jardín.

Aunque aún es temprano, el sol ya calienta y el cielo está muy despejado, de un azul intenso magnífico, un cielo que me parece típicamente australiano, un cielo que nunca he visto en Grecia o en Indonesia o en Europa, o en cualquiera de los países que solíamos visitar antes de que mataran a Rachel; y de repente me invade una sensación de felicidad tan grande, y un sentimiento de inmensa gratitud por estar viva, que sonrío. Una enorme sonrisa espontánea. Debajo de los pies noto los escalones de madera calientes, el té está dulce y delicioso, el sol me acaricia levemente la piel, me despierta con un suave beso.

He pasado demasiado tiempo negándome a sentir esta felicidad, el simple placer sensual de estar viva. Pensaba que era injusto para Rachel, una indulgencia egoísta, una especie de traición, porque ella nunca más disfrutaría de esos momentos. Pero pienso en lo que me dijo mamá, en lo importante que es vivir mi vida, y me permito disfrutar, y de pronto pienso con una certeza abrumadora que Rachel habría querido que yo fuera feliz. Ella nunca, nunca me habría negado una vida plena y feliz. Y soy muy consciente del hecho de que puedo elegir cómo me siento, y elegir la tristeza significa dejar que los que asesinaron a Rachel destruyan mi vida casi tanto como destruyeron la suya.

–Soy feliz, Rachel –digo en voz alta, como en una especie de oración–. Feliz de verdad.

Pero el sol no dura mucho tiempo y a media mañana las nubes de tormenta han oscurecido el cielo. Paso otro día más dentro de casa, leyendo, mientras Mick se va a ensayar con la banda. Cuando vuelve a casa a las seis, yo ya estoy inquieta y aburrida y desesperada por tenerlo a mi lado.

Corro a la puerta y lo abrazo en cuanto oigo la llave en la cerradura.

Se ríe, pero no me devuelve el abrazo. Esconde algo en la espalda.

–¡Sorpresa! –dice. Y me da un sobre blanco y grande.

Dentro hay un enorme fajo de billetes de cien dólares. Lo miro con curiosidad.

–¿Y esto?

–Vendida. Una moto, tres mil.

–Oh, Mick. –Lo rodeo con los brazos–. ¿Estás triste?

–¿Estás loca? –Me aprieta con fuerza, me besa el cuello–. Tu padre me asustó muchísimo. Me dijo que me mataría al instante si volvía a tocar la moto una sola vez más. No quiero morir. Y, oye, hoy somos ricos, vamos a celebrarlo, ¿por qué no encargamos la cena por teléfono?

–No. No. Salgamos. Me siento encerrada.

–Pero ¿crees que hacemos bien? ¿Crees que deberíamos?

–Estaré bien. –Me desnudo deprisa y me voy a la ducha–. La doctora dijo que me lo tomara con calma unos días. No dijo que me metiera en la cama durante los próximos seis meses. No me he movido en cuatro días. Si no salgo de aquí pronto me volveré loca.

–Vale, pero iremos en el coche, entonces.

–No digas tonterías. Nunca encontraremos aparcamiento.

–Cierto. –Suspira–. Pero ¿seguro que estarás bien? Puedo bajar y comprar algo de comida para llevar.

–Estaré bien. Iremos despacio. –Me río–. Como ancianitos.

El restaurante no está lejos y tomamos el camino de la playa. No llueve pero hay nubarrones de tormenta en el cielo, y en la playa las olas son muy altas y rompen con violencia. Es un paisaje espectacular y nos tomamos nuestro tiempo. Cogidos de la mano, paseamos tranquilamente. Disfrutamos de salir del piso, de respirar un poco de aire fresco y de la belleza de las vistas.

Y también cenamos sin prisas. Mick me habla de la banda, de la música que están componiendo. Imaginamos una futura gira mundial: dinero, fama, miles de fans gritando. Me río y le digo que lucharé por sacarle de encima a todas las chicas.

–Seré una bruja celosa, la esposa gorda que te esperará en casa. Con seis críos.

–Sí –bromea–. Ya te imagino así.

Pensamos en coger un taxi de vuelta a casa porque parece que se va a poner a llover, pero al final decidimos que no. Fuera se está bien, y sólo es un corto paseo. Y un poco de lluvia no nos hará daño.

37

Oyes pasos detrás de ti –el agudo clic clic clic de unos tacones en el cemento–, pero no piensas en ellos. Cuando los pasos se oyen más altos, más cerca, tú y él os hacéis a un lado, le abrís paso a la mujer para pueda pasar. Pero ella se para, pone los brazos en jarras, se enfrenta a ti. Está oscuro, así que tardas un momento en darte cuenta de que es... Alice.

Ella ladea la cabeza, sonríe.

–Katherine –dice. Y tú te das cuenta de que habla despacio, con torpeza, está borracha. Se inclina hacia delante–. Sabía que te encontraría aquí. Sabía que si esperaba el tiempo suficiente me toparía contigo y con tu queridito Micky.

Él tira de ti, se te lleva cogida de la mano con fuerza. Tú sigues caminando.

–Es una noche tan bonita y salvaje para dar un paseo, ¿verdad? –Ella os sigue de cerca, habla con un falso tono amigable–. Me alegro de haberte encontrado. Bueno, a los dos, en realidad. Tenemos mucho de que hablar.

Caminas más deprisa, no te vuelves. No respondes.

–Oh, vamos, ¿no queréis charlar un poco?

Él te aprieta la mano. Tú sigues caminando.

–Vale, pues. Quizá no queréis hablar. Lo entiendo. Pero yo sí. De hecho, lo necesito. Hay muchas cosas que no se han dicho, Katherine, muchas cosas de aquella noche que todavía no sabes. –Se ríe con malicia–. Y ya sabes de qué noche te hablo. Aquella noche.

Te detienes.

Ella se ríe detrás de ti.

–Oh, eso ha captado tu atención, ¿verdad? ¿Sí? No puedes huir para siempre, ¿verdad, Katie? Tienes que enfrentarte a la verdad alguna vez.

Te vuelves y la miras.

–¿De qué hablas? ¿Qué estás tramando ahora?

Pone los brazos en jarras, te mira de arriba abajo.

–¿Qué se siente al tener la vida perfecta, Katherine? ¿La familia perfecta? Debe de ser bonito que te mimen tanto que te olvides del sufrimiento de los demás.

–¿La familia perfecta? ¿Olvidar el sufrimiento? –preguntas, incrédula–. ¿Bromeas, Alice? Mi hermanita fue asesinada. Mi familia se encuentra muy lejos de ser feliz, muy lejos de ser perfecta.

–Sin embargo tus padres te quieren, ¿no? –Se burla–. Sé que te quieren mucho. Los he visto. Tú eres su princesita. Veneran el aire que respiras. Por eso eres tan presumida. Por eso no te importa.

–¿Qué es lo que no me importa? Estás loca, Alice. ¿Es una especie de adivinanza?

–No te importan las personas como nosotros.

–¿Las personas como nosotros? –Miras alrededor deliberadamente–. ¿Quién es «nosotros», Alice? ¿De quién hablas?

–De mí y de mi hermano. De eso es de lo que estoy hablando. De mí y de mi hermanito.

Niegas con la cabeza, confundida.

–Pero ¿qué...?

–Todo es muy fácil para las personas como tú, Katherine. Tus padres te quieren. El mundo te quiere. Nunca le has tenido que demostrar nada a nadie. Y como tu hermana fue asesinada, claro, todo el mundo se pone de tu parte, todo el mundo acepta que eres inocente, que no fue culpa tuya.

–Pero es que no fue culpa mía. –Y a pesar de que estás a punto de ponerte histérica, del sentimiento de furia que te hace querer gritar y arremeter contra ella, hablas con voz calmada, casi normal–. No sé cómo te atreves siquiera a decir eso. Pero estás equivocada de todos modos. La gente se comportó de una forma horrible cuando asesinaron a Rachel. Fue horrible. Te lo conté.

–¿«Horrible»? Qué palabrita tan patética. No creo que fuera tan horrible como dices. Tú no acabaste metida en la cárcel, ¿no? Tú no fuiste acusada de asesinato, ¿verdad?

Mick te tira del brazo y te dice que la dejes estar, que os vayáis, pero tú estás demasiado enfadada, demasiado implicada para marcharte. Le apartas la mano y te quedas de pie donde estás.

–¡Claro que no! –Y a pesar de todas las dudas que todavía te embargan, de todos los errores que cometiste la noche en que mataron a Rachel, de repente te invade una furia ardiente: contra Alice, contra la prensa, contra los asesinos, y la rabia estalla en tu voz–. ¡Yo no hice nada!

–Oh. Sí que lo hiciste, en realidad, ¿verdad? –Y ahora se ríe, habla con un tono de falsa intimidad–. Supongo que a primera vista podría parecer que eres inocente. Para alguien que no lo supiera tan bien como nosotras. Pero tú y yo lo sabemos, ¿verdad?

–No, Alice. No. –Y estás segura de que en el fondo esta conversación es aberrante, pero te sientes obligada a defenderte, a luchar–. Te equivocas. Lo que dices es repugnante. Es injusto. Falso. Yo solamente me asusté. Vi luz y corrí por ayuda. Estaba aterrorizada. No tenía elección.

–Sí que tenías elección, Katherine. Tuviste un montón de oportunidades aquella noche. Y te equivocaste en todas. En todas y cada una de ellas.

–No –niegas con la cabeza, tratas de no llorar–. No. Te equivocas.

Se acerca más. Habla en voz baja.

–No tenías que haber huido, Katherine.

–Lo hice –dices–. No tenía elección.

–No. –Se endereza, cruza los brazos sobre el pecho, habla

con autoridad–. Tú fuiste la que los dejó sin elección cuando huiste. Los obligaste a hacer algo que no querían hacer.

–¿Por qué dices eso? –Y ahora estás gritando. La agarras del brazo con fuerza–. ¿Por qué? ¿Por qué dices que tuve todas las oportunidades? Se nos llevaron en contra de nuestra voluntad. Ellos eran los que podían elegir. No yo. No mi hermana. Nosotras fuimos las víctimas. ¿Por qué quieres defender a semejantes animales?

–¿Animales? –Menea la cabeza, niega–. ¿Ves cómo te refieres a ellos, Katherine? ¿Te parece bonito? ¿Te parece justo?

–Eran animales. –Casi escupes la palabra–. Mataron a mi hermana. Espero que se pudran en el infierno.

–Mi hermano no es un animal. –Y el rostro se le contrae en una expresión de infinita amargura que, por un momento, es fea–. Él no es un animal.

–¿Tu hermano? –Niegas con la cabeza–. ¿De qué estás hablando?

Su rostro cambia de nuevo y de pronto se echa a llorar, tiembla y habla en un tono muy agudo.

–Nadie lo quiso nunca. Nadie. Ni nuestra madre real. Ni las zorras que nos separaron. Nadie. ¿No crees que eso le dolía? ¿No crees que el hecho de que tu propia madre no te quiera puede joderte mucho? ¿No crees que podría haber sido perdonado por haberla fastidiado, por estar confundido?

–Alice. –Sigues agarrándola del brazo. Quieres que te mire, que se calme, que pare de decir semejantes tonterías. Su comportamiento es aterrador, irracional, loco. Te preguntas si deberías llevarla a un médico–. No sé de qué estás hablando. No tiene ningún sentido.

Ella se aparta y te mira. Está llena de odio.

–Tú hiciste que mi hermanito se convirtiera en un asesino –dice–. Tú lo metiste en la cárcel.

–Oh, por Dios.

–Tú lo metiste en la cárcel –repite; pronuncia cada palabra despacio y con precisión. Entonces sonríe; una sonrisa fría y venenosa que hiela el corazón–. ¿Cómo puedo dejártelo más claro? Sean. Mi hermanito. Tú lo metiste en la cárcel.

–No conozco a tu hermanito. Cómo puedo...

–Sean –me interrumpe–. Sean Enright.

–Pero él es... Él es...

–Sí. Es él.

Y de repente lo entiendes. Lo entiendes todo. Su amistad hacia ti. Su maldad. Nada ha sido casual. Su hermano. Tu hermana. Todo.

Sean. El chico que se sentaba en el asiento de atrás en el coche. El chico con sobrepeso con una cara bonita. El que estaba tan nervioso; el que parecía tan asustado...

Pero aun así, él le hizo daño a tu hermana. Deliberadamente y sin compasión. Él lo eligió.

Estás ahí, inmóvil y muda como un poste, y la miras. Y sientes la contradictoria urgencia tanto de golpearla como de pedirle perdón.

Te devuelve la mirada, sonríe triunfal, feliz, y estás a punto de agarrarla del brazo otra vez y abofetearla, pero Mick tira de ti, te mete prisa para que os vayáis.

–Katherine. Venga. Vámonos.

Te pasa el brazo por los hombros y te obliga a caminar, te das la vuelta para continuar, para ir a casa. Ha empezado a llover y el agua te salpica la cara, el pelo. Estarás empapada antes de llegar.

Ella sigue detrás de ti.

–Buena idea, Mick. Llueve mucho. Podríamos ir todos a tu casa. Hablar de esto un poco más.

Él se detiene. Notas su furia por el modo en que te agarra los hombros, por el tono de su voz.

–Vete, Alice. Vete al infierno, aléjate de nosotros. Déjanos en paz o llamaré a la policía. Te lo digo en serio. Vete. Ya.

–¿A la policía? ¿Y qué pueden hacer ahora? Nunca hicieron nada por el bien de mi hermanito. –Ladea la cabeza, hace un puchero–. Oh, pero a ellos les gusta la gente como vosotros,

¿verdad? Los capullos privilegiados de clase media como vosotros. Siempre se ponen de vuestro lado, ¿no?

Y sigue despotricando contra la policía mientras te das la vuelta y continúas caminando, hasta que de pronto cambia el tono de voz.

–Bueno, no nos peleemos. Eh, ya sé qué haremos, ¿por qué no nos desnudamos y nos damos un baño? Así nos conoceremos un poco más íntimamente.

Y entonces echa a correr, enfrente de vosotros, por la ladera de hierba hacia la playa. Se agacha, se quita los zapatos y los lanza a la arena. Deja caer la chaqueta, se saca el vestido por la cabeza con un movimiento rápido.

–¡Vamos, Katherine! –grita. El pelo le cae salvajemente sobre la cara–. No seas una gallina toda tu vida. Ahora es tu oportunidad de demostrar algo de valor. ¡Vamos!

Corre hacia el agua; corre a través de las olas que rompen en la orilla, corre hasta que el agua le cubre las rodillas, y se sumerge, desaparece.

Mick te mira. Está asustado.

–Joder –dice.

Y entonces echa a correr por la colina hacia la playa. Tú le sigues.

Llegáis a la playa y gritáis su nombre.

–¡Alice! Alice!

–¡Alice! ¿Dónde estás? ¡Alice!

Corréis por el agua de la orilla, sin siquiera quitaros los zapatos, con las manos haciendo bocina gritáis tanto como podéis.

–Se va a ahogar. ¡Alice! –grita él.

Y entonces la oímos.

–¡Socorro!

El grito es muy débil, viene de muy lejos. Aquí, al lado del agua, hace mucho viento, mucho frío, las olas golpean implacables. Pero la oís de nuevo.

–¡Socorro!

–Por aquí. ¡Alice! ¡Alice! Creo que la veo.

Sabes lo que tienes que hacer. Sabes, por experiencia, lo que es correcto. Esta vez no serás una cobarde. No huirás, no cometerás el mismo error una vez más. Esta vez demostrarás valentía. Te quitas los zapatos, los dejas a un lado, empiezas a adentrarte en el agua, hacia la voz.

–¡Katherine! –Él te agarra por detrás, te grita–. ¿Qué coño estás haciendo?

–Se va ahogar –le dices–. Se va a ahogar.

Él te arrastra fuera del agua, te empuja hacia abajo, te obliga a sentarte en la arena.

–¡Espera aquí! –grita–. ¡No te muevas!

Y entonces se quita la camiseta, los zapatos, los calcetines, tropieza mientras corre hacia el agua.

–No –dices–. No. Espera.

Pero es demasiado tarde, corre y antes incluso de que tengas la oportunidad de decirle que se quite los vaqueros, ya se ha ido.

Te levantas y lo sigues, pero está demasiado oscuro y el ruido del agua es ensordecedor, y lo pierdes de vista inmediatamente. Te metes en el agua, caminas despacio, gritas su nombre una y otra vez, porque no sabes dónde está, ni cómo encontrarlo. Caminas hasta que el agua te cubre los muslos, la corriente es muy fuerte y notas que tira de ti, que no puedes resistirte. Dejas que te arrastre hacia abajo, te dejas caer en la oscuridad de las profundidades. Y ahora está en tu cara, en tu nariz, en tu boca, y dentro de tu cabeza te oyes gritar su nombre una y otra vez, pero no sirve de nada, no puedes encontrarlo, no puede ser encontrado.

Y entonces alguien tira de ti, te hace daño, te tira del pelo. Hay luces y se oyen voces. Gritos.

Hay aire.

Pasas la noche en el hospital. Te duele el pecho, los ojos te arden, tienes la garganta en carne viva.

–Te pondrás bien –te dicen–. Enseguida. Al cien por cien.

Pero cuando preguntas por él, se apartan.

–Has sido muy valiente –es su respuesta.

No te pondrás bien. Nada estará bien.

Le tocas la mejilla con la mano y la retiras inmediatamente.

La piel de la muerte ya no parece piel. No parece nada humano. Está demasiado fría y dura y sin vida. Se ha ido, está rígido, es una cosa inmóvil y gris en una cama, como un contenedor vacío, como una concha, y no quieres besar esos labios amoratados, o acariciarle las mejillas. No hay nada para ti en esa habitación sombría de hospital, sólo un frío vacío que no tiene respuestas, que no puede darte paz, que no puede reconfortar a los vivos.

38

Mamá, papá y los padres de Mick empaquetan juntos las cosas del piso. Yo me quedo en casa de mis padres, en la cama, enterrada debajo de las mantas. Es imposible que les ayude a empaquetar nuestra vida juntos, nuestro futuro, nuestros sueños, y nadie espera que lo haga. Ellos lo hacen con tanta eficiencia que acaban en menos de un día. Vuelven a casa, mamá viene a mi habitación y se sienta a mi lado en la cama.

–Hemos traído la batería de Mick. Y sus discos. Sus padres han creído que te gustaría quedártelos.

No soporto la idea de que la batería de Mick ya no sonará más, de que nunca más tocará su música, pero asiento agradecida y me doy la vuelta, me tapo la boca con la mano.

Mamá pone la mano encima de la manta, por encima de mi muslo, y me frota la pierna mientras me habla.

–Y les hemos hablado del bebé, por supuesto.

–Oh –digo, y trato de ser educada, de demostrar algún interés, pero sólo quiero que se vaya y me deje en paz. Que me deje aullar en privado.

Resulta extraño que hace sólo unos días me preocupara muchísimo lo que todo el mundo iba a pensar del bebé. Ahora me parece completamente irrelevante, el bebé en sí, una imposibilidad.

–Al principio se han sorprendido mucho, por supuesto. Sin embargo creo que al final estaban contentos. Es el hijo de Mick, claro, y eso es algo... algo que puede consolarlos un poco –dice.

Yo asiento, espero que se vaya, pero ella no se mueve, y noto por la presión de su mano, por la manera en cómo sus pira, que quiere decirme algo.

Me vuelvo y la miro, intento sonreír.

–Ellos querían que te dijera lo mucho que aprecian lo que hiciste –dice–. Tratar de salvarlo, arriesgar tu vida. –Me vuelvo–. Hiciste todo lo que pudiste.

«Pero no fue suficiente –pienso–, ni siquiera estuvo cerca de serlo.»

Me encuentro con ellos por primera vez en el funeral de Mick. El padre se parece a Philippa, su madre es igual que Mick, y me abraza fuerte contra su pecho. Y yo me aferro a ella y a su respiración, y al final tengo que obligarme a dejarla que se aparte.

Vivo los siguientes seis meses como un robot. Hago todo lo que tengo que hacer –como bien y hago ejercicio, camino por el vecindario–, pero me siento desconectada de lo que ocurre, sin interés por el bebé. Los padres de Mick y Philippa nos visitan varias veces, y sólo cuando estoy con ella percibo alguna conexión con Mick, siento algo parecido a estar viva. El resto del tiempo me siento como una especie de zombi. La muerta viviente.

Me pongo de parto un día antes de salir de cuentas, y al principio el dolor me pone contenta –sólo es un dolor físico, mucho más soportable que el dolor emocional–, y noto una perversa sensación de satisfacción a medida que aumenta y aumenta.

Pero los dolores duran dos días y dos noches y al final se convierten en algo tan inmenso y abrumador que le rezo al cielo para que pare y chillo y les grito a las comadronas que me ayuden, pero ellas solamente asienten y sonríen y me dicen que me agache y al final empujo y empujo y empujo el universo entre mis piernas, y entonces llega ella. Sarah. Mi hija. La hija de Mick. Mi bebé.

Y no sé si es el cese glorioso del dolor, o algún tipo de efluvio hormonal, pero siento una sensación profunda y abrumadora de amor y gratitud. Por mi hija, por mamá y Philippa, que me han ayudado a traerla al mundo, por las comadronas, por el mundo entero. Me siento como no me he sentido desde que Mick murió. Y cojo a mi hija, aún viscosa y mojada por el parto, y la aprieto contra el pecho y le susurro una plegaria silenciosa a Mick, la promesa solemne de protegerla y amarla siempre. De mantenerla a salvo.

39

Robbie sonríe. Al principio sonríe a medias, casi asustado, pero cuando le devuelvo la sonrisa y asiento, se le ilumina la cara, niega con la cabeza, se ríe. Y al instante siguiente está frente a mí, me coge las manos entre las suyas.

–Dios mío. Katherine. Eres tú. No puedo creerlo. Eres tú.

De cerca veo que parece mayor –claro que lo es, han pasado cinco años–, y que eso le favorece. Tiene la cara más masculina, más angulosa, de facciones más duras.

–Mami, mami, ¿quién es este hombre?

Sarah me tira de la pierna, mira a Robbie con curiosidad. Él se agacha para poner la cara a la altura de la de ella.

–Hola. Soy Robbie. Un viejo amigo de tu mami.

Sarah ladea la cabeza, mira a Robbie con simpatía.

–Pero no pareces viejo. No eres como el abuelo y la abuela.

Robbie se ríe y Sarah, incapaz de resistirse a la tentación de la colina, recoge el trineo y empieza a arrastrarlo hacia arriba.

Robbie y yo nos quedamos uno al lado del otro, la observamos.

–Es guapa –dice–. Es muy guapa.

–Sí. Se parece a su padre.

–Y a ti.

Me gustaría contarle montones de cosas –la conversación podría durar horas–, pero justo aquí y ahora no puedo pensar en nada que decirle, ni una palabra. Y nos quedamos así, los dos en silencio, hasta que me pone la mano en el brazo.

–Tengo que volver al trabajo. No puedo escaparme tanto

rato. –Se vuelve a mirar el grupo de gente detrás de él–. Me están esperando.

–Claro –digo sin mirarlo a los ojos–. Por supuesto.

–Ha sido genial verte –dice–. Toda una sorpresa.

–Completamente inesperada. –Ahora que sé que se marcha y me siento más segura, lo miro de reojo–. Una hermosa sorpresa, sin embargo. Verte también ha sido genial para mí.

Me aprieta el brazo, asiente, se da la vuelta. Estoy a punto de seguir a Sarah colina arriba, cuando él me llama.

–¿Sí? –Me vuelvo.

–¿Estarás ocupada más tarde? ¿Esta noche? ¿Quieres que vayamos a cenar?

Quedamos que cenaremos en mi cabaña, así no romperemos la rutina de Sarah.

Robbie llega a las seis y media con los ingredientes para la cena. Sarah ya ha comido y ya la he bañado y está en el sofá viendo una película en DVD en pijama.

Robbie se sienta a su lado y habla con ella de los personajes de la película mientras yo abro una botella de vino. Nos sentamos a la pequeña mesa del comedor, uno frente al otro.

Al principio estamos torpes y demasiado amables, y la conversación se nota forzada. Hablamos del tiempo, del trabajo, de cosas que en realidad no nos importan a ninguno de los dos, pero al final Robbie pronuncia el nombre de Alice.

–¿La echaste de menos aquel primer año, cuando estabas en Europa? –le pregunto.

–Así es –asiente Robbie–. La eché de menos, a pesar de todo lo que hizo. La eché mucho de menos. Al principio, antes de que muriera, estuve tentado de volver a casa. Quería estar con ella, no me importaba lo que había hecho. Y después ya no tenía sentido. Ni siquiera volví para su funeral. No lo hubiera soportado.

–Claro. Yo tampoco fui. –Y me miro las manos, entrelazadas con fuerza en mi regazo. Ahora me avergüenzo de mi resentimiento, de mi ira. –Entonces la odiaba tanto que habría sido hipócrita. Me alegré de que muriera. No podía ir al funeral y fingir dolor. No la soportaba.

–Katherine –dice Robbie, y lo miro. Niega con la cabeza, sonríe con ternura–. Claro que no la soportabas. Era algo natural. Mick murió por culpa suya, todo el mundo lo sabe. Tú estabas embarazada y feliz por primera vez en años, y ella lo estropeó todo. Era lógico que la odiaras. Yo también la odié por eso.

–¿Pensaste en volver para ir a su funeral? –le pregunto.

–No. En realidad, no. Mi padre me llamó y me dijo que se había ahogado. Lo vio en los periódicos y acabó llamando a tu madre. Ella se lo contó todo, sobre Mick, sobre el hermano de Alice, Sean, y sobre la conexión con Rachel, y era tan impactante, tan repugnante... No podía enfrentarme a ello. Hizo que me lo cuestionara todo, toda mi relación con Alice, todos aquellos meses durante los que fuimos amigos los tres. ¿No fue más que una especie de juego enfermizo? ¿Hubo algo real? Estaba demasiado enfadado con ella. No pude volver.

–Yo también me pregunté lo mismo. Si algo de todo aquello fue real o no. La amistad, quiero decir; ¿ella me odiaba en secreto desde el principio? ¿Sólo esperaba la ocasión de vengarse? –Me encojo de hombros, sonrío con amargura–. Está claro que me equivoqué de instituto, ¿no? Con todos los que hay en Sidney y tuve que elegir Drummond. Donde estudiaba Alice.

–Pero ¿cómo dio contigo? ¿Cómo supo quién eras?

–Debió de reconocerme. De alguna foto, supongo. Sus padres encontraron todo aquello en su piso después de que muriera. Un archivo entero del caso judicial. Recortes de periódicos, transcripciones del juicio, todo. Había fotos de Rachel y de mí en los periódicos. Debió de verme por Drummond y pensó que todos sus sueños se habían convertido en realidad. Desde el principio sabía quién era yo y lo que había pasado.

–Dios. Es tan espeluznante. Tan horrible.

–Sí.

–Lo siento –dice. De pronto se inclina hacia delante y me

mira a los ojos–. Ahora siento no haber vuelto. Hubiese podido hacerlo y ayudarte, ser mejor amigo. Tenía que haber vuelto por ti.

–No. No podías hacer nada. No podías ayudarme. No habría supuesto ningún cambio.

Robbie baja la mirada. Se calla y tengo miedo de haber herido sus sentimientos.

–¿Robbie? –le llamo–. ¿Estás bien?

–Sí. Estaba pensando en todo el tiempo que perdí por su culpa. Todo el tiempo que malgasté cuando la echaba de menos, cuando la quería, cuando nada de todo aquello, absolutamente nada, era real. Habría sido mejor enamorarme de una piedra.

Me río.

–Al menos no esperarías nada de una piedra. No podría decepcionarte.

–Exacto. –Y aunque sonríe, tiene los ojos llenos de lágrimas–. Y mi padre, también. No le hablé durante un año por culpa de ella. Y fue una estupidez, una pérdida total; lo que le pasó con Alice no fue culpa de él, ella lo engañó, como a nosotros. Y yo estaba enfadado con él, incluso cuando me enteré de que Alice había muerto. Ahora ni siquiera sé por qué. Y eso aún me molesta, ya sabes, todo el año que estuvimos sin vernos, sin ser amigos. Por culpa de ella.

–Es curioso, sin embargo –digo, y miro a Sarah, que se ha dormido en el sofá, chupándose el dedo–. Lamento mucho todo lo que ocurrió entonces y deseo, casi cada día, que hubiera resultado de una manera diferente. Pero nunca he podido arrepentirme de haber conocido a Alice. Si no la hubiera conocido a ella, nunca habría conocido a Mick. No habría tenido a Sarah. ¿Cómo puedo lamentar eso? Es imposible no querer a un hijo.

–Sí. No lo sé. Evidentemente lamentas que Mick muriera. Él era inocente, no tenía nada que ver con todo aquello. Pero no puedes arrepentirte de tener a Sarah. Sería raro, ¿no? Aunque todo lo que rodeó a Alice fue extraño –dice con voz amarga–. Lo jodió todo.

–¿Aún estás enfadado? –pregunto–. ¿Aún la odias?

–Un poco –confiesa. Sonríe con pesar–. Pero sólo cuando pienso en ella. Que no es muy a menudo. ¿Y tú? ¿Aún estás enfadada?

Y mientras lo pienso, miro dentro de mí, examino los puntos débiles, busco en lo más hondo, el núcleo ardiente de ira que me quemó durante tanto tiempo, y me doy cuenta de que se ha evaporado.

–Ya no. Imagino que ahora solamente siento mucha pena por ella.

Robbie arquea las cejas.

–¿De verdad?

–Sé que puede sonar muy falso. Muy de chica New Age. Pero ella no sabía cuidar de nadie excepto de sí misma. Nadie la enseñó a amar. Su propia madre no la quería. ¿Te imaginas lo que debe de ser eso? –Miro a Sarah, que amo más que a la vida misma–. Alice estaba vacía por dentro. No tenía corazón. Vivir así tiene que ser lamentable.

Robbie asiente, pero no parece convencido.

–Lo pienso cuando miro a Sarah –continúo–. Ella se fija en mí, me copia. Si soy buena, ella es buena. Si soy cariñosa, entonces también lo es ella. Imagina no tener ninguna influencia como ésa. Imagina que no te hayan enseñado a amar a los demás. Eso te haría un daño horrible.

–Quizá. –Robbie se encoge de hombros–. Quizás eso explique algunas cosas de ella. Pero no la absuelve. No ante mí. Otras personas lo tienen peor y llegan a ser decentes.

Estamos callados un rato, los dos concentrados en nuestros propios pensamientos.

–De todos modos, te he echado de menos –digo por fin–. No me he dado cuenta de cuánto hasta esta noche. Pero te he echado mucho de menos, de verdad. Mucho.

–Y yo a ti –aseguró él–. La única diferencia es que yo sí

sabía lo mucho que te echaba de menos. Desde el día en que me fui.

–Pero ¿no trataste de ponerte en contacto conmigo?

–No. –Se encoge de hombros–. Antes de que muriera Alice no quería ponerme en contacto contigo. Sólo pensaba que eso haría que fuera más duro estar lejos. Hablar contigo. Echarte de menos. Echar de menos a Alice. Y la muerte de Alice me impactó mucho. Estaba depre, creo. Un poco. Y entonces, al cabo de un tiempo, no sabía si querrías saber nada de mí. Pero tenía montones de cosas que decirte. Escribí cientos de e-mails larguísimos que acabé borrando.

–Me habría gustado que me los enviaras –sonrío.

–A mí también.

Y nos sonreímos, mantenemos las manos entrelazadas, nos bebemos el vino.

Robbie hace la cena, y hablamos durante mucho rato, y se hace tan tarde que lo invito a que pase la noche con Sarah y conmigo en la cabaña. Duerme a mi lado en la cama grande. No hay nada sexual, Robbie lleva una camiseta y los pantalones de mi pijama. Y yo llevo un modesto camisón de invierno. Pero nos dormimos cogidos de la mano y es bonito sentir el calor de un cuerpo adulto en la cama, a mi lado, es bueno sentirse un poco cuidada. Y cuando Sarah viene en medio de la noche, se ríe encantada de encontrarlo ahí e insiste en acurrucarse entre nosotros.

Miro a Robbie –tiene los ojos medio cerrados–, que le pone la almohada a Sarah, la tapa con las mantas, le sonríe con ternura.

Robbie hace el desayuno, huevos revueltos y tostadas, y los tres comemos juntos, amigablemente.

–¿Vas a ser mi nuevo papá? –pregunta Sarah de pronto con la boca llena de huevos.

–¡Sarah! –Trato de reírme de su ocurrencia–. No seas tonta.

Pero Robbie no parece sorprendido, ni contradice a Sarah, simplemente sonríe. Y me alegro de que no me mire porque noto que me arden las mejillas.

Camino con él hasta su coche cuando llega el momento de que se vaya. Sarah se le agarra a la pierna, le pide que se quede.

–No puedo –dice él, y se ríe–. Tengo que enseñar a esquiar a un montón de gente. Tengo que ayudarles a mantenerse a salvo en la montaña.

–¿Cuándo volverás? –pregunta–. Si me dices cuándo, dejo que te vayas.

Él me mira, y en sus ojos hay una pregunta, una elección, pero yo ya hice mi elección, la hice el día en que murió Mick, y no dejaré que el mundo me hiera de nuevo.

Me doy la vuelta, me agacho para coger a Sarah en brazos y hundo la cara en su pelo para que no me vea los ojos.

–Robbie es un hombre muy ocupado, cariño –digo–. No tiene tiempo para volver aquí.

–¡Tía Pip, tía Pip!

Sarah empuja la puerta abierta, la cierra de golpe detrás de ella y baja corriendo el camino que la lleva hasta Philippa. Ella se agacha y la levanta, la envuelve en un gran abrazo

–Mi pastelito –dice–. Te he echado de menos.

Philippa se lleva a Sarah al zoológico durante toda la mañana mientras yo relleno la solicitud universitaria. Sarah empezará la escuela el próximo año y yo tendré tiempo, por fin, de continuar los estudios.

Philippa sube por el camino y nos abrazamos. Vamos dentro y se pone a recoger las cosas de Sarah: su botella de agua, su gorro, su muñeca favorita.

–Te la traigo de vuelta a eso de las tres. Comeremos en un McDonald's o algo así. Una delicia –dice.

–¿En un McDonald's? –Sarah salta de entusiasmo–. ¿De verdad? ¿Podemos, mami? ¿Podemos?

–Qué buena idea –digo–. Estás de suerte.

Vamos hasta el coche de Philippa y siento a Sarah en la sillita para bebés que está ahí sólo para ella; le ato el cinturón de seguridad. Cuando ya le he dicho adiós a Sarah y le he cerrado la puerta, llega Philippa; tiene un trozo de papel en la mano, me lo tiende.

–Esto es de Robbie –dice. Es su número de teléfono–. Quiere que lo llames.

–Oh. –No cojo el papel. En cambio, me meto las manos en los bolsillos de la chaqueta–. ¿Lo has visto?

–No. Me llamó. Quiere verte. De verdad que quiere verte, Katherine.

–No –niego con la cabeza–. No. No quiero. No puedo.

–¿Por qué no?

–Yo... Simplemente no quiero.

–¿No quieres? ¿O estás demasiado asustada?

–No lo sé. –Me encojo de hombros–. Estoy asustada, supongo.

–¿Por qué? –contesta Philippa arqueando las cejas–. ¿Porque podría morir?

–No. Claro que no. No. –Vuelvo la cabeza y me froto los ojos. Deseo que se dé prisa, que se meta en el coche y arranque–. Quizá. Vale. Sí. No lo sé.

Y entonces da un paso adelante, me coge la mano, habla tranquila, amablemente.

–¿Alguna vez piensas en el tipo de ejemplo que le estás dando a Sarah?

–¿Qué quieres decir?

–Nunca asumes riesgos. Eres cautelosa y tienes miedo todo el tiempo.

–¿Miedo? ¿De verdad? –Me vuelvo hacia el coche, miro a Sarah. Está concentrada en hablar con su muñeca, le arregla el pelo–. ¿Así es cómo me ve ella?

–Aún no, pero lo hará cuando sea mayor. –Philippa me aprieta la mano, sonríe cariñosa–. Te verá así, si ahora no tratas de ser feliz. Si no vives tu vida con un poco de valentía.

Y ésa es la palabra que lo provoca. «Valentía». Le cojo de la mano el trozo de papel y me lo meto en el bolsillo. Me inclino y le mando a Sarah un beso de despedida a través del cristal de la ventanilla del coche.

Valentía.

–¿Hola?

Él responde casi de inmediato. Sin embargo no soy capaz de decir una palabra. De repente estoy aterrorizada. Tapo el teléfono con la mano y uso toda mi energía para aguantar la respiración.

–¿Hola? –dice de nuevo, y después–: ¿Katherine? ¿Eres tú? ¿Katherine?

Tardo un momento en poder hablar, pero cuando lo hago controlo la voz, me sale más firme de lo que esperaba.

–¿Puedes venir, Robbie? –digo–. ¿Hoy?

–Sí –responde–. Estaré ahí enseguida. Estaré ahí tan pronto como pueda.

Y no trata de parecer calmado ni esconde su entusiasmo, y recuerdo lo mucho que me gusta, lo divertido y bueno y generoso que es.

Y sé, sin ninguna duda, que he hecho lo que debía.

AGRADECIMIENTOS

Mi más sincera gratitud a Jo Unwin, que no sólo es una agente literaria brillante e infatigable, sino que también es una editora de talento y una persona inspiradora, cálida y fantástica en general.

A mis editores: Sarah Brenan en Australia, Kate Miciak en EE.UU. y Julia Heydon-Wells en el Reino Unido. Gracias, gracias y gracias por ayudar a hacer este libro mucho mejor.

Para Erica Wagner, de Allen y Unwin: mi agradecimiento por ser lo suficientemente valiente como para ser el primer editor en el mundo en adquirir los derechos de *Bella malicia*. Imagino que debe de dar miedo ofrecer una oportunidad a un autor desconocido.

Un millón de gracias también a mi hermana, Wendy James, por su lectura generosa y servicial de todo lo que he escrito y por ser la primera persona en decirme que podía escribir.

Y para las personas que tuvieron la amabilidad de leer mi libro en forma de proyecto: mamá y papá, James Prue, Haidee Hudson, Sam Ackling y Kath Harris. ¡Gracias! Su aliento fue, y es, de un valor incalculable.

Un agradecimiento especial a Jake Smith-Bosanquet por su trabajo duro en la venta del libro por todo el mundo. Y mi especial gratitud a Sally Harding, por su aliento y su fe previos.

Gracias también a mi hermana pequeña, Emma James: por la lectura, y por ser siempre tan increíblemente optimista.

Por supuesto, tropecientas mil gracias y un millón de besos al tipo maravilloso con el que vivo, Hilary Hudson. Se merece una medalla por soportar mi loca obsesión en estos últimos años y por traerme tantas tazas de té perfectamente preparadas.

Y para nuestros hijos, Charlie, Oscar, Jack y Jimmy: gracias por el caos feliz.

Título de la edición original: *Beautiful Malice*
Traducción del inglés: Manuel Manzano,
cedida por Grup Editorial 62, S. L. U. El Aleph Editores
Diseño: Eva Mutter
Fotografía de la sobrecubierta: © Jana Leon/Stone/Getty Images
Foto de solapa: © James Day

Círculo de Lectores, S. A. (Sociedad Unipersonal)
Travessera de Gràcia, 47-49, 08021 Barcelona
www.circulo.es
3 5 7 9 0 1 0 6 8 6 4 2

Licencia editorial para Círculo de Lectores
por cortesía de Grup Editorial 62, S. L. U.

Este libro ha sido impreso en papel Supersnowbright
suministrado por Hellefoss AS, de Noruega

Depósito legal: B. 21891-2010
Fotocomposición: Víctor Igual, S. L., Barcelona
Impresión y encuadernación: Printer industria gráfica
N. II, Cuatro caminos s/n, 08620 Sant Vicenç dels Horts
Barcelona, 2010. Impreso en España
ISBN 978-84-672-3984-3
N.º 28100